# かくりよの宿飯　五
# あやかしお宿に美味い肴あります。

友麻　碧

富士見Ｌ文庫

# 目次

# 第一話　天神屋の使者

ここは隠世。昼下がりの南国の風が吹く、海辺のお宿『折尾屋』の旧館。

台所に繋がる裏口付近の松の下で、私、津場木葵はあるものを燻していた。

焚き火の上に中華鍋を置き、その上に網を敷いて……

「津場木葵、何してるの？」

「中華鍋でなんか燻してる？」

折尾屋の板前である双子の鶴童子が、様々な食材を詰め込んだ籠を背負ってやってきた。

黒髪の方を戒、白髪の方を明と言う。

食材を台所に置き、双子の鶴童子は両脇から私の作業を覗き込む。

「一日仕込みでできる自家製ちょっぱやベーコンよ。今、燻ってるところ」

「ちょっぱやベーコン……」

「中を見せてよ」

双子は気だるげな表情の割に、体を揺すったり人の肩を揺すったりして興味津々。そんな風に頼まれたら、見せないわけにはいかない。

というわけでオープン。蓋が開かれた先からもくもくと立つ煙を、双子は自ら嗅ぎに行って噎せたりして。うーん、可愛い奴らめ……

「ゲホゲホ……豚肉の塊。ポタポタ溢れる脂の匂い……」

「ゲホゲホ……桜の燻製材の香りもする……ゲホゲホッ」

網の上に並ぶ、表面がこんがり良い茶色になった豚バラ肉の塊が二本。

ついでに燻しているチーズや豆、貝や魚の干物など。

強い香りに噎せながらも、双子がそれを確認し終わった後、私は再び蓋を閉めた。

「お察しの通り、桜のチップで燻してるのよ。強い香りをつけてくれるから、ベーコンを作るのに一番適した燻製材なの。銀次さんが一生懸命探してくれたんだから」

「どうやって作るの？」

「これってもう食べられそうじゃない？」

「待って待って。もう少し燻したほうが美味しいわ。おやつの時間には食べられるかも。……作り方はねえ、手間はかかるけど結構簡単よ」

ベーコンは材料さえ揃えることができれば、短時間で自家製も可能だ。

まずは脂身のバランスが好ましい豚バラ肉の塊を探し出し、塩と砂糖、ニンニクと香草をすりつける。この肉の塊を、一反木綿の呉服屋『八幡屋』が売り出している〝封布（料理用）〟で包み込み、半日置いておく。その後、塩抜きをしてニンニクと香草を再びつけて、丸一日乾燥させる。封布は空気を通さない特別な薄布のことで、現世で言うラップを使わなければならないシーンなどに代用できる。

燻製の作業は今やっている通りだ。燻製器をすぐに用意できなかったから、中華鍋に桜のチップを入れ、網を敷いて、乾燥させた豚バラ肉の塊を焚き火でじっくり燻している。

本当は一週間以上の時間をかけてじっくり作るものなんだけど、今回は一日仕込みのベーコンを試作中だ。これはこれで、あっさり自家製ベーコンという感じで美味しいのよね。

「すみません。会議が長引きくなりましたっ」

「あ、銀次さんお疲れ様」

ちょうど燻製ベーコンが燻し上がった時、会議で本館へ戻っていた九尾の狐の銀次さんがこの旧館台所へとやってきた。

背中のカゴに、あちこちからお取り寄せしてくれた食材や調味料、この折尾屋の土産物などが詰め込まれていた。ここには、みんなが色々なものを持ってきてくれる……

「わああ、燻製の良い香りですね。ベーコン、良く燻されています」

「ふふ。後で食べてみましょう」

「葵さん、お取り寄せしていたものも届きましたよ」

銀次さんがカゴから出して並べたのは、この界隈では手に入りにくい、バターや数種のチーズ、生クリームなどの乳製品。また強力粉や薄力粉などの小麦粉。

「やった。これらがあれば、作れるお料理の幅も広がるわ」

他にも、宿に隣接した土産物屋にありそうな、海産の加工食品がたくさんある。乾燥ワカメや塩昆布、海苔の佃煮、カニカマ、とろろ昆布とイカのふりかけ……などなど。

私たちは燻したての食材を冷ましている間に、台所の床上にあるちゃぶ台を囲んで、さっそく会議を始める。

「そろそろ肴の候補出しをしましょうか。葵さんには、何か考えがありそうですね」

「ええ。材料面での心配はあるけど……」

――海宝の肴。

この南の地に、百年周期で現れる〝海坊主〟をおもてなしするお料理のことだ。

私はその海宝の肴の作り手として、この折尾屋に留まっている。およそ一週間後のおもてなしに向け、銀次さんと双子が、私のサポートをしてくれているのだった。

「海宝の肴では……数品のお料理と、デザートを出そうと思っているわ」

まずはお料理を待つ間のお通し。

そして、定番の焼き物、揚げ物、煮物。〆の一品。……甘いデザート。

こんなところかな。

「お酒を飲みながら、だから、いつもの御膳料理という訳にもいかないし。本当……未知の領域だわ」

とはいえ、儀式の過去のお料理から見えてくるものもある。

私は、折尾屋が今まで海坊主に振る舞ってきた肴のリストを確認していた。

そこには、どのお料理がどの程度食べられたのか、満足度などが事細かに書かれていた。

「海坊主って、結構好き嫌いがはっきりしているように思うのよね……」

今まで出してきたお料理は、いわゆる宴会の肴。

腕の良い料理人が作った料理ばかりなのだと想像できるし、どれもこれもお酒に合うものばかりだと思うのだが……

「見て。百年前の記録。料理の満足度が、二百年前より低いの」

「ええ……百年前は、確か〝海宝の肴〟はギリギリの評価でした」

「なんだろう……ちょっと渋いのかな。古風な居酒屋の料理というか、お酒を嗜む大人の男性が好みそうな肴ばかりというか。人を選ぶものが多い印象だわ」

お酒に合う、というのを重視したのか、その献立は少量の品を数多く取り揃えるタイプの、いかにも酒のつまみというラインナップだった。

焼き辛子れんこん、ブリの煮付け、てんぷら盛り合わせ、牛鍋、ウニ焼き、柚子のお吸い物、サザエの酢味噌和え、お造り、貝寿司……その他品数多数。

いやあ、美味しそうだ。

さすがは魚介が豊富に取れる土地だけあって、海の幸が目一杯に使われている。

文字の羅列を見て、想像するだけでお腹が空いてくるのだけど、例の海坊主はあまりお気に召さなかったという。

「その中でも、牛鍋……これはすき焼きね。これはとても気に入っていたということらしいの。海宝の肴といっても、魚介だけにこだわる必要は無いってことかな」

「すき焼き、ですか。これは確か、当時折尾屋に、現世ですき焼きを食べた料理人がいて、それがとても美味かったからと肴の一品に加えたものだったんですよね。それまでは隠世でもあまり牛肉を使ったお料理って無かったんですけど」

「なるほどねえ……」

すき焼きは、それを知らない者が初めて食べた時でも、おそらくほとんどの者がその美味しさに喜ぶ料理だと思う。子供から大人まで、幅広い者が大好きな料理。

特にあやかしの好きな甘辛いお醤油の味付けだから、喜ばれるのは何となくわかるし、参考にしやすいな。

「ほとんど手をつけなかったのがサザエの酢味噌和え、貝寿司、か。貝が嫌いなのかな」

「南の地の貝は美味しいのにね」

「ねー」

双子が残念がっている。この土地の貝をとても評価しているのだろう。

原因が貝にあるのかどうかはさておき、確かに、サザエには肝があってこの苦味がお酒とよく合うとも言われているが、苦手な人はとことん苦手だ。

貝寿司は……なんの貝だったのか分からない。貝にも色々あるからなあ。

「でもウニ焼きは大好評だったみたい。ウニも好き嫌い分かれやすいけど」

「ああ、この土地のウニは、とても甘くて、臭みが無いんだよ」

「うん。だからウニが嫌いだった子供でも食べられたって話をよく聞くよ」

双子がそんな情報をくれる。

子供も……か。確かに、私も子供の頃、ウニってあんまり好きじゃなかったなあ。

ウニの場合は、嫌うその理由って新鮮度にある気がする。初めて食べたウニが、スーパーの安いお寿司パックに入ったウニ寿司だったりすると、その苦味とクセ、臭みにびっくりして、もう二度と食べたくないと思ったり。

だけど、新鮮なウニはクセも臭みも無くまろやかで、その極上の甘みにこれ以上無い感動を味わえる。南の地のウニも、きっと新鮮で美味しいのだろうな……

「ウニを使ったお料理や、前回好評だった牛鍋に近いものはあっても良いかもしれないわね。あとは天狗(てんぐ)の秘酒と合うお料理ってのが難しい所なんだけど……」

天狗の秘酒は、儀式の前に一度お清めをしなければならないらしく、明後日(あさって)まで味見をすることはできない。

一番の難関といえば、ここだ。

お酒を嗜んでこなかった私が、この相性をどう見極められるのだろうかという点。

「多少気休めではありますが、天狗の秘酒に最も近いとされるお酒、水雲酒・霧雨を持ってきました」

銀次さんがカゴをごそごそ漁って、透明の酒瓶を取り出した。

高級そうな白いパッケージに、繊細な字で〝水雲酒・霧雨〟と書かれている。

「へえ、天狗の秘酒って水雲酒なんだ」

「なら辛いお酒じゃなくて、ほんのり甘いお酒だね」

「な、なに、水雲酒って」

双子はすぐに理解したが、何も分からない私。

「水雲酒とは、水雲果と呼ばれる、高地の水中で育つ果実を使って、池の水そのものを酒に変えて作られたお酒のことです。天狗の秘酒とは、朱門山の霊気と山頂の澄んだ湧き水によって作られた泉、その中で自生していた水雲果によって自然発生した水雲酒で、隠世で最も澄んだ霊力を宿した酒と呼ばれています」

「へぇえ」

「もともとは特別な環境が揃っていなければ生み出されない貴重なお酒ですが、最近ではこの環境を整え、人工的に生み出された水雲酒のブランドも数多くあります。この霧雨もそうです。天然物に比べて、内蔵されている霊力の質がかなり落ちますが、味はなかなか

「……試飲してみますか？」

「するする」

「水雲酒はクセが無いから、どんなお料理にも合わせやすいよ」

双子はノリノリだ。私はお酒の特殊な製造方法にあっけに取られていたが、お料理に合わせやすいと聞いて俄然興味が湧いてくる。

銀次さんは人数分の小さな切子グラスに、用意していた氷柱女の丸い氷を一つ入れて、この水雲酒をわずかに注いだ。

色は透明で、本当にお水みたいに澄んでいる。

私たちはお互いにコツンとグラスをぶつけ合って、このお酒を飲んでみた。

銀次さんは飲みなれた様子で、双子は味わいを確かめるプロの表情で、私は……ちびちびと用心深く舐めながら……

「……ん。……ん？　あれ、飲みやすい。もっとクセがあるのかと思ってたんだけど、微炭酸でとてもすっきりした飲み心地だわ。……お酒、なのよね？　あああ、そして凄く甘い、良い香り」

一口飲んでみて、驚いた。

最初はそれほど甘さの無いすっきりとした味わいに感じるんだけど、とにかく後から鼻を抜ける果実の香りが良い。桃の香りみたい。

だけどその甘い香りは、幻だったかのようにすぐにスッと消えて、後を引かないのだ。

「水雲酒の特徴は、後からくるほのかな甘みにあります。みずみずしい果実のような香りと、綿菓子を思わせる微炭酸の舌触りを持つ為、このような名前になったとか。後味はとてもスッキリしていて、甘さが後を引かないので、甘めの味付けが多い隠世のお料理とも合います。どちらかというと女性に好まれるお酒と言えるでしょうね」

「天狗の秘酒も、このような味のお酒なの？」

「葉鳥(はとり)さんいわく、とても似ているとのことです。しかし……天狗の秘酒は、朱門山という霊山の泉で得ることができる天然の霊酒で、このように誰かの手によって作られたものとは、酒から感じ取る霊力、また酒酔いの心地好(よ)さが違い、別格とのこと……」

酒にも霊力。そして、酔いの心地好さ……か。

普通のお酒にも疎いのに、あやかしたちの世界にしかないお酒のことまで考えると、ますますお酒のことがよく分からなくなるな。私、まだ酔っ払ったことすら無いし……

「でも……そっか。こんなにフルーティーなお酒なら、通好みの渋めのおつまみより、もっとこう、分かりやすい味付けの、華やかなおつまみの方が良いかもね。それこそ、現代の大衆居酒屋で人気がありそうな」

「ええ、私もそう思います。海坊主が好んで食べた酒の肴(さかな)も、その傾向がある気がします」

一口お酒を飲んだことで、肴の方向性も見えてきた。

「そろそろベーコンを炙って、お酒に合うか試してみましょうか。本当は一日置いた方が味も落ち着くんだけど、燻したては燻したてで、なかなか美味しいから」

　というわけでベーコンの塊を端からぶ厚く切って、フライパンで両面をこんがり焼く。

「うわあ、凄い。燻製の強気な香りが迫り来る……」

「営業中にこんな贅沢許されるかな……」

　そんなことを言いつつ、そこに置いていた燻製ソラマメを齧っている双子。

「これ絶対お酒に合いますよ‼」

　営業中にもかかわらず、お酒のおつまみにする気満々の銀次さん。

　私たちは「いざ」と戦場にでも向かう顔つきで、焼いたぶ厚いベーコンを齧る。

「………」

　うん。強すぎない塩気と、弾力のある嚙みごたえ。

　ジューシーでスモーキーな味わいは、普通のお肉では味わえない特別なものだ。

　そして水雲酒を一口飲んでみる。……何だろう、この幸せな感じ。

「うう……なにこれ」

「脂の塩気と甘みがより引き立ってる」

　双子が慌てた様子で、もう一口ベーコンを口にする。

「ええ。……お酒がとても美味しいです」

銀次さんは切子グラスを持ったまま、驚愕の表情。

「ベーコンは、表面をカリッと焼いて香ばしいのがたまらないですね。燻製特有のこの香りをより強く味わえるというか……これがお酒に合うのですね」

「ええ。ベーコンって一度表面を焼くと、脂がじゅわっと出てきてよりジューシーになるの。お肉に封じ込められた調味料や香りが、解放されるというか。おじいちゃんが何でも燻製にしてお酒のおつまみにしてたから、きっとお酒に合うんだろうなと思ってたんだけど……想像以上みたい」

私としても、ベーコンがこんなに水雲酒の美味しさを引き立てるとは思わなかった。

お酒自体が爽やかな味わいだから、こういうこってりしたお料理も良いのかも。

「た、た、大変だ〜〜〜」

そんな時だ。折尾屋の雑用係である夜雀の太一が、この旧館台所へとやってきた。

なんだろう。天神屋の夕がおに、いつも連絡係で寄越される春日を彷彿とさせる。

「どうしたの、太一。そんな見るからに慌てちゃって」

「どうしたもこうしたもないよ！　折尾屋に、折尾屋にあんたたちの仲間が……っ！　天神屋の奴が〜〜っ！」

「……ん⁉」

これまた、どこかで見た状況。私と銀次さんは顔を見合わせた。

肴の候補出しの話し合いを一時中断し、太一に引っ張られるがまま本館へ向かう。

「早く、早く来て！　あいつ絶対刺客だって！　すごい意地悪そうな目をしてたもん！」

「し、刺客？　意地悪そうって……」

いったい誰かしら。天神屋からこの折尾屋へやってきた者って……


「つべこべ言わずに、私を折尾屋に泊めなさい！　私を誰だと思ってるの⁉」

「天神屋の若女将だろ⁉」

「おーっほっほっほっほ。あんた馬鹿なんじゃないの？　私はもう若女将ではなく、ただの仲居なんだけど。降格されたんだけど！」

「でも天神屋の元若女将だろ！　そもそも降格されたとか堂々と言うことじゃないぞ！」

「ええいうるさいわねっ！　いいから私を折尾屋に泊めろって言ってんのよ。私は敵の宿だろうがなんだろうが、そこの葉鳥さんと筆頭湯守である時彦さんをちゃーんとおもてなししたわよ？　あんたたちにはそれが出来ないわけ？」

「うっ、それは」

「私は久々の三連休を、この折尾屋で過ごそうって思ってるだけで、それ以外の下心はまるで無いわ。それなのに幹部でもない私が来たくらいで、ぎゃーぎゃーうだうだ文句を言うだなんて、全く。肝っ玉の小さなお猿さんだこと！」

「……う、うぐ〜」

折尾屋のフロントで高笑いをして、ここの若旦那である秀吉に散々言っていたのは、天神屋の元若女将、現ヒラ仲居の、雪女のお涼だった。

意地悪な目……ああ、なるほど。

太一が警戒するくらいには、意地悪に見えるのかもしれない……

「おい葉鳥！　てめーが天神屋なんかにホイホイ遊びに行くから、こうやって敵に付け込む隙を与えることになっちまったんだぞ！」

お涼に言われっぱなしの秀吉は、今度はフロントの内側で、自分は無関係と言いたげな顔をしている葉鳥さんの胸ぐらを掴んでキレている。

「ま、まーまー秀吉。本人も言っている通り、お涼ちゃんは天神屋の幹部でもないし……な？　ここはおとなしく泊めてやった方が良いと思うぜ？」

「幹部じゃねーって言ってもあからさまな敵情視察じゃねーかよ！　てめーやっぱり天神屋の肩を持つのか！　つーか予約無しの上、まだ営業時間前だ！」

「ま、まーまーまー。どーどー」

葉鳥さんは秀吉の怒りを抑えるのに必死だ。

お涼をどうするかでもめてるし、折尾屋の従業員はざわついているし、折尾屋のフロントは今ちょっと混沌としている。葉鳥さんと時彦さんが来た時の天神屋みたいだ。

「ねえお涼、何してるのよ」

「あ！　葵～一週間ぶり、元気だった？　腕の一本や二本、食べられてるかもって心配してたのよー。でも見たところ大丈夫そうね」

「あんた、人間は腕の一本や二本食べられたら、そんな呑気に挨拶してられないからね」

「若旦那様もお変わりなく。古巣で苛められませんこと？」

「は、はあ……ご心配には及ばず」

お涼は久々に会った女友達と上司に挨拶するノリだ。

でも確かに、一週間ぶりなのにずっと会っていなかった気がして、懐かしさすら覚える。

お涼がいる生活に慣れてしまっていたのね、私って。

横で秀吉が「何ひと様の宿で再会を喜んでやがる！」とガミガミうるさい。

「おい」

ぐだぐだした空気を引き締めるような声。顔を上げると、フロントの上階に険しい表情をした狛犬のあやかし、乱丸の姿がある。

乱丸とは、ここ折尾屋の〝旦那頭〟だ。

お涼と私をゴミと生ゴミでも見るような目で見比べた後、葉鳥さんに指示を出す。

「仕方がねえ、うちの従業員も世話になったんだ。泊めてやれ葉鳥」

「うちの従業員っていうか俺なんですけどね……っていう自虐待ち？」

「料理は双子が担当しろ。……秀吉、来い」

葉鳥さんの言葉を軽くスルーし、スタスタと宿の奥へと行ってしまった。お涼の料理を任された双子は顔を見合わせ、呼ばれた秀吉も慌てて階段を登っていく。

あれ。あのキツい視線から、もっと酷いことを言われるかもと思ってたんだけど、乱丸特有の暴言も無くこちらとしては拍子抜けだ。

お涼に至っては「あらやだー」とトキメキ顔。

「折尾屋の旦那頭ってもっと粗暴な印象だったのだけど……話が分かるところもあるじゃない。それによーく見ると色男ねえ」

「お涼……あんたああいうのが好きなの？　大旦那様が好きなんじゃないの？」

「私は男らしくて色気があって、金と権力のある男が好きなのよ」

「…………」

よくもまあ、オブラートに包み隠すこともなく堂々と……

「ちょっと！　天神屋の雪女！」

甲高いアイドル声が、以前天狗に壊され張りぼての修復をされている天井に響いた。

真横にずらずらと並んだ折尾屋仲居陣。

中心に立つのは、火鼠のあやかし、若女将のねねだ。

「乱丸様が許可を出したからって、いい気になるんじゃないわよ！　好き勝手にはさせないんだから！」

「……あら、折尾屋の乳臭い小鼠ちゃんじゃないの」

お涼の口調や視線の感じが、少し変わる。

これは……私が天神屋に来たばかりの頃の、敵（女）に対する態度だ！

「ち、乳臭……っ、あんたなんて年増の雪女じゃないのよ！　しかも若女将から降格されたらしいし！　私知ってるんだから！」

「年増！　あんた私のこと年増って言った⁉　ねえ今年増って」

「年増の雪女年増の雪女年増の雪女」

「キ――――ッ！　その若くてプリプリしたお肌に霜焼けを作ってやる！」

「あんたこそ私に触ったら火傷しちゃうんだから！」

雪VS火。若女将経験者と現若女将による、壮絶で醜い女の争いが始まってしまった。

誰もがドン引きして割り込めずにいたところ、番頭の葉鳥さんが「まあまあまあ」と、勇敢にも割って入っていく。しかし……

「うるさい駄天狗！」

「ぐはあっ」

お涼とねねに同時にアッパーを食らわされ、カウンターの内側まで飛んで行った。

御愁傷様……葉鳥さん……。

「ふん、まあいいわ。乱丸様が許可を出したんだから、部屋は用意してあげる。でも営業時間が始まるまで、お風呂は使えないから。ロビーでうろつかれるのも目障りで仕方がないから、部屋から出てこないでよね」

「はん。元よりそのつもりよ」

「……ではこちらになりますお客様。お荷物お預かりしますよ」

「ああ〜。今夜のご飯、楽しみー。南の地はお魚美味しいしなー」

葉鳥さんにアッパーをお見舞いしたことでスッキリしたのか、二人は言い合いをやめて、すでにお宿の若女将とお客様になっている。なんと切り替えの早い女たち……

「お涼、なにしに来たのかな」

「……もしかしたら、大旦那様のご配慮かもしれませんね」

「…………」

「お涼さんは元若女将で、幹部級の力を持ちながら、今はそうではないという立場です。一番、表立って動きやすいですから」

思い出すのは、数日前に海辺で別れた、大旦那様の姿だ。

大旦那様は、海宝の肴を担当することになった私を後押しして、天神屋に戻っていった。

何か、裏で動いているの？

……大旦那様とは、あれから会っていないなあ。

# 第二話『折尾屋』の若女将と若旦那

手作りベーコン。

ただ炙っただけでも美味しいが、一手間加えるとまた違った美味しさが楽しめる。

どんなおつまみが作れるかなと考えて、はちみつを加えてこんがり焼いたカリカリベーコンと、ほっこりじゃがいもの炒め物を試作してみた。

これがびっくり、この水雲酒に合う。

胡椒を利かせた味付けと、ベーコンの脂や塩気を包み込む、はちみつのまろやかな甘み。

コクのあるお料理だけど、爽やかでフレッシュなお酒と一緒につまむと、感心するほど後味すっきり。

銀次さんとも話していたのだけど、このお酒には甘かろうと辛かろうと、香辛料などでしっかり味付けされたものがよく合う。濃い味のおつまみというよりは、香辛料などの組み合わせで旨味を深く引き出したもの。燻製ものなどは特にそれだ。

逆に素材そのものの味を、という薄味タイプのお料理はあまり合わない気がした。

さて、このおつまみを折尾屋の幹部に試食してもらおうと思ったのだけど、乱丸はさっきまで折尾屋にいたくせに、今は儀式に必要な最後の品物〝蓬莱の玉の枝〟を手にいれる為、妖都に赴いているらしい。

その間の様々な権限は、折尾屋の若旦那である秀吉が持っている。

ならば秀吉に試食をしてもらおうということになって、銀次さんと共に、このベーコンじゃがのはちみつ炒めを持って本館へと向かった。


さて。従業員が出入りする裏口から本館へと入ったのだが、仲居や雑用係たちがかなり慌ただしく行き来している。

「今日はお客さんが多いの？」

「……それは、そうなのですが……何だか異様な慌ただしさですね」

銀次さんは宿を駆け回る従業員たちの雰囲気から、不穏な流れを感じ取ったようだ。

フロントで苦い顔をしている葉鳥さんに、急いで事情を聴きに行く。

「ああ。あれな……ちょっと厄介な大商人の団体客がやってきて、どこで聞いたのか〝蓬莱の玉の枝〟を売ってやるって言うんだ。その代わり、折尾屋でもてなせってな」

「蓬莱の玉の枝を？　でも乱丸が、玉の枝の為に妖都へ行ってるんじゃないの？」

「しかしな、お嬢ちゃん、乱丸が手に入れて戻ってくる確証もねえんだよ。かといって、この商人が売りつけようとしているものが本物かも分からねえ」

「扱いに困り果てている、と」

「そうそう。そういうことだ銀次」

蓬萊の玉の枝……

それはかつて、宮中にあった常世の宝樹の枝のことらしいのだが、ずっと昔の妖都大火災で樹が燃えて、枝だけが切り取られ、あちこちに散らばってしまった代物だとか。

偽物も数多く出回っている伝説の品である為、手に入れることも、偽物と本物を見極めることも、なかなか困難らしい。

「三百年前……私たちはこの蓬萊の玉の枝を手に入れようとして、数多くの偽物に翻弄されました。最後まで本物は手に入らず、儀式は失敗に終わりましたが……」

「……銀次さん」

その頃のことを、銀次さんは思い出しているのだろう。その表情は硬い。

「この品に翻弄され、ミスをすることは二度と許されません。秀吉さんはどう判断されました？」

「一応、相手の要望に沿ってもてなしてはいる。偽物の可能性も高いが、万が一ということもあるから、交渉次第では買い取るつもりなんだろう。今は秀吉と若女将のねねちゃんが対応している。ただ……あの商人なあ。昔もうちに泊まりに来たことがあるんだが、酒を飲むと気性が荒くなるところがあって、ねねちゃんじゃ手に負えないと思うんだ」

「女将は？　折尾屋にだって女将はいるでしょう？　私、いまだに会ったことがないけど」

「うちの女将は今、旦那頭の乱丸の代わりに、雷獣の相手や、他の予約客のもてなしで手一杯だ。そもそもうちは予約制なんだがなあ……お涼ちゃんといい、その大商人といい、こういう忙しい時に限って珍客がやってくる」

「葉鳥さんだって天神屋に予約なしで来たじゃない。おかげで私がお泊まりするはずだったお部屋が奪われたのよ」

「ええ？　あはは……ま、そういうこともある！」

葉鳥さんは自分のことをすっかり棚に上げていたが、ちゃっかりごまかし、新たにやってきたタヌキのお客様に愛想の良い対応をしていた。

私はおつまみの入った四角い箱を抱えたまま、銀次さんと共に、例の大商人がいるという宴会場をそろっと覗き込んだ。

そこでは大柄のガマガエル面の男たちが、偉そうに踏ん反り返って、大きな杯でお酒を呷り、顔を真っ赤にしている。

仲居たちは料理を運んだりお酌をしたり、酔っ払った男たちに絡まれたりと、とても忙しそう。急な客だったにもかかわらず、人員をここに割かなければならないみたいで、裏でバタバタやっている理由がよくわかった。

あ。奥の中央に座る、茶色の図体をした大きなガマガエルが親分っぽい。

いかにも成金という雰囲気だ。お気に入りなのか、ねねを側にはべらせ、お酌をさせている。その手前で、一際小柄に見える秀吉が手をもみ、愛想笑い全開で交渉をしていた。

大蝦蟇の親分の後ろには、キラキラと輝く小さな盆栽のようなものがある。

ガラスのケースに囲われた、珊瑚色の宝石をぶら下げた美しい枝だ。

……あれが蓬莱の玉の枝。

「あ、ねね……っ」

その流れで、大蝦蟇の親分の側に居たねねの様子が気になった。

彼女は、大皿の煮物を一人の若い仲居がふらふらして運んでいることに気がつき、手助けをしようと立ち上がったのだが、酔っ払った大蝦蟇の親分に「どこへ行く！」と腕を掴まれ、強く引き戻されたのだった。

「きゃ……っ」

その勢いが強すぎた。ねねの足がもつれて転び、そのねねにひっかかって若い仲居が転ぶというドミノ式の大惨事が発生する。

見事に宙を舞った煮物の大皿。

これがまた、漫画みたいに大蝦蟇の親分の頭に命中したのだから大変だ。

「…………」

場の空気が、一気に冷え冷えしたものになった。

陽気な音楽は止まり、仲居たちは青ざめていた。

この事故を引き起こした当の本人である若い仲居は、今にも泣きそうな顔。

そりゃあそうだ、かわいそうに。

「も……っ、申し訳ございませんっ‼」

蓬萊の玉の枝について交渉をしていた秀吉が、即座に土下座して謝った。

転んだねねや仲居もまた、すぐに起き上がって懐から手ぬぐいを取り出し、ガマガエルの頭を拭って(ぬぐ)いた。しかし大蝦蟇の親分ときたら、茶色い顔を真っ赤に染めて激しい怒声を上げている。

自分がねねを引っ張ったのがそもそもの原因だというのに、転んでも起き上がったねねに八つ当たりをして、その大きな手で張り手して突き飛ばしたのだ。

「⁉」

それを、身軽な秀吉がすぐに立ち上がって受け止めた。

大蝦蟇の親分の乱暴な振る舞いに、秀吉が「てめ……っ」と本性を出して文句を言いそうになったが、そこは若旦那(わかだんな)。ぐっと堪(こら)えた。

「なんだその目は！　玉の枝を、売ってやらないぞ！」

大蝦蟇の親分が蓬萊の玉の枝の話を持ち出し、ひとしきり脅す。

ねねはすぐに跪き、「申し訳ありませんっ、申し訳ありませんっ！」と何度も頭を下げて謝罪をしていた。

その必死な姿は、私が抱いていたねねのイメージとは、少し違うものだった。

「折尾屋の旦那頭を出せ！　お前たちじゃ話にならん！」

大蝦蟇の横暴な態度に、私は思わず宴会会場に入っていきそうになったが、銀次さんに腕を掴まれ「ダメです」と止められる。

「で、でも」

「葵さんは人間です。人間の娘は、あのような者と関わってはいけない」

たしなめるような口調でそう言うと、銀次さんは私にはここに居るように言って、慌ててその場へ出て行った。騒然として立ちすくむ仲居たちに片付けの指示を出すと、秀吉やねねと並んで、ひたすら頭を下げる。

こういう光景は、天神屋でもままある。

そもそも宴会などの気が高ぶる場所では、よく見られる光景だろう。

どんなに理不尽なことでも、従業員はこうやってお客に謝るほかない。

何だかやるせない思いばかりで、私はぎゅっと、おつまみの箱を胸に抱く。

私は折尾屋の従業員ではないけど、やっぱり私も出て行って、謝ろうか。銀次さんにここにいるよう言いつけられていたけれど、何もしないでいるのは歯がゆい……

そんな私の肩を引いたのは、折尾屋の浴衣姿のお涼だった。

「葵、あんたが出しゃばる場面じゃないわ。ここは私に任せなさいな」

「お涼……？　あんた……」

お風呂上がりなのに、お化粧バッチリなあたり、今日のお涼は絶好調。

得意げな顔をして、私の抱えていたベーコンのおつまみの箱を取り上げて、部外者のくせにその宴会場へずかずかと入っていく。

「あらあら、まあまあ。大蝦蟇の油吉さんではありませんこと？　いったいどうしたのです、そんなに顔を真っ赤にして」

お涼は、さも偶然前を通りかかったとでも言うような、陽気な口調で声をかけた。

折尾屋の従業員、一同唖然。

「……お前、天神屋の？」

「お涼ですよ、天神屋のお涼。去年の冬にお世話になりました。まあっ、また仲居にちょっかいをかけているのですか？　そんなことでは、いくらお金持ちでもモテませんことよ」

「おっ、お前」

お涼の気ままな態度を、秀吉が慌てて止めようとしたが、銀次さんがそれを視線で制す。

「まあまあ、そんなに怒らないで。ね？　良いものあるんです。現世のおつまみなんですって。これがなかなかいけるんです。ご興味おありでしょう？　あ、仲居さんたち、じゃんじゃんお酒持ってきてーっ！」

テンポの良い、場の切り替え。

相手が戸惑っている間に、次の話題へ次の話題へと持っていく話術。

大蝦蟇の親分はすっかりお涼のペースに呑まれ、折尾屋の従業員を怒る隙を失った。

さ、流石は元若女将。お涼ってやっぱり実力があったんだな……

「ふう。流石はお涼さんですね。酔っ払いの相手だと、彼女の右に出る者はいません」

銀次さんが安堵しきった表情で、こちらへ戻ってきた。

「彼女は極力、お客に謝らない方法を探します。それがあのテンポの良い場の切り替え力と、達者な口前の習得に繋がったのです。お見事！」

「た、確かに凄いわね……誠実な動機とは言い難いけど」

謝りたくないってのが、お涼らしいというか何というか。

彼女がやってきたおかげで、この場はなんとか丸く収まり、再び宴会が始まった。

天神屋の元幹部の力を借りたとあって、秀吉もねねも複雑そうだ。

特にねねは、心底悔しそうな、それでいてどこまでも落ち込んでいるような、ぐっと眉を寄せた弱々しい表情……

私はそれが、少し気になるのだった。

結局おつまみは、あの場を丸く収める為の、お涼のアイテムと化した。

そのせいで誰にも味をチェックしてもらえなかったが、まあ仕方がない。役立ったのだから良しとしよう。

銀次さんはそのまま折尾屋の仕事に戻り、私は一人であの旧館台所へと向かう。

「……や。こんばんは」

「!?」

人気の無い廊下を歩いていただけなのに、突然すぐ後ろから、耳元に囁(ささや)く声があった。

ぞくっと背筋が凍る。その長い金の髪が私の肩をさらさらと流れて……

その男は、真上から私を見下ろしていた。

「ぎゃーっ」

私は可愛げの無い悲鳴をあげて、ガタガタガタと慌ただしい足取りで逃げ惑い、壁際に背をつけてそいつを真正面から見た。

顎(あご)の細い妖艶(ようえん)な顔立ちのせいで、目元を細めたその笑顔が余計に怪しい。

こいつ……あれだ。雷獣だ!

「そんなにびっくりしなくてもいいのに。あやかしは人間を驚かせるものだけれど」

「だ、誰だって今みたいな声のかけられ方をしたら、驚いて悲鳴をあげるわよ。な、なんで真上から見下ろしてんのよ！」

　小刻みに震える。この男に近づいたら、いつもこうなる。

　きっとこいつが、雷獣……私の苦手な〝雷〟だからだ。

「怯えているのかい？　可愛いなあ。週刊ヨウトを読んだ限りでは、天神屋の鬼嫁は相当図々しい性格をしているって話だったけど」

「なにそれ。捏造記事よ」

　というか私の記事を書いている奴って、いったいどこから私の情報を……？

　雷獣はその細く長い指で私の横髪を払い、形容しがたい怪しい手つきで頬に触れる。

　静電気のようなピリッとした痛みに、思わずビクッと肩を上げた。

「それにしても、本当にあの津場木史郎にそっくりだねえ。驚きだ。目元や口元なんてほんと……ああ、でも、奴は男だったから骨ばっていて不味そうだったけど、君は女の子だからすごく柔らかそうだ。美味しそうだねえ」

「ぎゃ――――」

　変態だあああああ。変態だ変態だ。

　セクハラだセクハラだセクハラだー。

ただただ、怖気。私は過剰反応してぎゃーぎゃー騒ぎ、相手がキョトンとしている間に脱兎のごとく逃げ出した。

「待ってよー。津場木葵ちゃーん」

「悪妖退散悪妖退散悪妖退散……」

ダメだ。あのあやかしはとにかく苦手だ。

奴は馴れ馴れしくも私の名を何度か呼んでいたが、しつこく追いかけてくるようなことはなかった。私が全力で逃げ切っただけかもしれない。

「はあ。変なのに遭遇してしまった。流石に旧館台所までは来ないと思うけど……」

緊張したおかげか、夕方の試飲の酔いなどすっかり覚めている。

「葵しゃんどうかしたでしゅかー」

ちゃぶ台の上で、いつも海へ遊びに行っているチビが貝殻やシーグラスを並べて眺めていた。ここへ来て拾ってきたコレクションとのこと。

「どぎついあやかしに遭遇したのよ。あれは変態だと思うわ」

「あやかしなんてみんな変態でしゅ。変態するでしゅ」

「多分あんたの言ってるのと違うと思う」

はあ、とため息。チビは頼りにならないが、いないよりマシだ。

こう言う時、大旦那様がまたひょっこり来てくれたらな……

「な、なに考えてるのよ私。大旦那様だって、忙しいんだから」

パンパン、と頬を叩く。今までそんなこと考えたこともなかったくせに。

気を取り直して、私は私のやるべきことをしなくちゃ。

本日好評だったベーコン。これを追加して作るために、豚バラブロックに下味をつけて封布に包んでしっかり下ごしらえをしておく。今回はもう少し時間をかけて作ろう。

あれこれやって、壁にかかった時計を見る。

もう、真夜中の〇時過ぎだ。あやかしたちにとっては、まだまだこれからという時間帯。

「ふああ。でも私はもう眠いわ。明日は、買い出しに港町へ行った方が良いわね……」

冷蔵庫を見て、作りたいお料理に必要な食材を紙に連ね終わると、寝床と化した本館の座敷牢へと戻って、お風呂に入ってさっさと寝る。

その頃にはもう、雷獣との遭遇で味わった悪寒じみたものは、すっかり忘れてしまっていたのだった。

翌日、私は朝早くから起き上がって、折尾屋のフロントのあるロビーに向かった。

乱丸が留守中の間の権限を任されている秀吉か、番頭の葉鳥さんに外出許可を貰いたいのだけど……

「……秀吉？　あんた何してるの？」

茶毛の短髪、小柄で目つきの悪い、二尾の化け猿。

折尾屋の若旦那である秀吉が、地べたを這いずってロビーの机の下やソファの下を覗き込んでいた。謎の体勢だ。

「げ、天神屋の鬼嫁」

「津場木葵よ。その呼び方はやめて」

「チッ。んなこたあどーでも良いんだよ」

「何してるの？　お客様の落し物でも捜してるの？」

「ちげーよ。もっとこう……赤くてふわふわしてる……丸っこい……」

「赤くてふわふわ？　何よそれ」

いまいち想像できない私だが、すぐに鉢植えの裏側を覗き込んだ秀吉が「あ、こんなところにいやがった！」と、その捜し物を引っ張り出す。

「あ……本当に赤くて丸っこくてふわふわ」

秀吉の手の中には、言っていた通りの謎の毛玉がすっぽり収まっていた。

とても小さい。何これ……

「ねね！　てめえ、ちょっと失敗したくらいでヘタレこんでんじゃねーよ！」

「え、これって折尾屋の若女将（わかおかみ）なの？」

驚いた。あのキャピキャピ声でアイドル顔の、若女将ねねが……この毛玉？

しかしそこには、私を虐（いじ）めていた威勢の良いねねの姿はどこにもなく、丸くなって震えている赤くて小さな、みすぼらしいねずみの姿だけがあるのだった。

「乱丸様も留守で、儀式も目前だって時に、おめーがへばってどうすんだよ！　てめーが途中でその姿になって逃走したって言うから、仲居たちも大変だったんだぞ！　まあガマ野郎を天神屋の雪女が何とかしてくれたおかげで、事なきを得たが……」

秀吉が昨晩のあの騒動の話をすると、ねねは震えていた体を起こして、秀吉の指をガブッと噛（か）む。

「いって――――っ！」

秀吉の絶叫が響く。ねねはぴょんとその手から飛び降り、メラメラと燃え上がる火玉のように炎の毛を逆立て、チーチー鳴いていた。

「そういえば、火鼠（ひねずみ）だったっけ。へー、こんなあやかしなんだ」

「何をのんきに観察してやがる。ねねは気分が落ち込むとすぐにこの姿になって、なかなか元に戻れなくなるんだ。でもそれじゃあ困る！　おいねね、もうちょっとしっかりしやがれ！　若女将は幹部だぞ！」

「うっさいこのバカ猿！」

ねねが悪態をついた。

「簡単に戻れたら戻ってるってのよ！　どっかいけ！」

「なっ、てめっ、海に放り投げるぞ！」

「やれるもんならやってみなさいよ！　バカ猿バカ猿っ！」

「ち、ちょっと……」

私が入る隙もなく、子供みたいな言い争いを始めた二人。ここの若旦那と若女将です。

うーん……ねねが落ち込んでいるということは、やっぱり昨日のことが堪えているのだろう。プロの若女将なのだからしっかりしろという言葉も理解できるが……

「いい加減にしろねね！　昨日から何も食ってないだろうが！　ちゃんと食わねえと化けられない。ほら、食堂へ行くぞ！　お勤めに間に合わねえ」

「嫌！　嫌ったら嫌！　こんな姿をみんなに晒すくらいなら死んだほうがマシよ」

「アホか。そのちみっこい形が惨めならさっさと気分を戻して、化けてみろってんだ」

「うるさい猿！　死ね！　十円ハゲ！」

「あっ、てめっ、もう十円ハゲはねーって言ってるだろうが！　え、無いよな？　無いよな俺に十円ハゲ……」

ここぞと心配して、私に頭部を見せつける秀吉。

いや、無いけど十円ハゲ。

「おいおい、早朝に大声で喧嘩するなよな。お客たちが目を覚ましたらどうする。クレームを受けるのは俺なんだからな」

「あ、葉鳥さんおはよう」

「おはようお嬢ちゃん。よく眠れたか？」

いつの間にか、フロントの台の内側でこの喧嘩を眺めていた天狗の葉鳥さん。

彼は常々チャラいけど、ねねや秀吉と比べたら落ち着いて見えるから不思議……

「ねねちゃん、君は今日、完全オフだ」

「えっ！　で、でも、そんな……」

「乱丸に連絡したら、その方が良いだろうってさ。ねねちゃんはきっと疲れているんだ。ずっと休暇を取ってないだろう？」

ねねは火鼠の姿のまま、困惑していた。

なんだかもう、振動する電池でも入ってるんじゃないかってくらい震えている。

「私はもう、いらないってこと!?　乱丸様に、クビにされちゃった!!?」

「いやいや。そういうんじゃない。そりゃ、ねねちゃんがいた方が今日の営業はスムーズだろうが、一番あってはならないのは、花火大会の時に若女将がいないことだ」

「……でも、でも」

「おい葉鳥、それじゃあ今日の営業はどうするんだ？　べ、別にねねが休みを取るのは、俺だって良いと思うが……」

秀吉が、もごもごなんか言ってる。

「今日は今日で、居る者たちで助け合ってなんとかするしかない。ねねちゃんは気負わず、しっかり休むと良いよ」

葉鳥さんはカッコイイ顔してお得意のウィンクをかますも、ねねにはいまいち響いてないみたい。何がそんなに気にくわないのか、葉鳥さんの指にもガブッと噛り付いていた。

しかし流石に年季の入り方が違う。葉鳥さんはめげることなく、笑顔のまま「なあお嬢ちゃん」と私に声をかけた。噛まれた指はすりすりしながら。

「よかったら今日、ねねちゃんのことを頼めないか？」

「え？　私？」

「お嬢ちゃんが肴の準備で忙しいのは重々承知だが……それを手伝わせるもよし、ただそこに放置しておくもよし。あ、そうだ。良かったら何か食わせてやってくれ。肴の試食係とかさ。嬢ちゃんの飯を食ったら、ねねちゃんもなんとかなるかもしれない」

頼むよ、と手を合わせて、眉を寄せ再びウインクという器用な合わせ技を見せつける葉鳥さん。

一方ねねは「なんで私が謹慎なの!?　天神屋の鬼嫁と一緒に居るなんてヤダヤダ」とわがままを言っている。しかしわがままを言った先からまた丸くなって震えるので、こちとら見てられない情緒不安定具合だ。

「それは別に良いんだけど……でも私、今日は港の方に買い出しに行こうと思っていたの」

「お！　そりゃあちょうど良かったじゃないか。ねねちゃんも連れて行ってやってくれ。この子こう見えて、あまり外に行こうとしないんだ、結構な引きこもりでさー」

「……そういえばさっきも植木鉢の裏に引きこもってたわね」

私は小さくため息。何だか妙なことになったな……

「そこのねねには散々嫌がらせをされたし、嫌がらせが行きすぎて足首を痛めたこともあったけど、確かに若女将が不在だと花火大会……もとい儀式に影響が出そうだわ。そしたら私も困る。……うん、分かった。私がこの引きこもりを外に連れ出すわ」

チビにするみたいに、ねねをひょいと持ち上げようとした。

しかし触れるや否や、あまりの熱さに「あちち」と手を引っ込めてしまう。

さすがに火鼠。やっぱり体は火で出来ているのだ。

「人間にゃそいつを持ち上げるなんて無茶だ。チッ……俺が持ってく」

私が持つことのできなかったそれを、秀吉が手のひらで掬う。

むすっとした顔のまま、私より先に、ズンズンと旧館の方へと行ってしまった。

旧館の台所に戻っても、ねねは火鼠の姿のまま。

そこにあったザルの下に潜り込んで、隠れてしまった。

「まさか……ねねがこんなにネガティブだったとはね」

初対面の印象から、もっとこう、自信満々なタイプかと勝手に思っていた。

「ねねは結局のところ生真面目なんだ。若女将とはこうでなければとか、他の仲居たちに舐(な)められたらいけないとか、色々考えてしまって……それが空回りすることがある」

秀吉は床上の段差にどかっと座り込んで、相変わらずムスッとした表情だ。

だけど、いつものぶっきらぼうな雰囲気とも少し違う。

「自分には若女将としての才能が無いとか、そんなくだらねえことでいつまでも悩んでやがる。昨日だって、自分じゃどうしようもなかった状況を、部外者である天神屋のお涼が簡単に丸く収めたもんだから、それで自分に自信が無くなってんだ。確かにあの、宴会席の空気を支配する手腕は見事だったが……」

秀吉がお涼の話をすると、ねねはザルの下からシャシャッと出てきて、秀吉の腕にまたもやガブッと噛み付いた。

「あいたっ！　て、てめーふざけんな!!」

ねねは怒る秀吉に向かってチーチー鳴いて、その小さな手で耳を塞(ふさ)いでしまう。

そんなねねの首根っこを、秀吉は乱暴につまみあげようとしたが……

「まあまあ。あんたもねねが心配なのは分かるけど、デリカシーってものが無いわよ。今、ねねはそういう話を聞きたくないんだわ。ますます萎縮して、自信を無くしてしまう」

「は？　何だよ、俺が女心を分かってないって言いたいのか？」

「え？　あんたが女心をわかっているなんて、一ミリも期待してなかったけど……」

「…………」

秀吉はチッと舌打ちして、「俺はもう仕事に戻る！」と、ブチ切れた態度でズカズカこの旧館を出て行く。

ふう。うるさいのは居なくなった。

秀吉はきっと、ねねの若女将としてのプライドを奮い立たせたいと思って、あえてお涼の話題を出したのだろうけど……でも、ねねはその話題を恐れているようにも見える。

「ねね、買い出しには付き合ってもらうけど、何か食べておく？」

「…………でも」

「あんた昨日からその姿のまま、何も食べてないんでしょう？」

今ばかりは詳しい事情を聞かずに、ただ彼女の空腹を気遣った。

「何か食べられそうなものを作りましょうか？　葉鳥さんに任された訳だし」

「い、いらないわよ……あんたの料理なんて」

「んー、私にお任せでいい？　何か嫌いなものとかある？　好きなものは？」

「ちょ、勝手に話………はあ。苦手なものは、わさびよ」

「なるほど、わさびね」

「好きなものは……はまぐり」

ねねは話の途中で、何かを諦めたみたいに、素直に教えてくれた。

今意地を張っても、何も変わらないと思ったのだろう。

「じゃあわさびは使わず、はまぐりを使ったものにしましょう。そう難しいことじゃないわ」

私はちゃぶ台の側に落ちていた座布団を持ってきて、ザルに敷く。ねねにその上で休むように言って、他には特に語ることもなく、自分は朝食の準備を始めた。

ねねは何だかんだと疲れていたのだろう。私への警戒心はまだあったようだが、やがてその座布団の上に飛び乗り、体をぺたんとさせて寝てしまった。

その姿があんまりにも弱々しく、ついでにとっても可愛いものだから、私はねねに対し、今までの恨みつらみよりも、何か食べて元気になって貰いたいという気持ちが大きくなってきたのだった。

「さて、何作ろうかな……」

今日は女子同士の朝食だし、簡単で可愛らしいワンプレートはどうだろうか。

「混ぜ込みライスボール、カニカマのサラダ、はまぐりとチーズのクラムチャウダー、てところかしら。うんうん、洒落てる」

まずは、はまぐりのクラムチャウダーから。クラムチャウダーって、あさりを使ったクリームスープというイメージなんだけど、ちょうど肴の試作で使おうと砂抜きをしていた〝はまぐり〟があるので、今回はねねの好物であるこれが主役だ。

はまぐりは鍋で酒蒸しし、貝の殻が開いたら、その貝の身を取り出す。

「ああっ、酒蒸しでも十分美味しそう。うん、というか、はまぐりは美味しい。身が大きくて、プリプリしていて。ねねも良い趣味してるわ……きっとこの地のはまぐりをたくさん食べて育ったねずみなのね」

あ、酒蒸しした煮汁は大事よ。すごい出汁なんだから。捨ててはダメ。

さて、別の鍋で刻んだ玉ねぎを飴色になるまでじっくり炒める。ここに先ほどの煮汁と水を加えて、他の細かい野菜ともに煮込む。スープ系は少しずつ残っている野菜の処理にぴったりのお料理なので、色々入れてる。人参とかじゃがいもとかしいたけとか。

ちょうど銀次さんが用意してくれていたバターがある。これと小麦粉を鍋に溶かし入れ、汁にとろみがつくまで煮たら、酒蒸ししておいたはまぐりを投入。最後に温めた牛乳、塩胡椒で味付け。チーズを削り入れ、これがとろけたら、丸い器によそって……

「うん、可愛いかも」

大ぶりはまぐりの、チーズインクラムチャウダー、完成だ。

後はカニカマを手でほぐし、きゅうりの薄切りとプチトマトをのっけた、定番のカニカマレタスサラダを作る。

またここの土産物屋から銀次さんが持ってきてくれたものの中にあった、〝梅イカとろろ昆布〟のふりかけで、混ぜ込みご飯を。

「何このふりかけ、卑怯な組み合わせしてるわね〜」

だってカリカリ梅とスルメイカの干物が入ったとろろ昆布って……そんなの絶対美味しいに決まってる。さすが海のある土地というだけあって、折尾屋のお土産って豊富ね。

「私の中で、ライスボールは、一口サイズの丸いおにぎり」

この混ぜ込みご飯を、コロコロまるめて大きな平皿に六個並べる。

脇にクラムチャウダーのお椀、サラダの小鉢を一緒に載せてしまえば、なかなかオシャレなご飯が揃う。何といっても見た目が可愛らしい。

「わあ、隠世らしからぬブランチプレート……」

フレッシュな香りがお気に入りの、柚子はちみつ水も添えて。

「うーん……」

ねねが唸り声を上げ、ぴょこっと起き上がった。

「ねね、ご飯食べられる？　って……そういえばその姿だったわね。お箸や匙は使えないんじゃない」

「でも……お腹すいた」

ぐー、と。堂々となるねねの腹の虫。誰しも空腹には耐えられない。

「じゃーん」

そんなねねに、ワンプレートを見せつけてみた。

「どう？　可愛いでしょう。現世のカフェ風ワンプレートよ」

「……かふぇ？」

「とりあえず食べてみて」

彼女の目の前にワンプレートを置くと、ねねはねずみっぽくプレートの周りをちょこちょこ回り、鼻をひくひくさせていた。

やがて一口サイズのおにぎりを両手に持って齧り付く。頬袋いっぱいにして食べるその姿はまさにねずみ……

「あんた可愛いわねえ」

「は？　そんなの当たり前でしょ」

「…………」

ごはんは食べてくれるが、まだどこかつんつんしているねね。前みたいに敵意むき出しという訳じゃないけど。

私は匙でクラムチャウダーを掬い、小さなねずみの目の前に持っていく。

「ほら、これも飲んでみて」

ねねは両手で匙の先を持って、そのスープを器用に飲んだ。

はまぐりも手で持って、前歯で引きちぎりながら食べる。ねずみ……かわいい。

「変な味」

「え……もしや不味い？」

「ううん、美味しいけど、はまぐりの入った牛乳の汁物なんて、変なのって思っただけ」

「でも、はまぐりの出汁が……凄いでしょ」

「うん、はまぐり、濃い」

「チーズも入ってるんだけど、現世では、チーズってねずみの好物というイメージがあるの」

「そうなの？　なら私もチーズ好きかな、あんまり食べたことなかったけど。……あ」

ご飯を食べたからか、ねねの姿が徐々に大きくなっていく。

ねずみはねずみなんだけど、霊力が少しは回復したってことかな……

体が大きくなれば、自分で匙をもってクラムチャウダーを飲んだり、ライスボールやサラダを食べられる。

なんだか前に夕がおを訪れたお客さん、入道坊主の薄荷坊さんを思い出すなー、このフォルム。入道坊主の薄荷坊さんとは、ムジナのあやかしだった。

「なかなか人間には化けられないわねえ。あ、天神屋の地下にいる鉄鼠にも似てる」

「鉄鼠なんかの低級と一緒にしないで。戻りたくても戻れないのよ。ふん」

　ねねは頬袋を膨らませたまま、ふいとそっぽ向く。

　やっぱり人間の姿になれるかなれないかは、精神的な問題なんだろうな。

「それを食べたら、さっそく港町に行きましょう？」

「この姿で⁉　嫌だ、恥ずかしい。ここに引きこもる！」

「恥ずかしいって……その姿だったら、誰もあんただって分からないじゃない。逆に行動しやすいかもよ？」

「……あ、そっか」

　ねねは素直な反応を見せた後、しばらくして「分かったわよ！」とぶっきらぼうに返事をしたのだった。情緒不安定なのである。


　港町へは松林を歩いて行くこともできるが、葉鳥さんの計らいで港までの船を出してもらい、それに乗って楽な移動ができた。

　帰りの船も用意してもらえるらしい。これで沢山買い出しをしても問題無いわね。

　市女笠を被り、大きな籠を背負って、いざ海の市場へ。

「ねね、あんたこの港町に来ることあるの？」

「ううん、ほとんど無い。買い物に行く時間が無いもの」

「じゃあ、この機会に色々買ってしまいなさいよ。買い物をするとストレス発散になるらしいわよ。私も大学生の頃、ちょっともやもやしている時なんかに、日頃は買わないワンランク上の食材を買ったりして、気分を紛らわせていたわ!」

「……それってあんたくらいなんじゃないの?」

「ふふふ……今回は、折尾屋のお金で沢山の食材が買える……これってまたとないチャンスだわ。夕がおのはかない経費だと、なかなか手が出せないものもあるからねえ」

「あんた今の自分の顔、鏡で見てみたら? 凄いことになってるんだけど」

ねねが何かとつっこんでくるが、気にしている余裕もないくらい、ここは私にとっての宝庫だ。港町には海鮮のお店だけではなく、果実屋、土産物屋、お惣菜屋や、屋台などが並んでいる。あ、土産物屋にはあの白い能面も……

「………」

ねずみ姿のねねは、テチテチ足音を鳴らして横を歩きながら、私の後をついて、店やあやかしたちの営みを見ていた。

ここには人に化けているあやかしもいれば、ねねのように半獣姿だったり、完全にあやかしらしい姿の者もいる。

だからねねが、私の腰ほどの背丈の赤いねずみでも誰も気にしない。

折尾屋の若女将（わかおかみ）だって言ったら、ここの皆、驚くかもしれないなあ。

「あ、見てよねね。この茶屋、すごく繁盛してる。ヤシの木茶屋だって。えっ……見て見て、ナタデココあります、だって！」

その立て看板が気になって、買い物そっちのけで茶屋に入る。前に大旦那（おおだんな）様とここへ来た時は、見つけられなかった風情のある茶屋だ。

混んでいたが、お昼時を少し過ぎたお茶時前だったこともあり、ちょうど二人席が一つ空いていた。

「ちょっとあんた、買い物に来たんじゃないの⁉　ここ茶屋なんだけど」

「だって、ナタデココよ。隠世でナタデココって文字を見ただけでびっくりよ」

「……なたでここ、そういえば仲居の子たちが言ってた。そういう変な名前のお菓子が港町で流行（はや）っているって」

「あら、あんたは食べたことないの？　じゃあちょうど良いわ。一緒に食べてみましょうよ。ナタデココは一度食べてみた方が良いわ……」

この茶屋は最近できたのか、内装はとても綺麗（きれい）で、若者向けのお洒落な感じ。

メニューは数多くあったが、おすすめのナタデココ入りあんみつを迷わずチョイス。

ねねも同じものを選んだ。

「お待たせしましたー」

あんみつと冷たい麦茶を店員が持ってきて、なんだか聞き覚えのある声だなと思って顔を上げた途端、ギョッとした。

なんとその店員……大旦那様が若く化けたあの顔をしていたのだから。

「あ、あんた……何してるのこんなところで」

思わず聞いてしまった。ねねが「知り合いなの？」と不審がっているため、はっとして口を押さえる。

「ああ、どっかで見た顔だと思った。折尾屋に来てたあの魚屋か。仲居たちが、男前の新しい魚屋がいるってはしゃいでたのよね」

頭に手ぬぐいを巻いた姿の大旦那様は、「魚屋をやめて茶屋に再就職しました」とか何とか。いけしゃあしゃあとまあ……

最近大旦那様が行方不明、というか意味不明だ。

「魚屋もうやめちゃったの？　根性ないわねえ〜、次はちゃんと続けなさいよ。お店にも迷惑をかけるんだから」

ねねの素直な叱咤激励に、大旦那様は笑顔のまま「あはは手厳しい〜」と。

どう考えても怪しい奴だし、天神屋の回し者だと考えてもおかしくないのに、ねねはこの男を疑ったりせず、むしろその身の置き方を心配している。

「かわいいお嬢さんたちが来てくれたんで、ナタデココ多めです。マンゴーもサービスしてますよ～」

「…………」

今の大旦那様がそういうことを言うと、若干チャラ臭いわね……

しかし目の前に置かれた、ガラスの器に盛り付けられたあんみつは、女子の心をくすぐる涼しげな見た目をしていて、私もねねもすっかりそちらに目を奪われる。

透明の寒天に混ざった、もう少しだけ乳白色をしたナタデココ。色とりどりのあんこ玉と、求肥（ぎゅうひ）、桃やスイカ、みかん、あんずなどのフルーツに、サービスのマンゴーがトッピングされている。上から黒蜜（くろみつ）をたっぷりかけて食べるようだ。

「わっ、寒天かと思った。でも表面がちょっと固い。食感が斬新（ざんしん）」

ねねは寒天に混ざった四角いナタデココを食べて、その食感にすっかり驚いている。

私もこれは久々だ。ナタデココの、この歯ごたえが楽しいのよね。

「ナタデココって、確かヤシの実を発酵させて作った食品よね」

「ええ。南の地にはヤシの実がたくさんあるのに、いまいち活用しきれていないのが勿体（もったい）ないと言われていました。現世流の活用方法を学んだうちの店主が、乱丸様の後押しでナタデココを作ったところ、これが案外あんみつとの相性も良く、流行りました。妖都の新聞にも取り上げられた程です。では、ごゆっくり」

大旦那様はニコニコ営業スマイルのまま、別の注文を取りに行った。

いつだったか、現世の日本でも凄くナタデココが流行った時期がある。

それ以降、今となってはゼリーや何やらに入っている、身近な食材になったんだけど。

「このなたでここ、ってての、現世のお菓子なの？」

「ええ。日本ではゼリーに使われてることが多かったかな。ナタデココ入りあんみつって
ことは、本場のフィリピンの、ハロハロ……に近いデザートかも。美味しいわね」

「うん。……これ、美味しい」

ねねと向かい合って席に座り、こんな所でナタデココ入りの冷たい和甘味を楽しむ。

ガヤガヤと女の子のお客で賑わう茶屋。

あ、セミの鳴き声が薄い壁の向こう側から聞こえてくる。

八月も下旬。夏もそろそろ終わりを迎える……

「…………」

ねねはふと、あんみつを食べるのを止めて、どことも言えない曖昧な場所を見つめていた。

「私、こんなところで、何してるんだろう……」

「……宿が心配？」

「そりゃあ、だって……もうすぐ花火大会と、儀式が……」

今の今まで、仕事の話は一切してこなかったねねが、自らこの話題を出した。

何か私に、聞いて欲しいことがあるのかな。

「……ねえ、葵」

「ん？」

初めて名を呼ばれた。

「あんたってさ。誰かに密かに憧れて、それが大きくなりすぎて嫉妬したことってある？」

「嫉妬？」

コリコリした歯ごたえのナタデココを、噛んで飲み込み、私は眉を寄せてしばらく考えてみた。もう一口食べて、「嫉妬かあ」と。

「そういうのはまだ無いなあ。多分、嫉妬の対象に出会えていないだけだと思うけど」

「……そう」

「もしかして、ねねにとってそれは、お涼？　あんた、お涼とは付き合い長いの？」

ねねはふるふると首を振った。

「でも、あの人のことはずっと知ってた。私も子供の頃に、おじいちゃんとおばあちゃんに連れられて、天神屋に行ったことがあるもん」

「…………」

「お涼さん……のことも、見たことがある。その頃はまだ若女将じゃなかったけど、あれこれ気配りができて、機転が利いて、いつも自信に満ちた表情で……すごく綺麗だった。

お客さんはみんな、お涼さんと話していると、すごく楽しそうだったし」

「あ、あはは……まあお涼はただ、お客のクレームを受けたくないだけなんだけどね」

「でも、私が酔っぱらったお客さんにぶつかって怒鳴られていた時、すぐに駆けつけて私をかばって謝ってくれたわ。コロッと場の空気を変えて、怒っていたお客さんすら和ませて笑わせてた。……私にも後からこっそりお菓子をくれたりして、嬉しかったな」

「へえ。……そんなことが……あったの」

「折尾屋の仲居になったのは、天神屋であの人を見たから。あの人に憧れたからなの」

私の知らないお涼の顔。そして、ねねの、お涼との縁、仲居になった理由を知る。

「でもね、折尾屋の仲居として頑張って、若女将になってやっとわかった。あの人のような立ち居振る舞いは、私には出来ないって。仲居になってあの人の噂をたくさん聞くようになったし、同じ若女将として……比べられるようにもなった。自分があの人より劣っているって自覚はあるの」

「……ねね」

「でもね、仲居たち……秀吉や、他の幹部、乱丸様……他の人からその名が出てくると、たまらなくなって、嫉妬の気持ちを抑えられなくなる。そして、そんな器の小さな自分に幻滅して、すぐにへコんじゃう。どこか一人になれる場所を探して、苦しい思いをぐっと抑え込もうとする。だけど一度落ちると、もうダメね。霊力が乱れて、人間の姿に化けられなくなっちゃう」

ねずみ姿の彼女は、瞳を潤ませ、匙で甘いあんこ玉を崩していた。

「だから、本当は嫉妬もしたくない。ヘコむ度に仕事に支障が出るから、その名前をできるだけ聞きたくないって思うようになっちゃった。最初は……憧れていたのに。……私ってほんと、ダメな奴」

肩書きが同じだと、比べられるということはあるのだろう。嫉妬してしまうということに、ねねは自己嫌悪しているように見える。

「別に、いいんじゃないの？　ダメな奴だなんて、思わないわよ、私」

嫉妬心を素直に認めている分、ねねは凄いと思う。

心の奥底でドロドロ嫉妬しているのに、表向きはにこやかに「尊敬している」とか言うより、よほど健全なような気もするし……

「あとね。お涼だって、別に完璧じゃないのよ。私を殺そうとして若女将を降ろされたくらいだし」

「うん、噂で聞いた」

「お涼も私に嫉妬してた。私も……いつかそういうことが、あるのかな」

嫉妬をするのって、どういう時だろう。

自分の居場所や立場を脅かされ、不安にかられる時……なんだと思うけど。

「私……なんで若女将に選ばれたんだろう」

「ねねは、若女将にならない方が良かった？」

「……ううん。それは、ないかな」

ねねは自分が若女将に選ばれたことに疑問を抱いているようだったが、若女将になりたくなかった訳ではないと、首を振った。

「私、これでも若女将の仕事は好きなんだ。でも心が弱いから、自分がなぜ若女将なのかを考えちゃう。もっと強くならなくちゃ」

ポツリポツリと呟く彼女の言葉。秀吉の言っていた通り、本当に真面目で、素直で純粋。だから、色々なことを深く考えすぎてしまうのだろう。

何か物事に一生懸命取り組むほど、それが上手くできなかったり、期待に応えられなかったりすると、苦しいのだ。他人と比べられると余計にもやもやする。

これは、誰にだってあることなのだろう。

それを思えば、私って本当にまだまだね……まだその境地に達していない。

「そういえば……ちょっと気になっていたことがあるんだけど、聞いていい？」

「何よ」

「ねねと秀吉って、同期か何かなの？」

「え、秀吉？」

「秀吉、あんたのことをやけに気にかけていたけど」

「ううん、同じ幹部だけど、ただの先輩と後輩よ。でも、幼馴染み（おさななじ）って言うのかな。私たち、同じ町の出身で、家もお隣さんだったんだ」

「へえ、そうなんだ！　よく一緒に遊んでいたの？」

「別にそういう訳じゃないんだけど、小さな頃からお互いによく知ってる。……秀吉は町で有名な悪ガキだった」

「ああ……うん。いかにもって感じね」

「でも乱丸様が町に来た時、その身のこなしや子分を纏（まと）める力に感心して、宿で働かないかって誘って連れて行っちゃったのよね。あれで結構な働き者で、宿の従業員にも慕われているの。秀吉は私の教育係だった時もあるから、それで今も、私のことが気がかりなのかも。暑苦しいのと、心配性が混ざってる奴だし」

「ふーん。案外、後輩思いの熱い男なのねえ……」

「でも、私知ってる。秀吉も、前の若旦那（わかだんな）……あの九尾（きゅうび）の……なんだっけ、銀次さん？　あのひとに凄く劣等感を抱いてる。乱丸様は、結局銀次さん以上の若旦那はいないと思ってるって……。多分、私よりずっと秀吉の方がキッいと思うのよね。だって、どうしたって超えられないんだもん。乱丸様と兄弟のように育った、前の若旦那、なんて……」

それでも、弱音も吐かずに日々がむしゃらに働いている秀吉を、ねねはそこそこ尊敬していると言っていた。

暑苦しくてうるさいけど、と。あんなにバカ猿と罵ったけど、と。

「秀吉は、乱丸様を誰より慕ってるの。ろくでなしだった自分を、まっとうな道に戻してくれたからだって前に言ってた。そして、乱丸様に食らいついていける奴じゃないと、どのみち折尾屋での仕事は務まらない、とも言ってたな。……儀式が、あるからね」

その言葉で、私はピンときたことがあった。

乱丸は、従業員のミスを許さず、すぐに解雇したり追い出したりしたと言っていたけれど、結局それは全て、儀式の為だったのかな……って。

「あ、そういえば……葵、あんた、足は大丈夫？」

「え？　足？」

「前に、仲居の若い子があんたの足をひっかけて転ばせちゃったでしょう？」

「ああ……あれね」

苦々しい思い出が蘇る。あれで足首を痛めちゃったんだっけ。

大旦那様が治療してくれたから、今じゃすっかり元どおりだけど。

「ごめんね……。私があんたにつっかかったりしたから、仲居の子たちがあんたを敵視しちゃった。折尾屋は、天神屋の者を見かけたら喧嘩腰が基本になっちゃってて……」

「え？　いや、別にそれは良いのよ。確かにしばらく痛かったし、作業効率も悪かったけど……まさかそのことを謝られるとは思わなかったわ」

「何よ。私はずっと気にしていたのよ」

「…………」

「ごめんね。私、すぐにああやって、若女将（わかおかみ）ぶろうとするから」

折尾屋の幹部たちって、最初こそ嫌な印象ばっかりだったけど、徐々に一人一人の本当の姿が見えてきた気がする。

特にねねは……私、大きな勘違いをしていたみたい。

お涼みたいな若女将像を目指し、求められていただけで、基本は凄く素直で良い子なんだろうな。

「ああ……何か、話せてすっきりしたかも」

――ボフン！

すっきりしたついでに、ねねは勢いよく煙を放ち、美少女の姿に戻る。

「あっ、良かった。いつもの姿になれたじゃない！」

「こ、こんな場所で……っ。折尾屋の若女将の着物のままなのに！」

「大丈夫大丈夫。可愛いわよ！」

「知ってる」

「…………」

ねねはキョロキョロ周囲を見回したが、お客は皆それぞれの甘味に夢中で、こちらのことなど気にしていない。彼女は安堵し、苦笑した。

「ふふ、可笑しい。私、本当に何してるんだろう。折尾屋の外で、流行の甘味を食べて、あんたみたいな人間に、色々と情けない話をして」

「…………」

「でも、あんたがよく分かんない人間だったからこそ、なのかな。私、あんまりこういうの話さないんだけど……あんたって聞き上手ね」

「……そう？　普段はご飯と一緒にあやかしたちの話を聞くんだけど……今回は、私のご飯より大旦那様のいるお茶屋さんの方が役立っちゃったわね」

「え、何？　おおだんな？」

「ああっ、いやいや、違う違う！」

手を上下にバタつかせ、慌てて誤魔化す。

「あはは。でも……あんたの料理も、噂通り、へんちくりんで美味しかった」

「へんちくりんって……。ま、良いわ。せっかくその姿に戻ったことだし、そろそろ買い出しに行きましょうか。あんたには私の市女笠を貸してあげる。その代わり荷物を半分持ってよね。私、ナタデココを食べに来た訳じゃないんだから」

「わかってるわよ。ていうか茶屋にはあんたが勝手に入ったんでしょ」

あんみつをすっかり堪能して、私たちは女友達っぽい言い合いをしながら、そろそろ茶屋を出ようとする。すると……

「このヤシの実茶屋では、ヤシの木の加工食品を数多く売っていますよ！」

大旦那様、もとい茶屋の店員が、お会計の際、店の端に備え付けられているココナッツ商品の棚を指差し、熱心におすすめした。私はまんまと惹きつけられる。

ヤシ乳、ヤシ油と表記され、並べられた缶や瓶がいくつかある。

「こ、これ……っ！　ココナッツミルクとココナッツオイルじゃない⁉　ねえねえっ」

「あ、葵、落ち着いて。なんか見てて恥ずかしいから」

ねねが興奮する私を落ち着かせようとする。でもこちとらまさかの食材に落ち着かない。

ちょうど、肴のデザートを何にしようかと考えていた所だった。

これが使えれば、南国情緒溢れる甘味が作れるのではないだろうか……っ。

「これください。ヤシ乳三缶と、ヤシ油一瓶」

「まいど！」

惜しむことなく食材を買いこんだ。店員の大旦那様が元気よく手のひらを打ち、商品を手際よく新聞紙で包み始める。馴染んでるな……大旦那様。

本当にただのヒラ店員のようにせっせと品物を包む大旦那様をじっと見ていると、大旦那様もまた私をチラッと見て、何かを思いついた顔をして「そうだ」と。

「市女笠は折尾屋の若女将に貸したんだね。代わりに僕の麦わら帽子を貸してあげよう」

「……麦わら帽子」

レジの内側からつばの大きな麦わら帽子を取り出して、私の頭にポンとのっけた大旦那様。楽しげな笑顔だ。

「うん、似合っているよ！」

「農作業用の大きな麦わら帽子が似合ってるって言われても嬉しくないわよ。ていうかなんで麦わら帽子……」

「愛用のを持ってきていたんだ。……南の地は日差しが強いから、気をつけるんだよ」

大旦那様は小声になって、口元に人差し指を当て、秘密めいた笑みを浮かべる。

「頑張っておいで」

その一言が、その仕草や表情が、何だか、無性にいただけない。

無性に、いただけない……

「……ふん。言われなくても頑張るわ」

自分でもよくわからないけど、私はなぜかツンツンした態度になる。

大旦那様から買い物袋を受け取ると、くるりと背を向け、すぐに暖簾をくぐって茶屋を出たのだった。

ねねは出入り口で、そんな私と大旦那様を交互に見て、不思議そうな顔をしていた。

「ねえ、あの甲斐性の無さそうな魚屋とあんたってデキてるの？」

「はあああ？」

ねねってば何をどう見てそう感じたのか。市場の大通りを歩いていた時にぽっと投げかけられたとんでもない質問に、私はどこまでも顔をしかめる。

「だって、その麦わら帽子も貰ったみたいだし。なんか変な感じがしたのよね、あんたたちの雰囲気。でも葵って、天神屋の大旦那の許嫁なんでしょう？　南の地で魚屋と浮気って修羅場ものじゃない？　天神屋の大旦那って怖いんでしょう？　バレたらあんた八つ裂きにされちゃうんじゃない？　ていうか週刊ヨウトの格好の餌食に……」

「ちょっと待って。いったいなんの話をしてるの。別にあの男と私はデキてないし、浮気じゃないし、そもそも大旦那様はそんなに怖いわけじゃないわ」

「そうなの？　天神屋の大旦那って怖くないの？　ぱっと見、凄く威厳がありそうだけど。鬼だし。鬼ってだけで怖いわよ」

「うーん。確かにそういう時もあるけど……でも怖いっていうか、訳わかんないって感じ」

だって、あんたの言う、あの甲斐性の無さそうな魚屋ってのが、天神屋の大旦那様なんだからさ……

「基本訳わかんないんだけど……でも時々、頼もしく感じる時もあるのよ。私のやることは、いつも遠くで見守ってくれる感じ。さりげなく手を貸してくれてるっていうか」

「へえー」

「……ていうか私はいったい何の話を？」

なぜだか顔が熱くなって、汗がタラタラと。多分暑いからだろうけど。

ねねは自分から話を聞いてきたくせに、きょとんとしてるし。

「こんな話はどうでも良いのよ！　市場に来たんだから、海の幸を買い込まなくちゃ！」

何かを誤魔化すように、すぐ側の大きな魚屋に駆け込む。

「えーとね……海老と、ウニ、サーモン……あ、見て、かぼすヒラメだって」

「ああ。養殖ブリに次ぐ、この土地の最近のブランド魚の一つよ。南の地はかぼすの生産も隠世一だから、かぼす果汁を餌に混ぜて食べさせて養殖したヒラメ。かぼすのおかげで肝の臭みが取れて、身も透明に透き通って、甘いけれどさっぱりしていて美味しいの。さっきのヤシの実の加工食品もそうらしいけど、南の地の新しい特産になりそうなものは、乱丸様がかなり援助をして、それを生産する施設や販売する環境を整えてる」

「へええ。乱丸も……裏で色々やってんのね」

「そうよ。乱丸様だって凄いんだから。厳しいところもあるけど、おかげで南の地は、この土地特有の武器を見つけて、確実に潤い始めている」

「…………」

新鮮な海の幸。ここは異界の魚や空気、呪いすら流れ着く、不思議な海。

ずっとずっと未開の土地だったけれど、確かな武器もあるのだ。

できることなら、この土地が努力して生み出した、新しい特産を使って海坊主をおもてなししてみたい。

何を作ったら、海坊主に満足してもらえるかな。

「……ん？」

並ぶ魚屋で大量の海の幸を買い込んでいると、ねねが隣の貝工房を覗き込んでいた。

簪や、帯留め、ブレスレットやネックレス、耳飾りや螺鈿の皿や器など……貝殻やシーグラスで作られた美しい装飾品が並ぶ。

「何を見てるの？」

「貝の耳飾り。ずっと欲しいなって思ってたの。買っちゃおうかな」

「あ、それ良いじゃない！　このヒトデ形のとか良いんじゃない？」

「あんた趣味悪いわねー」

そう言うねねが手に取ったのは、おどろおどろしく黒光りした巻貝の耳飾りだったので、それもどうかなと思ったり。

「あ……虹桜貝……」

前に大旦那様が浜辺で見つけてくれた貝殻。

あの虹桜貝の貝殻の欠片をはめ込んだ簪を見つけた。

「げっ。でも高い！」

「当たり前じゃない。虹桜貝って凄く稀少なんだから。これも常世から流れ着いた貝殻って言われてる」

「へえ……美味しいのかな」

「言っとくけど、これ貝殻しか見つかったことがないから、食べたくても食べようがないよ。生きた虹桜貝って、隠世には存在しないものなんだって。乱丸様が言ってた。そもそも貝殻なのかも分からないって」

「……そ、そうなんだ」

ちょっとショック……。でも流石に貴重な代物だけあって、謎に包まれた貝なのね。

私のは小袋に入れて帯に挟んでいるけど、貴重品なら大事にしておかないとね。

「よし、これにしよう！」

ねねは自分が買う装飾品を決めたらしい。

それは、薄紅色の髪によく映えそうな、小さくまるっとした貝殻でつくられた、藤色の耳飾り。それを身につけたねねは、いつもより少し大人っぽく見えた。

「おや、お嬢ちゃん折尾屋の若女将じゃないかね？」

たまたま通りかかった果実屋の、磯男のおじいさんが、ねねのことに気がついた。

ねねは少しの間固まっていたが、「あっ」と声を上げ市女笠の薄布を上げて顔を出す。

「もしかして、先月の市場の宴会で……」

「そうそう。あの宴会でお世話になったじじいじゃ！　わしが悪酔いしたのを、ずっと側で面倒見てくれた可愛い若女将さん。忙しそうじゃったのに、あの時はありがとう」

「い、いえ……そんな」

ねねはふるふると首を振った。彼女にとって、それはお礼を言われるようなことではないのだろう。おじいさんは気前よく、そこにあった甘夏をゴロゴロと紙袋に入れて、私たちにタダでくれた。ラッキー。

「あれ、あんた折尾屋の若女将じゃないかい？」

「ねねちゃんだ、ねねちゃんだー」

「珍しいねえ、今日はお休み？　スルメ持って帰んなよ！」

徐々にねねの周りに人が集まり始めた。

ねねは思いの外、折尾屋の若女将としてこの土地の者たちに認知されているみたいだ。

しかもなんだかんだと愛されている。色々なお土産を持たされている。

「というか……可愛がられてる？」

孫だったり、娘のように感じてしまうお客が多いのかもしれない。ねねが一生懸命若女将の仕事をこなしている姿を見ているからだ。

子供たちにも「ねねちゃんねねちゃん」と親しまれているのは、彼女ならではの特徴なんじゃないかな。お涼じゃ、ああはならないと思うし……

自分に無い力を、恋い焦がれる気持ちは分かる。

でも、ねねは自分にしかない〝若女将〟としての力を、知らずのうちに持っているのだ。

それは、ここ南の地の特徴のようでもある……

ねね自身、自分のことをお客さんたちがこんなに覚えてくれているとは思わなかったのだろう。恥ずかしそうだったが、同時に穏やかな微笑みを浮かべているようにも見えた。

こうやって外に出なければ、分からないことってあるのね。


買い物を終え、折尾屋のあの旧館へ戻ると、ねねは疲れてしまっていたのか、床上の涼しい場所で横になって、また眠ってしまった。

その寝顔はあどけなく、この宿の若女将という重圧を背負っている者のようには見えないけれど、実際に彼女はここの若女将なのだ。私自身が、それをよくよく理解した買い出しだったな。

今日は久々のオフだ。ゆっくり休むといい。

明日からまた、忙しくなるのだから……

「さーて」

私は私で、やるべきことをやらなければね。

ヤシの実の加工食品もいっぱい買ったし、何か作れないかな。

「あ、そうだ。ちょうど作りたいものがあったのよね。ココナッツオイルを使ってみましょう」

取り出したるは、買ってきたばかりのヤシ油。要するにココナッツオイル。

そして強力粉と薄力粉。いわゆる小麦粉。

この小麦粉をふるって……ココナッツオイルを加えて、小麦粉と切るように混ぜて……

冷水を加えてまた混ぜて……と。

酒の肴を考えないといけないのに、炭水化物を捏ねまくっているとは何事か。

「葵しゃーん」

毎度のことだが、勝手にどこかへ行っていたチビが、これまた勝手な時間に戻ってきた。

チビは台所に立つ私に飛びつき、「よいしょ、よいしょ」と肩までよじ登って、指を咥えて作業を見つめる。

「小麦粉こねこね、何してるでしゅかー」

「パイシートを作ってるのよ」

「ぱいしーと、って何でしゅかー」

「パイ生地のことよ。これで、一度作ったら保存ができるし、色々なパイ料理が作れるから、作り置きしておこうと思って。あんたはまた海で遊んでたの？」

「でしゅ。そろそろクラゲしゃんが出てきて、なかなかデンジャラスな海なのでしゅー」

「クラゲ？　大丈夫？　刺されなかった？」

「僕は泳ぎの天才でしゅ。クラゲの触手の隙間をスイスイでしゅ〜」

チビは肩からぴょんと飛び降り、タカタカ走って床上に飛び上がり、「ねずみしゃんでしゅー」と眠るねねを覗き込んでいる。

「起こしちゃダメよ。せっかくぐっすり寝ているんだから」

「僕もちょこっとお昼寝でしゅ。パイが焼けたら起こすでしゅ〜」

「あんた……」

チビはねねの隣に転がって、すでに鼻ちょうちんを作って仰向けになって寝ている。

まあいい。パイ生地を冷やしている間に、私はタダで貰った甘夏を使って、ジャム作りに励むとしよう。

甘夏のジャム……いわゆる甘夏の果肉と皮入りママレードだ。

素材の味を生かすため、砂糖控えめで作ろう。

「うーん、いい香りー」

甘夏を鍋でことこと煮込んでいる間の、爽やかで甘酸っぱい、だけどほのかに漂う苦い香りときたら……

これがねねの眠りの、良いお供になればいいなと思う。

「おい、戻ったのか？」

夕方、折尾屋の若旦那である秀吉がやってきた。

裏口から顔を覗かせ、キョロキョロしている。この甘い匂いに変な顔をして。

「あ、秀吉。ねねなら寝ているわ」

「……姿……戻ってんな」

「ええ。港町の茶屋で美味しいあんみつを食べてたら戻ったの」

「……何か言ってたか、ねね」

「うーん……お涼に相当なコンプレックスを抱いているようだった。若女将として敵わないって思い込んでいて。周囲に比べられるのも嫌だったみたい。余裕が無くなってたのかも」

「……そうか」

秀吉はいつものやかましいのとは違う、落ち着いた口調だ。

目をすぼめ、なんとも言えない顔をして、眠るねねを見下ろしている。

「……私、この子のことを誤解していたみたい。最初の印象が強すぎて、わがままな若女将なんだと思ってた。でも一対一で話してみると、凄く良い子だなって」

「そりゃそうだ。ねねは真面目すぎるくらいド真面目だ。若女将になっても、誰より一番動くし働く。乱丸様もそこに気がついていたから、ねねを若女将にしたんだ」

秀吉は頭を掻きむしって、ドカッと段差に座り込む。

「ねねがお前にキツく当たってたのだって、折尾屋の従業員は天神屋に敵対心を抱いている奴が多いから……そうでなければと思って、らしくない態度をとって無理してたんだ。若女将って立場上、数多くの女たちを纏めなきゃならない。敵に対し、強い若女将を求められてしまう。……あの天神屋のお涼がそんな感じだったから、自分もそうでなければと思ったんだろう」

「なーによそれ。私、それで足を挫いちゃったんだけど。まあ……ねねは謝ってくれたし、別に気にしてないけど」

「ふん、悪かったな。こういう協力態勢になるなんて、当初は思ってもみなかったんだよ。俺たちは……打倒天神屋ってのを目標に、ずっと頑張ってたからな。そういうわかりやすい目標が無いと、ここまでは来られなかった」

「…………」

「ねねは、確かに若女将としてまだまだ未熟だし、お涼のような特別な技量がある訳でもない。ただただ真面目で、周囲を気にかけることが出来て、何事も丁寧なことが取り柄の女だ。華のある見た目が、かえってねねのそういう部分を隠しがちだしな。だが……本当の所を、分かっている奴は分かっている。それに早く、気がついてもらいたいもんだ」

「…………」

秀吉は「明日があるし、そろそろ部屋に連れていく」と言って、ねねをおぶった。

「あ、ちょっと待ってよ秀吉。甘夏のジャムパイを持って行って。ねねが起きたら、おやつにでもしてって言ってちょうだい。あんたもいる？」

「ハッ。なんだジャムパイって。甘ったるい匂いがすると思ってたんだが、まさかそこに並べてあるいかがわしい焼き菓子のことじゃないだろうな」

「そのまさかよ」

私はジャムパイを一枚、秀吉の口に無理やり押し込む。

「うえっ」

「うえって何よ、うえって」

「……すっぱっ、くそすっぱ甘えっ。あ、苦っ」

「ちょっと苦いのがママレードの美味しいところじゃないの」

秀吉は散々文句を言っていたが、私は構わず、甘夏のジャムをへこみにのせて焼いた、一口サイズの丸いパイを紙袋に詰めて、風呂敷に包んで手渡した。

まだ温かい。秀吉は口の形をへの字にしたまま、バッとそれを奪う。

「まあ……ねねが食いたがるかもしれないからな」

「ふふ。ずっと思ってたんだけど、あんたって今朝からねねのことばかり。もしかして、ねねのことが好きなの？」

「……その通りだが、何か文句でもあるのかよ」

「…………」

あ、あれー。絶対否定されると思って、からかって言ったんだけどな。

秀吉は変わらない態度のまま、言葉を濁したり照れる様子もなく、きっぱりと肯定したのだった。むしろ私が、笑顔のまま固まってしまう。

「でも、ねねには絶対に言うなよな。こいつは乱丸様が好きなんだ。まあ……無謀だと思うが、これでも応援してんだからよ」

やれやれという中、どこか切なく、こぼれ落ちて消える優しげな笑み。

あ、あれ。秀吉、あんた……誰？　誰このイケメン。

「じゃ、俺たちは戻るからな。てめーもこんな菓子作ってねーで、しっかり肴を出し揃えろよ。儀式で失敗しやがったら、おめーを海の藻屑にしてやるからな」

「わ、分かってるわよ」

「ふん」

私に向かってはてめーとかおめーとか、脅し文句は相変わらずだが、ねねを背負ってこの場を去る、秀吉のその背中は男らしい。

最初は印象最悪だった秀吉とねねだが、今となっては、何だか嫌いになれないあやかしたちだなと感じたり。いやむしろ……

「……私、応援してるわよ、その恋」

当の本人にはまるで聞こえてないでしょうけど、そっと呟き、ぐっと拳を握りしめる。

私はこれで、他人の恋話はそこそこ好きな乙女。妄想しながら室内へと入った。

「それにしても、秀吉ったら、ああも堂々とねねのことを好きって言ってしまえるなんて。相当惚れ込んでいるんでしょうね〜」

しかもそれを、本人には隠し通しているのがなんだか切ない。自分を見てくれなくても、妬むこともなく恨むこともなく、ただその相手を思い続けられるなんて……

人は見かけによらないというか。ねねったら隅に置けないというか……

「葵しゃん、にやにや顔でジャムパイ貪るのやめるでしゅ。超キモいのでしゅー」

「うるさいチビ」

それでも私は、焼きたてサクサクの苦甘酸っぱい甘夏ジャムパイ、ココナッツミルクの黒蜜抹茶割りをおやつに、他人の恋についてあれこれ考えていた。

「あ、ココナッツミルク美味しい！　普通の牛乳よりさらさらしてて薄味だけど、さっぱりしているところが良いのよね。香りも素敵。これでアイスクリーム作ってみたいなー」

そしてやっぱり、最終的にはお料理のことを考えていた。

私にはまだまだ、恋の話は早いみたい。

# 第三話　雷獣の警告

「すみません、葵さん。今日はほったらかしにしてしまって」

「あ、銀次さん」

　この日の夜、銀次さんが大きな箱を持った姿で、この旧館台所へとやってきた。

　銀次さんは随分げっそりとしている……

「どうしたの？　何かあった？」

「はは、分かりますか？　ええ……実は例の、蓬萊の玉の枝の件で、少し」

「ああ、あのガマガエルの。やっぱり偽物だった？」

「それが、いまだによくわからないのです。それを判別できるのは、唯一この宿に滞在中の雷獣様のみなのですが、雷獣様ははぐらかすばかりで……」

「要するに、教えてくれないのね」

「ええ。何か面白いものを見せてくれたら教えてやる、とのことで、ただいま秀吉さんが年季の入ったどじょうすくいを披露中です」

「……………秀吉」

格好良くねねを連れて行ったと思ったら、今はどじょうすくいをしているなんて。

あいつも大変だなあ……

「しかしそれだけでは、雷獣様は満足してくれないでしょうね。なんせ、あの方は、この世の全ての娯楽を知り尽くした、歪んだ快楽主義者です。私たちが苦しんだり、から回っている様を見る方が楽しいのでしょう」

「………」

厳しい顔をして、銀次さんは腕を組んだ。

私がじっと見ていたのに気がつくと、彼はにこやかに微笑む。

「今日はねねさんと港町に買い出しに行ったとか。良い食材はありましたか？」

「え、ええ！　凄いものが手に入っちゃった。見て！」

私は港町の茶屋で買ってきたココナッツミルクやココナッツオイルなど、ヤシの実の加工食品を並べて見せる。

銀次さんは「おお」と口を丸く開けてそれらをまじまじと観察していた。

「これは珍しい。肴で使ってみようとお考えですか？」

「あ、そうなの！　試しにココナッツオイルを使ったパイ生地と、タダで貰った甘夏ジャムを作って、甘夏ジャムパイを焼いてみたのよね。余りがあるから銀次さんも摘んでみて」

「わあ、ぜひぜひ」

私はちゃぶ台の上のお皿に並べていたジャムパイを、銀次さんの前にずいと差し出す。

銀次さんは尻尾をパタパタさせ、ジャムパイを一枚手に取り、齧った。

ついでに私も、一枚パクリ。

「ん、こんなにサクサクとした焼き菓子は初めてです。甘夏のジャムが良いですね、甘酸っぱくてほろ苦い甘夏のジャムが、良いアクセントになっています」

「ね、パイ生地って面白いわよね。普通はバターを使うんだけど、これはココナッツオイルを使っているから、あまりベタついてなくて、ヘルシーなパイ生地なの」

「なるほど、健康的なんですね〜。そういうの嬉しいです」

って、違う。まったり味わっている場合ではない。

「ねえ銀次さん。思いつきなんだけど、こういうパイや、他にもクッキーやビスケットなんかの焼き菓子って、海坊主のお土産にできるかな。一応、海宝の肴の一環ってことで」

「お土産！」

銀次さんは私の発案に驚いていたが、驚いた顔のままもう一枚ジャムパイを手に取り、やはりサクサク食べる。

「なるほど……お土産を海坊主に持って帰ってもらおうなんて発想は、今の今までありませんでしたね」

「いや、海坊主に持って帰ってもらえるかは分からないけどね。でも、お土産を貰うとお得感があるというか、嬉しいかなって。あ……そうだ。そもそも海坊主ってどんな姿をしたあやかしなの？」

「海の彼方からやってくるそれは、とにかく巨大で、真っ黒で……まるで暗雲のようです」

その姿を思い出そうとしているのか、銀次さんの表情に少し影がかかった。

おそらく彼にとって、そのあやかしは、あまり思い出したくない災いの象徴のようなものなのだろう。

「暗雲……か。え、でもどうやってお酒と肴を……？」

「食事をする時は、人に近い大きさの何かに化けています。ただ、海坊主は基本的に社の御簾の中に隠れているので、私たちはその姿を見たことはありません。姿を見ることは……古くより禁忌とされていますから」

「……なるほど。じゃあ、どういうあやかしなのかを想像するのは、ちょっと難しいわね。お土産……あまり意味は無いかも」

「いえ、良いと思いますよお土産！　ぜひ海坊主にお土産を持って帰っていただきましょう。ここで試案したお土産を、後々天神屋で生かしても良いですし」

「あ、そうだった！　お土産、考えといてって言われてたんだった」

前に、天神屋の地下にある工房で、お土産開発をしている砂楽博士に、天神屋の新しいお土産を考えておいてと言われていたんだった。騒動続きで、すっかり忘れてたな……

「ふふ。実は私も、葵さんにお土産です」

「え、何？　銀次さんが私にお土産？」

「これはなかなか凄(すご)いですよ。じゃーん」

銀次さんは床上に置いていた箱の蓋(ふた)を勢いよく開けた。

ここへ来る時に持ってきていたものだ。

「うっ、うわあああああっ」

私も思わず悲鳴に近い声を上げ、仰(の)け反る。

なんと、なんとその箱の中には大きなお肉の塊が。

赤身の美しい、立派な牛肉の塊が……っ！

「こちら、極赤牛(きせきぎゅう)という、南の地が誇る褐毛種のブランド牛です。百年前の肴で、海坊主が牛鍋(ぎゅうなべ)を好んだのを思い出しまして。南の地のこの牛肉は、脂身が少なく良質で、あっさりとしていながら深い味わいの赤身が特徴の、ヘルシーな牛肉として最近特に注目されているのです」

「素晴らしいわ。宝石みたい。……これ、使って良いの？」

「勿論(もちろん)です。この牛肉で、海坊主をあっと驚かせる肴を作れたらと思いまして。……とりあえず、少し味見してみますか？」

「うんうん」

私と銀次さんは、この肉の塊を前に、もう我慢ならず試食をしてみようということになる。ジャムパイを齧ったばかりだというのに……

「どう食べようかしら。大葉おろしをたっぷりのせた和風ステーキも良いけど、ここは王道にガーリックステーキ？」

「ガーリック……ああ、ニンニクですね！　良いですねえ。がっつりと」

「そうそう、ニンニク風味でがっつりと。バターもあるし、ニンニクとバターで炒飯を作っても良いかも。ガーリックバターライスってやつ。夕飯もまだだし」

「鉄板焼きにしますか？　鉄板がここにもありましたよね」

銀次さんが調理道具を漁り、前にもんじゃ焼きを作った鉄板を探す。

私もまた、冷蔵庫で箱詰めにして保管していた冷や飯、ニンニクを用意し、しっかり手を洗い牛肉を箱から取り出した。

氷柱女の氷が入っていたせいか、ひんやりとしたそのお肉。

「うわー見るからに美味しそう……」

触っただけで分かる、超高級牛肉の手触り。

この美しいお肉の塊に、包丁を入れることすら罪深く感じる。高級牛肉をただカットしているだけなのに、いつもよりずっと丁寧で慎重な扱いになってしまうんだもの……

「鉄板用意できました」

「これはアイちゃんの協力が必要ね。……アイちゃーんっ！」

私は胸元の緑炎のペンダントを取り出し、眷属のアイちゃんを呼び出した。

アイちゃんは緑炎の大きな火の玉のまま、側でふわふわ浮いている。

「なんですか〜葵さま〜」

なんだかむにゃむにゃして眠そうなアイちゃん。

「あれ、今日は私の姿に化けてくれないの？」

「午後六時以降の変化は、葵様の霊力を二割増しで吸い取ることになるんですー」

「な、なるほど……眷属って時給制なのか……」

自分の霊力を普段それほど活用しないので、どれくらい吸い取られるとマズいのかという基準もよく分からないが、とりあえず鉄板を温めてもらうだけなので、鬼火姿でお願いする。アイちゃんは「かしこまりました〜」と相変わらず眠そうに返事をして、鉄板を温める火の玉を放った。

「よし、銀次さん、サポートを頼むわよ」

「任せてください！」

鉄板で牛脂を溶かし、輪切りにしたニンニクを焼く。最初は弱火で、ニンニクを揚げ焼きにするのだ。こんがりきつね色に揚がったら、ニンニクは一度取り出しておく。

そしていよいよ、この極赤牛だ。

強火にした鉄板に、ニンニクの香りをつけた油をサーッと広げて、両面塩胡椒をふった
お肉を二枚投入。勢いよく響く焼き音に、ちょっとした興奮を覚える。

肉をいじることなくじっと待ち、一分程で裏返し……

「銀次さん、あの水雲酒、ちょっと使わせてもらうわよ」

「どうぞ！」

「危ないから、下がっててね！」

お肉の鉄板にこの酒をふりかける。大きな炎が立ち上り、もわもわっと煙が。

その勢いに思わずのけぞるが、炎はすぐに鎮静。私はすぐにお肉を鉄板から取り上げた。

「切りますか？」

「二分くらい待ったほうが、中まで蒸されてしっとりするわ。アイちゃん、お肉をのせた
お皿を少し温めておいて。あ、焼くほどじゃなくて、温める程度にね」

「は～い」

「二分たったら、銀次さん、お肉を切ってくれる？」

「ええ、分かりました」

さーて。私はその間に、ガーリックバターライスを作らなくちゃ。

急いで冷や飯を鉄板に投入し、お肉を焼いた油を絡めるように、ヘラでガッシュガッシ
ュと炒める。塩胡椒、ニンニク、バターと醤油を入れて、再びガッシュガッシュと。

これはできるだけ手際よく行わなければならない。ここで手間取ると、せっかくのお肉なのに、一番美味しく食べるタイミングを逃すからね。

「できた！」

すぐに平皿にガーリックバターライスを盛り、銀次さんが隣でカットしてくれたお肉を、その上に並べる。断面を見せる並べ方でね。お肉を焼く前に揚げ焼きしていたこんがりニンニクもこの上に散らすと、いかにもステーキという見た目になる。

「ああー、美味しそうですねー」

半焼けお肉の断面って神秘的だ。艶のある鮮やかな赤は食欲をそそる。

ガーリックとお肉の脂の、食べたいだろと言わんばかりに迫ってくる強気な匂いには勝てない。要するにお肉大好き。

「作り置きしているきゅうりと大根の酢漬けがあるから、箸休めにこれを食べて。さ、さ、いただきましょう！」

極赤牛のお肉を試食するだけだったのに、立派な夕飯の一品になってしまった。せっかくだから、やっぱり美味しくいただきたいものね。

それぞれお皿を持っていそいそとちゃぶ台に向かい、ガーリックバターライスとステーキを前に「いただきます」と手を合わせる。

「アイちゃんも食べる？」

「いえ〜、ペンダントに戻ります。葵様の霊力が飲みたいので」

「へー。霊力って〝飲む〟ものなのねえ」

アイちゃんにも食べてもらいたかったが、眠そうなアイちゃんはすぐにペンダントに戻ってしまった。やっぱりまだまだ幼い鬼火で、私の霊力の方が美味しいらしいのだ。

一方、銀次さんは私たちのやり取りより目の前のお肉に夢中だ。

一切れ、パクリと食べて……

「ああ……これ……は、とんでもないですね」

「……ほ、ほんと？」

「今時の若者風に言うと、〝ヤバい〟というやつです。お酒が……飲みたいです」

切実なつぶやき。私も堪えきれず、お肉をお箸でとってぱくり。

肉厚なステーキを噛み締めながら、「ああ〜」と。

確かに、やられたーと言いたくなるし、ため息が出てしまう。

「お肉の脂がさっぱりしてる。だけど噛めば噛むほど旨味が滲み出てくる」

銀次さんは「ですよねですよね」と、嬉しそうに耳を動かす。

「極赤牛はこってり感が無いので、牛肉の脂身が嫌いな方や、女性に人気なのですよ」

「確かに胃もたれしにくいかも。柔らかくて脂ののったお肉も好きだけど、胃がすぐにもたれちゃって、たくさんは食べられないのよねー。これは逆に、たくさん食べられそう」

「ガーリックバターライスが、また食欲を増進させます。まず香りがたまりませんし、ステーキのお肉との相性抜群です」

「お肉を焼いた後の鉄板で炒めたからね。お肉の美味しい脂を纏った、パラパラ炒飯」

お肉の味付けは塩胡椒と岩塩のみだったけど、これがお肉の味を引き立てるだけの良い仕事をしており、またガーリックバターライスの味や香りを邪魔しない。

「やっぱりお酒が飲みたいですねー。これこそ、ビールをごくごくと」

「銀次さんってビール好きよね。そんなに美味しいの？　確かに日本でも、現代人が一番飲んでいたお酒だったと思うけど……」

「葵さんも飲んでみましょうよー。私、一人の晩酌が多いせいで、きめ細かい泡を立たせる注ぎ方を極めておりますから！」

「え、銀次さんが一人で晩酌……？　想像すると面白いわね」

「それがお一人様の現実なんです……」

遠くを見ながら、ただの湯呑みを掲げる銀次さん。なんか面白い絵面だな……

「ていうか、ビールって注ぎ方で泡の立ち方が変わったりするの!?　私、おじいちゃんに適当に注いでたんだけど」

「ビールは、きめ細かい泡だとよりキレ味の良い美味しいビールになるんですよ。比率で言うと、ビール7、泡3が一番良いらしいです」

お酒の話になったらますます嬉しそうな銀次さん。本当にビールが好きなんだな。

「でもビールって苦くない？」

「そこが癖になるんですよー。このガーリックステーキなら、ビールに絶対合います！」

「そっか。じゃあ……秘酒だったらどう？」

「少し、水雲酒で試してみますか？」

「銀次さん、待ってましたって感じね」

いそいそと立ち上がり、冷蔵庫から水雲酒の酒瓶を持ってきた銀次さん。

小さな切子グラスに砕いた氷を入れて、ちょろちょろと水雲酒を注ぐ。

「水雲酒は、グラスに氷をたくさん入れて飲むのが極上とされています。緩やかに溶ける氷で、味が薄まっていくにつれ味わいも変わり、それを楽しむのも一興です。ゆっくり飲むのに適したお酒なんだとか」

「なるほどねえ。キンキンに冷やすのが良いのね」

私たちはグラスをコツンとぶつけ合って、そのキンキンに冷えた水雲酒をちびちび飲む。

うーん、美味しい。仕事の後は特にたまらない。

「ああ……やっぱりいい香り。でも、上品で甘い香りが、ガーリックステーキには少し邪魔なのかしら。十分美味しいけど」

「そうですねえ……合う合わないというのは個人差もありますし、気にならないとは思うのですが、私としては、より合うお料理は他にあるかと」

せっかくの極赤牛だもの。

この赤身を生かした、水雲酒に合うお料理を追求したいなあ……

「ところで銀次さんって、恋人とかいないの？」

「え？　ええっ⁉　なぜいきなりそんな話題に⁉」

「いや、実はさっきからずっと気になってたんだけど、銀次さんお一人様とかなんとか言うから。もうこういう話題、聞いてもいいのかなって」

「い、い、いるわけないじゃないですかーっ！」

私が振った突然すぎる話題に、銀次さんの慌てっぷり焦りっぷりときたら。

顔を真っ赤にして、これでもかってくらいに首を左右に振って。

「あ、葵さんに私がどう映っているのかはわかりませんが、私はとても余裕の無い奴で、まあ……折尾屋から天神屋に移った経緯などもあり、自分のことと仕事のことで手一杯で……実のところその手の話にはとても疎く……」

「へえ、そうなんだ……って、私もその手の話はとことん疎いから、人のこと言えないけどね。でも、私ならともかく、よ。銀次さんならあっちこっちの女の子から熱い視線を受けそうなものだけど」

「いや〜そんなことないですよ。結局私は仕事ばかりに熱心になってしまって……そういう、恋心を知らないまま今に至ってしまって……ここまでくるとなかなか。はは、男としては情けない話ですが」

グラスの縁を指でなぞりながら、銀次さんは少し恥ずかしそうに語った。

「そんなことないわよ！　銀次さんはもっと評価されるべきだわ！」

一方、私は銀次さんの母親か何かのように、一人勝手に憤っている。

「ごほん。ところで、葵さんの方はどうなんです？　大旦那様に隠世へ攫われてしまった訳ですが、もしかして現世に良い人などいたとか……？」

「えー。ないない」

「即答……」

「だって私、根っからのおじいちゃんっ子だったもの。おじいちゃんが全てだったの。小さい頃なんておじいちゃんと結婚したいと思ってたくらいよ」

「史郎さん……お孫さんにまでモテモテだったなんて……」

「でも……私にだって初恋はあるのよ？　そう、あれはきっと初恋だったと思う。小さな頃の、だけどね……」

「へえ、そうなんですか？」

「………」

「葵さんの初恋の話なんて、気になりますね。大旦那様も知りたがりそうです」

私の、銀次さんを試すような言葉はあっさりと受け止められ、話題は移る。

「では本題ですが、大旦那様とはいかがな調子でしょう……？」

「本題ってなによ。いかがな調子ってなによ」

「大旦那様が魚屋に化けてこっそり葵さんのもとに通っていたのは知っていますよ。少しは……進展しました？」

「進展ってなによ。大旦那様は大旦那様よ。今の私にとって、大旦那様は大旦那様以外の何者でもないわ」

ねねの時みたいに、いきなりつんつんした態度になる私。

最近大旦那様の話題になると、こうなってしまうな。

「またまたー。大旦那様、今でも葵さんのことが心配でたまらないと思いますよ」

「だーって、私、なんだかよく分からないのよ大旦那様のこと。大旦那様って、確かに第一印象よりずっと親しみやすい茶目っ気もある鬼だってことは分かったんだけど、でもほら、やっぱりまだミステリアスっていうか、基本はやっぱり飄々（ひょうひょう）としてるっていうか
……」

「…………」

分からない。なぜ大旦那様は、私のことを嫁にしたいのだろう。

私がおじいちゃんの孫で、借金のカタだから？

人間の娘だから？

そんな理由で結婚相手を決めて、それで、その相手を好きになれるの？

あんな風に私のことを心配したり、優しくしたり、支えてくれたり……訳のわからないところで現れて、麦わら帽子をくれたり。

そもそも大旦那様って私のこと……本当のところでどう思っているんだろう？

「ああっ、もういい！　この話題はここまで！」

「葵さん、酔っ払ってます？」

「違うわよ！　いいこと思いついたの。この極赤牛でローストビーフを作るってどう？」

「ローストビーフ！　私は食べたことがないのですが、現世では大人気のお料理だと聞きます」

「ええ。でも洋風のローストビーフじゃなくて、薬味をたっぷりと載せて、お醤油ベースの和風のソースで味付けしたもの。これなら、お酒のつまみにも持ってこいよ。なんといっても……私が食べたい」

「……私も食べてみたいです」

ガーリックステーキを酒のつまみに食べている最中だと言うのに、また別のお肉料理を食べたがる私たち。お肉大好き！

「今日は仕込みをしておいて、明日作ってみましょう。明日の夜にはちょうど試食会があるしね。ローストビーフも一品として提案してみようかな」

「ええ。乱丸も明日帰ってきますし、試食会でチェックしてもらえると思います」

「……それはそれで緊張するわね」

「大丈夫ですよ！　私はむしろ、早く葵さんのお料理を乱丸に食べてもらいたいですね。ぎゃふんと言わせたいです」

「あ、あはは……」

　自分がぎゃふんと言わされないよう、頑張らなければ。

　私たちはお互いに励まし合い、やる気を出すためにまたもりもり食べた。

　スタミナをつけて、元気一杯のまま、全てを乗り切らなければ。

　今夜もまだ休んではいられない。ローストビーフの仕込みはもちろんのこと、ベーコンを作る豚バラブロックに下味を付け保存したり、作ったばかりの甘夏ママレードを瓶詰めしたり……

　銀次さんとも、明日の試食会で作るお料理や食材のチェックを念入りにしたのだった。

　翌日、私はいつものように早朝に起き出し、あの地下牢を出て旧館に向かい、本館の長い廊下を歩いていた。

今日は試食会。張り切ってお料理の準備をしなくちゃ。

「先に食パンを焼かなくちゃ。あとはローストビーフの仕上げと、デザートの案出し……」

指折り、やるべきことを優先順に考えていたんだけど……

「……やあ」

長い金髪……

まだ折尾屋の従業員ですらほとんど行き来していない廊下の先に、派手な装飾に身を包んだ男が佇んでいる。

「…………」

私は、かなり手前で立ち止まってしまった。

奴だ。例の雷獣だ。例の、変態だ。……嫌な予感がする。

くるりと背を向け、ダッシュして逃げようと思ったのだが……

「こらこら。待ってよ葵ちゃん、いつもそうやって、俺から逃げようとしてさあ」

随分距離があったはずなのに、そいつはいつの間にか、正反対を向いた私の視線の、すぐ先にいた。やはり馴れ馴れしい葵ちゃん呼び。

「少しくらい、お話ししてくれたって良いじゃん。どうしてそんなに俺を避けるのかなあ」

「そ、それは」

慌ただしく目が泳ぐ。ぞわぞわするこの悪寒は、私にはどうしようもないものだ。

「だってあなた、雷のあやかしなんでしょう？　私、この世で大嫌いなもののベストスリーに入るくらい、雷が苦手なんだから」

「へっえー！　そうなんだ！」

なぜか嬉しそう。頬を紅潮させ喜ぶ雷獣。

やっぱりこいつは変態か。

「嫌われるのって嫌いじゃない。むしろ良い。怖がってくれたらもっとあやかし冥利に尽きるけどー」

なんだこいつ。何言ってんだろ。

じわじわと迫ってきて、いつの間にか壁際に追い詰められている私。

上から押し付けるような圧迫感には、あやかしに慣れた私だって恐怖を感じた。

この男、ふざけた言葉を吐いている割には、私が今まで会ってきた中で、一番あやかしらしい嫌な空気を帯びている。

要するに、やはり大妖怪。

拒否反応が、一際警告している。こいつとは極力関わるな、と。

「わ、私、今日は大仕事があるの。儀式を……成功させるために」

「あっは。俺だって儀式は成功してほしいなあって、思ってるよ」

「でもあなた！　蓬萊(ほうらい)の玉の枝が本物かどうかも教えてくれないんでしょう？　折尾屋にとっては重要な儀式なのに、面白おかしく翻弄(ほんろう)して、混乱させるようなことばかりして」

「…………」

　私は一度、ビクッと体を震わせた。

　雷獣の、口端を上げて微笑むその表情から、より悪意めいたものを感じたからだ。

「君はさあ……なんていうか、あやかしってものを信用しすぎてないかい？」

「は？　信用？」

「あやかしに、誠実なものを期待しすぎるのは良くないよ。あやかしは化かし合いが基本、それが本能。本能的に悪意を持ったあやかしは数多くいるということだ」

「……な、何を」

「津場木(つばき)史郎は、そういうところをよくよく心得ていたんだけどなあ」

　雷獣はプッと吹き出し、小馬鹿にした目で私を見下ろす。

「折尾屋のことだって、別に君が気にかける案件じゃなくない？　だって人間の娘だし、その上、攫われてこき使われてるんでしょう？　料理、だっけ？　君が得意とするそれで、肴(さかな)を作るんでしょう？　ここのあやかしたちの為に、儀式を成功させたい理由って何？　あやかしの役に立ちたいとか、そういう良い子ちゃんな理由？」

「な、何言ってるのよ。そんなのは、複雑な理由があってのことじゃないわ」

　この男の妖気に圧倒されていたが、私はぐっと拳を握り、しっかりとした口調で言う。

「私はただ、銀次さんを天神屋に連れて帰りたいだけ。この儀式の成功だけが、銀次さんを私の夕がおに取り戻すことができる。それに……」

　磯姫様が私に託した〝しるべ〟。

　彼女の、銀次さんや乱丸への思いは……このままにしておけない。

　私は珊瑚の腕飾りに触れ、また雷獣を睨む。

「私は、私にできることをやっているだけよ。たまたまそれが料理だったってだけ。結局、それが自分を守ることに繋がるんだもの。別に、あやかしの為だけじゃないわよ」

「……なるほど、自分の為、ねえ」

「そうよ。何か文句あるの？」

　自己中と言いたいなら言えばいい。

　堂々とした態度で、はいそうですか、と言って逃げてやる。

　そう。逃げる構えはすでに出来ていたのだが……

「なるほど。君はなかなか図太く気の強い娘のようだ。週刊ヨウトに書かれていた通り」

「は？　いつも思うけど、その雑誌、いったいいつどこで私の情報を入手してるの？」

　折尾屋に宿泊していた雨女の淀子お嬢様も、週刊ヨウトを読んでいたっけ。

「君のお料理についても結構詳しく書いていたから、常連に記者がいるんじゃない？　人間の娘の身でありながら、なかなか逞しく、あやかしたちを相手に商いをしているって。その自慢の料理で、かなりのあやかしを手玉に取ったって」

「手玉に取っただなんて、そんな偉そうな表現しないで。私は必死なだけよ。あやかしたちに料理を美味しいって言ってもらえないと、夕がおがつぶれちゃうでしょう。借金も返せなくなるし」

「ふーん。なら、俺も食べてみたいなあ。君が生き残る為に作る、あやかし好みの料理ってやつ。ちょうどお腹が空いてたんだよね。君なら、何か作ってくれるのかなって思って」

「……え？　お腹すいてるの？」

しおらしく頷く雷獣。

な、なんだ。ご飯が食べたいだけなのか……

「なーんちゃって、うそそーっ！　人間の料理なんて、現世にしょっちゅう遊びに行く俺は食べ飽きているし。君の料理なんて、話に聞く限り貧乏くさそうだし」

「…………は？」

「あーっははははは。案外ちょろいねー、君ぃー」

大笑いをしながら、人を指差す雷獣。

私はぐぐっと表情を歪めて震える。

流石にかなりイラッとした。腹立つ。軽く殺意めいたものを感じる……

「この世の美味いものなんて、俺は全部食べ尽くしてる。今更……料理に感動はしない」

雷獣は壁に手を当て、ニッと笑って私の顔を覗き込む。

「だけど、君が僕を満足させるに足る、唯一の料理があるって知ってる？」

「……な、何よ、それ」

「それは、君自身だよ」

「…………」

その意味を理解した時、先ほどまでの怒りなど消され、私の背筋は凍った。

長い金の前髪から透けて見える黄金の瞳が、獲物を狙う鷹の瞳のようで……

呼吸すら、止まりそうになる。

「気付かないフリをしているのかもしれないけど……あやかしにとって一番のご馳走は、霊力の高い人間の娘の肉だ。君が作る料理じゃあ、本来それに敵うはずがないんだよ」

「な、何が言いたいの。まさか、今ここで私を食おうっていうんじゃないでしょうね」

「はは。確かに君は美味そうだ。君を食えたらどれほど枯渇した欲望が満たされるだろうかと心惹かれるけど……今はその時じゃない」

「…………」

「だけど、忠告はしといてやろうと思ってねえ。あやかしたちと馴れ合って、あやかしの本質を忘れかけている君に」

私が……あやかしの本質を忘れている？

「君は……君の本当の価値は、いったいどこにあるんだろうか。その料理っていう武器が通用しない相手の場合、君はどうやってその身を守るの？」

「そ、それは……」

「例えば、自慢の料理ができなくなったら？　君はもうあやかしたちにとって利用価値のない、ただの〝食料〟となるのかい？」

料理が、できなくなったら？

「嫁入りとは、史郎もよく考えたものだ。それだけが、唯一君を守る盾となる。あやかしの男にとって、人間の娘の価値とは、〝食うもの〟か〝娶るもの〟だからねえ」

「…………」

雷獣の言葉は、雷と同じ。ビリビリと響いて、私の心を乱した。

信用なんかしていないのに、雷獣が告げた言葉が全て、私を見透かしたもののように思える。誰もが……今まで言わなかっただけで……

「……んぐっ!?」

私がうつむいて何も言えずにいたら、閉じた口に圧迫感を感じた。

ぐいっと、親指で何かを押し込まれたのだ。緑色の固形物だったのは一瞬見えたけど。

「あははは。かわいそうに、落ち込ませちゃったかな？　お詫びにお菓子をあげる」

「な、なに……っ、これ」

驚いた。驚いたけど……ん。

「……？　抹茶味の飴？」

なめらかな舌触り、濃厚な苦味と、しつこさの無い甘さ。

なんて上品な味。お、美味しい……

「なかなかいけるだろう？　妖都の老舗の飴屋にある、抹茶雫っていう飴だよ。これ、毎日数量限定で売ってる奴だから、とても人気で手に入りにくいんだ。お話ししてくれたから、一個あげよう。〝喉〟にすごく効くのど飴でもあるんだ」

「の、のど飴って」

雷獣は自らの喉を指差して、くすくす笑う。

別に喉が痛いわけでもないんだけど。

でも、確かにこの飴が、特別な品だというのは味で分かる。舌の上でコロコロ転がすだけで、抹茶本来の深い味が弾け、すぐにとろけて、雫が喉に沁みていくから。

「ね、葵ちゃん……」

シャラリ……

雷獣が首からかけている金の装飾が、擦(こす)れて鳴る。その音が妙に印象的だ。

雷獣は顔を近づけ、秘密の話をするように小声になった。

「俺はね……ただ、退屈なんだ。退屈だから、この土地の事情にちょっかいを出してしまう。現世や常世(とこよ)との衝突を避け、安定を望んだこの隠世にはとにかく刺激が少ない。そんな中、隠世に現れた津場木史郎って男は、本当に存在自体が一級品の劇薬だった。自ら厄介ごとを引き起こしては何もかもを掻(か)き乱し、しまいには全てを丸投げして逃げるようなクズ。しかしそれが許されるだけの力と度胸、存在感があった。ああいうのは観察していて楽しかったけど……なら君は、時を持て余したあやかしたちに何を見せてくれる？」

「……………」

「毎日毎日あやかし相手に料理を作って、それで〝美味しかった〟で終わり？　だけど、そんなのはつまらないなあ……もっとこう、刺激的な何かが欲しい。史郎みたいな」

「あんた……おじいちゃんを私に求めているのなら、それは難しい話よ。だって私、おじいちゃんのことは好きだけど、一方で反面教師にしているんだもの」

じわりじわりと感じ取れる、このあやかしの、祖父・津場木史郎への執着。

どんなあやかしもそうだった。好きや嫌いという正反対の感情を抱いていたとしても、祖父は必ず、関わったあやかしたちの心にしこりを残している。

私が睨む一方、雷獣は余裕めいた笑みのままだ。

「でも、史郎はあのはちゃめちゃな所があったから、この隠世でも生き残った。あやかしにとって、生かしておくだけの面白みがあったんだ。君は……料理の腕でこの世を謳歌し、生き残る？　それだけで本当に、生きていけるのかなあ？　だって君は、あの鬼神への嫁入りを拒否しているんでしょう？　素直に嫁入りしていれば良いものを」

「…………」

「あやかしたちって、本当に飽きやすいよ。君の料理、その存在や話題に飽きたら、すぐに気がつく。……ああ、この娘の方が、よっぽど〝美味しそう〟だってね」

　血の気が引いていくのを感じていた。

　喉を伝う甘苦い味だけが、この緊張感の中でそしらぬ顔をしている。

「……っ！」

　これ以上、この男と話していたらダメだ。

　その直感に、心より先に体が動いて、彼の腕を乱暴に払って私はその場を逃げ去った。

「……ふふ」

　後ろで、雷獣が笑う。低く不安定で、妖艶なその笑い声が恐ろしい。

　できるだけ遠く、遠く、奴から離れたかった。

「あたっ」

　しかし前方を気にしていなかったせいで、曲がり角で誰かにぶつかってしまった。

助かった……そう思って顔を上げる。

「……何をしている、てめえ」

「ら、乱丸」

助かったと思った先から、またビビり上がる。ご立腹の顔をした乱丸がそこに居るのだから。

妖都へ行っていたはずの乱丸……もう戻ってきていたのか。

「人様の宿で走りまわるとは舐めた真似しやがって。海宝の肴を作る為だけに、自由にさせていることを忘れているみてえだな」

「ごっ、ごめんなさい……」

「……は？」

私がどこか怯えた様子で、すぐに謝ったからか、乱丸は妙な顔をしている。

「葵ちゃ～ん……おっとー、怖いお狗様に遭遇だ」

雷獣がここに現れたことで、乱丸はある程度状況を察したようだ。鼻で笑って、私を自分の後ろに追いやり、間に立つ壁になる。

「……なるほどな」

「雷獣様、津場木葵にいらぬちょっかいを出してもらっては困る。三百年前の儀式のように……あなたは今回も様々な手を尽くし、我々を陥れようと企んでおられるようだ」

三百年前の儀式……それって確か、儀式に失敗し、磯姫様が命を失ったあの儀式だ。

その時代から、雷獣はこの儀式に関係しているの？

「嫌だなあ。俺は別に、噂の史郎の孫娘、津場木葵と話をしていただけだって。儀式とかそんなの関係ない関係ない」

「津場木葵は儀式までの間、海宝の肴（さかな）に集中してもらう必要がある。雷獣様のお戯れに構っている暇は無いのです」

「そんな強気なこと言っちゃって……いいのかなあ？　乱丸君だって、妖都に行った所で目当てだった〝蓬莱（ほうらい）の玉の枝〟は見つからなかったんだろう？」

「……………」

「あれは遥（はる）か昔、常世の王家より妖王に贈られし異界の霊樹。しかし隠世の歴史に残る妖都大火災で、樹は焼失。宝玉のついた数本の枝は残り、妖都の大貴族たちの手に渡った。今となっては、どこで誰が持っているのかも、正確には分かっていない代物だ」

雷獣は髪をかき上げ、小馬鹿にした笑みを崩すことなく乱丸を煽（あお）る。

「八葉（はちよう）の一角とはいえ、こんな田舎の大将を気取っている宿の主（あるじ）じゃあ、妖都の大貴族たちは誰一人蓬莱の玉の枝についての情報をくれなかっただろう？　君はまだ信用されていない若輩者だし、陰険な貴族たちの扱いを分かっちゃいない。コロコロって、手のひらの上で転がされて弄（もてあそ）ばれるだけだ。暇を持て余した彼らにとって、田舎者があちこちを駆け巡り、苦労して一つの儀式を行う様を見ているのは、さぞ愉快な見世物だろうねえ」

「ちょ、ちょっと……っ」

あまりにわざとらしい煽り口調だったが、流石に我慢ならないと思って、文句が口をついて出てきそうになった。

しかし前に出ようとした私を、乱丸が乱暴に引き戻す。ギロリと私を見下ろしたので、私は言葉を呑み込んだ。

雷獣には、何も言い返さない乱丸。

いつもならもっと、乱暴な言葉を並べて反論しそうなものなのに……

「もう……諦めちゃった？　乱丸君」

「まさか」

「そうこなくっちゃ。折れてもらっては困るよ。妖王様だって成功を祈っておられる」

「…………」

乱丸は雷獣の煽りに、のることも怯むこともない。

「心配されるまでもない。儀式は無事に成功させてみせましょう。あなたは混乱を望んでいるのでしょうが、何もかもは……折尾屋が積み上げた、自慢のもてなしによって解決するでしょう」

乱丸の自信のある言葉や態度に、雷獣は苦笑した。乱丸は淡々と続ける。

「三百年前とは違う。雷獣様も、儀式の行方を最後までお見逃しなく」

乱丸と雷獣。二匹の獣のあやかしの視線が、霊力が、静かにぶつかり合う。

「……言うようになったねえ、乱丸君。感情的で実直だった、前の君とは大違いだ。天神屋の大旦那のおかげかな？」

「…………」

それについては何も答えず、乱丸は「では、ごゆるりと」とお客への対応をして、雷獣の横を通り過ぎた。私も乱丸の背について、この場を平穏に去ろうとする。

しかし雷獣とすれ違う一瞬、彼は横目で私を見て、こう言った。

「さあて……何もかも、上手くいくとイイねえ？」

軽い口調だったが、彼は指で、意味深に喉を指差している。

企みめいた笑みに、私はまたゾッと鳥肌が立ったのだった。


「ありがとう乱丸。まさかあんたに助けられるなんて思わなかったわ」

雷獣の姿が見えなくなったところで、私は乱丸にお礼を言った。

「はっ。お前を助けた覚えなんてねえよ」

「……あ、いつもの乱丸だ」

雷獣の前では、冷静を装っていたくせに。

「分かってんだろうな、津場木葵。今夜は肴の試食会だ。この局面で変なものを出しやがったら、お前に塩胡椒をかけて火あぶりにして、人間の娘の丸焼きを海坊主に出してやる」

「またそんな人のことを食べるような話をして……やめてよね」

「は？」

「それに、あの雷獣も言ってたけど。蓬莱の玉の枝、まだ……確実に手に入ったって言えないんじゃないの？　本物か偽物かわからないみたいだし」

「あれはきっと偽物だ。雷獣様が儀式の準備をしている俺たちを混乱に陥れる為に、奴を招いて小細工をしたに違いねえ」

「でも、その逆だったら」

「その可能性も確かにある。……しかしこの件はお前が気にすることじゃねえ。いいか、お前は美味い肴を作ることに集中しろ。それがお前の仕事だ。そうじゃねーのか」

「そ、それはそうだけど……」

「あと、雷獣様には極力接触するな。あの方は……何をしでかすかわからない」

「…………」

「儀式が失敗すれば、俺たちは大きなものを失う。お前も自分の仕事に、覚悟を持てよ」

脅すような口調ながら、乱丸はちらりと私の手首を見て、なんとも言えない表情をしていた。手首にあるのは……珊瑚の腕飾りだ。

それからはずっと無言だったけど、雷獣との接触を警戒している為か、旧館への出口の手前まで私を送ってくれる。

乱丸はそのまま足早に去っていった。急ぎの用があるのだろう。

「私の仕事……覚悟、か」

珊瑚の腕飾りに触れ、ほんの数日前のことを思い出す。

この南の地の海岸線を進んだ場所にある、穢れが充満したあの洞窟。竜宮城跡地。

私はそこで、磯姫様という元八葉のあやかしに出会い、その役目を言い渡された。

儀式を成功させるために必要な〝海宝の肴〟を無事に作り、海坊主の舌を満足させること。

これが、今回の私の役目。私の仕事。

儀式まで、残り三日。できるだけのことをするつもりだ。

旧館台所にて。食パンを焼き終わった良い匂いがする。

「というわけで夕方の試食会に向け、さっそく肴のお料理をリハーサルしようと思います」

「わーいわーい」

旧館の台所にて、私と共に肴を作ってくれる双子が、緩く手を叩く。

「メニューは決まったの？」

「なになに？」

「今日試食してもらう献立は、私と葵さんでこれぞというのを選びました」

銀次さんが袖から出した紙を開き、メニューを書き連ねた紙を堂々と見せつける。

「銀次さんって繊細なイメージがあるけど、字は男らしいわよね……」

「あ、そこ今つっこみますか？」

だってめちゃくちゃ勢いを感じる太字なもんだから。

逆に、大旦那様は丁寧で細い字なのよね。

双子が私たちのやり取りを無視し、その紙をバッと奪った。

「おお……これまた現世を感じさせるお料理がぎっしり並んでいるね」

「ね。盛りだくさんだね」

先付け　長芋とマグロ、イカのめんたい和え

焼き物　薬味たっぷりローストビーフ

揚げ物　海老とチーズの包み揚げ
煮　物　鮭としめじの味噌トマト煮

〆の料理やデザートは、候補はあれど今日の手応えで考えてみようと思う。

あと、お土産に関しても、例を示して提案してみましょう。

今回のお料理の内容は、海鮮をふんだんに取り入れ、なおかつキャッチーなメニューを取り揃えたつもりだ。

今時の居酒屋で見かけるタイプのお料理は、特に和洋が混ざり合った、子供も大人も食べやすく美味しい創作料理が多いので、そういうものもいくつか参考にしている。

「宿の高級なお料理感は無いし、肴っていうより、お手頃なおつまみって感じかな。でも、この土地の新鮮な素材を使っているから、十分贅沢だと思うわ」

「このローストビーフっての食べたい」

「海老とチーズの包み揚げってやつも気になる。何で包むの？」

「そのお料理はね、生湯葉で包んでカラッと揚げるのよ」

「生湯葉！」

「僕たち作るの得意だよ！」

双子がやる気のある声を上げ、ぶんぶんと両手を振った。

「ふふ。そんな気がしていたの。だからこのお料理は二人に任せたい。作り方は勿論教えるから、頼める？　きっと私より、あなたたちの方がこのお料理は得意だと思うの」

「もちろん」

「やるやる」

早速調理に取り掛かろうとしていたので、「待て待て」と二人の襟を掴んで引き戻す。

打ち合わせはまだ終わってないわよ。

「銀次さん、ここへ来るのは、乱丸と葉鳥さんだっけ？」

「ええ、時彦さんや秀吉さん、ねねさんも入れ替わりで来て、食べてくれるそうですよ」

「場所が貧相なのが悲しいわね……」

本当は本館で準備をして試食会を行いたかったのだが、あちらの厨房に私は出入りできないため、結局この場所で料理をすることになる。

「ただ、本番は常ノ島に古くからある調理場を使うことになります。勿論、持ち運びができる器材は持って行きますが、厨房のような最新の設備より、ここの方が勝手が近いかもしれません」

「なるほど……そうよね。私、島に上陸して、儀式の最中に調理をするのよね」

そこのところを、深く考えたことはなかった。

改めて、それを意識しながら調理をしなくてはと、気を引き締める。

「じゃあ、さっそく作りましょうか」

パンと手のひらを打つ。この音を合図に、私たちは調理を開始したのだった。

双子には生湯葉作りの前に魚介を捌いてもらい、銀次さんには私の助手をお願いして、私はさっそくローストビーフ作りに取り掛かる。

冷蔵庫から、タコ糸で括った牛肉の塊を取り出した。

「わあ、見るからにお肉の塊って感じですね」

「昨日、極赤牛にお箸をぶすぶすって刺して、お塩と胡椒、お酒で下味をつけておいたものよ。ローストビーフは本格的な作り方から、家庭でもできるとても簡単な作り方があるの。今回は鍋だけを使って作るわ」

「鍋だけ？　勝手にとても難しいお料理だと思っていました」

「複雑そうに見えて、実はとても単純。それが私のローストビーフよ」

銀次さんに向かって、得意顔で偉そうなことを。

いや、でも事実このローストビーフはとても単純。

まずは鍋で油を熱して、しっかり水気を取った牛肉の塊を投入。香草と共に、中火で全面をしっかり焼いていくのだ。

目立つ作業はこれでほとんど終わっていると言ってもいいくらいよ。

「さて、私も頑張らねば。葵さんに負けていられません」

私がローストビーフを作っている間、銀次さんにはお通しを作ってもらう予定だ。

お通しは、長芋とマグロ、イカのめんたい和え。

長芋の皮を剝き、コロコロの角切りに。双子がさばいたヤリイカそうめん、またぶつ切りのマグロを和え、しごき出した辛子明太子を混ぜる。味を調える為に、ちょろっとお醬油をかけて混ぜても良い。

とても簡単なお通しだ。銀次さんが先にこそっと味見をしている。

「どう？　すごく簡単だけど、なかなかいけるでしょう？」

「ええ、まさか和えただけでこんなに美味しいなんて……山芋はシャキシャキで、イカは甘みが強くて……新鮮なぶつ切りマグロも食べ応えがあります。辛子明太子がピリッとこれらをまとめていて。ええ、はい。お酒が飲みたいです！」

「銀次さんって本当にお酒が好きねえ……」

私の方も、ローストビーフの全面に焼き色がついたところで、鍋に蓋をして弱火で蒸す。後はもう、しばらく置いておくだけ。

あらかじめ剝いて茹でておいた海老と、隠世のチーズ、大葉を並べたお皿を持って、湯葉作りをしている双子の様子を見に行く。

「わ、できてるできてる！」

双子はちゃぶ台の上で、ホットプレートに似た簡易の妖火鉄板に豆乳を注ぎ、湯葉を作っていた。竹串で手繰り寄せるようにして、湯葉を引き上げている。

「湯葉は弱火で豆乳を煮詰めて作るから、こういう鉄板が一番役立つんだ」

「〝汲み上げ湯葉〟で食べるなら、できたてを箸で摘んで、お刺身みたいに酢醤油やポン酢で食べるのがオススメ。でも……」

「今回お料理に使う生湯葉は、〝引き上げ湯葉〟。表面に膜ができたら、三分程度じっくり待って引き上げる。シート状になるから、包み揚げには丁度良い」

湯葉の説明をしながら、双子はゆっくりと、出来上がったばかりの〝引き上げ湯葉〟を、慣れた手つきで大きな板上に広げていた。

この生湯葉が、おつまみの一品に活用される。

「生湯葉で、この海老とチーズ、あと大葉を一枚包んでちょうだい。包み方はあなたたちに任せるわ」

「わかった。そういうの得意だから」

「湯葉を揚げた時の食感は分かるしね。一番良い具合で包むよ」

頼もしいことを言って、二人はさっそく、湯葉を作る係、湯葉に具材を包む係と、作業分担をしている。おそらく二人には、この料理がどんな味になるのか、なんとなく想像がついているのだろうな。

「ごめんね、そんな場所で作業させちゃって……」

「仕方がないよ。場所無いし。でも……」

「揚げる時は、竈を代わってよね」

「も、勿論よ。揚げたてを皆にご馳走できるようにするわ！」

こぢんまりとした台所なので、作業場も、竈のコンロも足りておらず、双子には不便をかけている。後から手際よく作業場をチェンジしなければね……

よし、ローストビーフはそろそろ火を離れる。

弱火で蒸していた高級牛肉の塊。これを鍋から取り上げ、皿に載せ布をかけ、しばらく休ませるのだ。

時間は二十分くらいかな。鍋の中を覗くと、そこには肉汁がたっぷりと。

「ふふ。これが今回のローストビーフの、美味しいソースになるのよね……」

醬油、みりん、はちみつ、酒、酢で作る、少し甘酸っぱい和風のソースだ。

牛肉の旨みが絡まったこのタレをとろ火で煮て、良い匂いが立ってきたところで火を消し、口の広い瓶に流し入れる。

ローストビーフが出来上がったら、このソースを上から回しかけて、と……

「ああ、想像するだけでお腹が空いてきちゃった……」

「私は、お酒が、飲みたいです」

「銀次さんもうちょっとよ。試食会で嫌でも飲めるわ」

銀次さんには、ちょうど鮭の切り身を七輪で炭火焼きにしてもらっていた。それを見ているだけでもうお酒が飲みたくなっているみたい。

私は次に、鮭としめじの味噌トマト煮の調理に取り掛かる。これは鮭を先に一度炭火で焼いていると、とても美味しい煮込み料理になるのだ。

フライパンで油を温め、ニンニクを揚げ焼きして油に匂いをつけ、しめじを炒める。

このフライパンにトマトの水煮を投入。味噌とケチャップで味付けをしながら煮る。

ここに銀次さんが炭火で焼いてくれた鮭を入れて、醬油や塩胡椒で味を調え、またグッグッ煮込む。それだけ。なんて簡単なお料理……

「煮込むだけなら、妖火円盤とアイちゃんの力があればできるわ。というわけで竈を空けます。双子、揚げるのよろしく！」

「「あいあいさー」」

私は銀次さんとともに、煮込みの鍋の取っ手を濡れタオルで包んで持ち上げ、作業場となっているちゃぶ台付近の妖火円盤に載せた。

アイちゃんの力を借りて、火力を調整しつつ、この鍋を見ていてもらう。

「食べちゃダメよ、アイちゃん」

「分かってますよう。でもあとで葵さまの霊力吸いますー」

「う、うん。それはいくらでもあげるわ」

アイちゃんはまだまだあどけなさがあるのに、時にちゃっかり者。いったい誰に似たのやら……

ぐつぐつ煮える鍋を覗き込み、無邪気な顔をして「血の色みたい！」と言っている。

あれ、なんだか物騒な言葉まで覚えている……いったい誰が……

「あっ！ 僕をのけ者にして、アイしゃんが楽しげに眷属を気取っているでしゅー」

微妙なタイミングでチビが遊びから戻ってきた。体がわずかに焦緑色をしている。河童って日焼けするんだ。あと密かに妹眷属のアイちゃんに嫉妬も……

「僕も優秀な眷属である証明がしたいのでしゅー。お手伝いするでしゅ」

チビが私の着物の裾を、さっきからしきりに引っ張っている。

「あんた、私の眷属であることに誇りなんか持ってたっけ？ お手伝いしたがりなんて、大旦那様じゃあるまいし。お手伝いしたがりで大旦那様の顔が出てくるのも、何かおかしいけど……」

「あーあー。お手伝いしゅるー。お手伝いしゅるんでしゅー。うーあー」

「うっ、うるさいっ」

チビがいよいよ喚き声を上げ、その場で転げ回り出した。

竈で揚げ物の用意をしている双子が、「邪魔だし生湯葉で巻いて揚げる？」と、あからさまにチビを見ながら言ってるので、こいつらマジだと思って大慌てで首を振った。

これ、食用の河童じゃないですから！

「チビ、あんたビービー泣いてると、生湯葉で包み揚げにされて〝珍味〟として儀式の肴(さかな)に並ぶわよ。お手伝いがしたいのなら……ほら、こっちおいで」

「わーいわーいでしゅ」

何事もなかったかのようにコロッと泣き止み、くるぶしあたりをぎゅっとしてくるチビ。

さてはこいつ嘘泣きしてたな……

そんなチビの甲羅をつまんで、私は一度水で洗い、綺麗(きれい)な手ぬぐいで体を拭(ふ)いてやった。

「ふふ、まるでお母さんみたいですね、葵さん」

「……う」

解せない……銀次さんは微笑ましそうにしているけど。

チビはプルプル体を震わせて、綺麗になった先から指を吸っているので、もう一度その小さなおててを摘んで洗った。全く、世話の焼ける……

「チビ、こっちでお土産のジャムパイを包んでね。一袋三個よ」

「はーいでしゅ」

「つまみ食いするんじゃないわよ？」

「あー？」

チビはアホな顔をして嘴をカチカチ鳴らし、「さっそく作業でしゅー」と聞かなかったことにしている。

まあでも、これで一度作業を始めればそこそこ役立つ低級河童。

ジャムパイをバランスよく袋に詰め込み、巾着状の袋の紐を引っ張って、一生懸命結んでいる。自分の手が巻き込まれたので、ムッとして結び直したりしながら。

自分の図体と同じくらいのものを扱っているので、かなり手間取っている模様。妹眷属のアイちゃんはちゃっかり者でお仕事も確実だけど、長男眷属であるチビの場合は体が小さい分ハラハラして見てしまう……

「おーい、お嬢ちゃん、お清めの終わった秘酒持ってきたぞー」

「あ、葉鳥さん」

ちょうど葉鳥さんがやってきた。大きな酒瓶を抱えている。

天狗の秘酒だ。

「うわ、ごちゃごちゃしてるなあ。ここで試食会するのか？」

「それなんだけど、ここじゃあまりに散らかっているから、隣の部屋を使うことにしたわ」

銀次さんがいつの間にか葉鳥さんの後ろに立っていた。彼の肩に手をポン、と……

「というわけで葉鳥さん、今から私と力仕事です。……部屋の準備をしましょう」

「ひ、ひえー。俺そのために早めに呼び出されたのかよ」

隣は少し広めの畳の間になっている。

最初はボロボロの部屋だったけれど今は掃除をして、畳も新品を敷き直した。

縁側からも入り込める部屋で、この台所を経由しなくとも良い。隣のお部屋は銀次さんと葉鳥さんに任せて……

「さ、お料理を仕上げなくちゃ。そろそろローストビーフも頃合いかな」

休ませていたローストビーフ。かけていた布をとって、ドーンと肉塊をまな板の上に置いたら、いよいよ端から薄く切っていく作業だ。慎重に、慎重に……

「おお……」

生肉というより、半生。この半生半熟感のある薄紅色の綺麗な断面に、誰しもときめきを隠せないはず……

どうして人って、半生とか半熟とかに弱いのかなあ。特に日本人とあやかし。

「ち、ちょっと味見を……」

ペラッと切り取った柔らかそうなローストビーフを小皿に載せて、肉汁とお醬油とお酢で作ったタレをちょいちょいと絡め、いざパクリ。

「はあ。しっとりー」

ローストビーフ特有の、この柔らかさにはため息だ。

本来、安いお肉でも美味しくなることに定評のあるローストビーフだが、高級の極赤牛を使っている為、なお旨味が凝縮されていて、噛めば噛むほどその味の虜になる。

甘酸っぱい濃厚なタレもよく合う。まだ生温かいうちに食べるのが、個人的には一番好きだ。

これを全部薄く切っていくのはなかなか根気のいる作業だが、せっかくの美しい見た目を損なうことのないよう、慎重に慎重に切っていく。

薄く柔らかいローストビーフを、円を描くようにしてお皿に並べて盛り付け、真ん中には薬味を。玉ねぎや長ネギ、みょうがを限りなく薄くスライスし、雪山のようにふわふわと載せて、最後に甘酸っぱいソースを回しかけ、出来上がり。

ローストビーフで薬味を巻いて食べるのも良い。

サラダの役割も果たしてくれるし、ヘルシーだ。

双子もまた、カラッと揚げた〝生湯葉包み〟を、すでにお皿に盛りつけていた。

私と双子はちゃぶ台に出来上がったお料理を並べて、出来栄えを確認し、盛り付けを整え直す。お料理が一番美味しく見えるようにね。

「これがローストビーフってやつ？」

「牛のたたきみたいだね」

「まあ似たようなものよ。牛のたたきほど噛みごたえがある感じじゃなくて、もっとしっとり柔らかいの。余ったの、味見してみる？」

「わーいわーいわーい」

お皿に綺麗に盛り付けたものではなく、端や形の悪い余りものが積み上げられているお皿の方を指差した。

「無造作な盛り付けの方が、ある意味で美味しそうに見える」

「肉の山。憎い……」

双子は小皿にソースを垂らし、余りのローストビーフをお箸でがっつり取って、まるでお刺身のようにタレをちょんちょんと付けて食べていた。

なんか違う気もするけど……いや、近い気もするけど……

しかしやっぱり男の子。美味しそうに食べるなあ。

「どう？」

「うん、サイコー」

「このタレ美味しいね。現世でよく食べられるお料理なの？」

「うーん、よく食べてるわけじゃないんだけどね。元々はイギリスの伝統料理だしね。でも……最近じゃローストビーフ丼とか、日本でも話題になっている気がする」

いったい誰が最初にやってみようと思ったんだろう。ローストビーフ丼。

ローストビーフを白米の上にこれでもかこれでもかと載せ、わさびを添えた丼は、現代日本ならではのお料理だ。

行列ができるお店もあるとかで、テレビや雑誌の特集を見た気がする。

「でも、今日は丼じゃなくて、おつまみよ。余ったら、作った食パンに挟んで、ローストビーフサンドにも出来るしね」

「もしかしてその為に、パンを焼いてたの？」

「い、いえ～。濃い味のおつまみが多いから、薄く切ってトーストにして、テーブルの真ん中にでも置いておこうと思ってたのよ。洒落てるかなって。余ったらローストビーフサンドにしようと……思わなくもなかったけど」

「それ……」

「僕らも食べたい」

「よしきた。今日の反省会のお供にしましょうね」

すでに夜食の話にまで及んでしまったが、私は気持ちを肴に戻し、実はさっきからずっと気になっている、双子の作った生湯葉包みをじーっと見つめる。

「ね、私もこれつまみ食いしたいんだけど、良い？」

双子が揚げた生湯葉包み。

揚げたてがそこに並んでいるので、一つ味見をしたくてうずうずしていた。

「あ、そうだ。包み揚げ、一つだけ海老二匹入りだから」

「そうそう。これ食べて。一個だけ大きくても不格好だし」

お皿に並ぶ包み揚げには、確かに一つだけ微妙に大きなものがあった。

揚げ餃子のような楕円の膨らみ。味見だというのに、これに南の地の名産であるかぼすを絞って、お塩をちょっとだけ付けてかぶりつく。

カリッ。あつつ。……ああ、でも、とろけて溢れるチーズと、プリプリの海老に、大葉のクールな香りが絡まる……絞ったかぼす汁の酸味が、これまた爽やかだ。

チーズインで現代的なのに、古くからある伝統的なお料理に似た品を感じる。

「す……凄い。多分、私じゃこうはならなかったわね。揚げた生湯葉が軽くて、でもちょっとだけもちもち感も残ってて。私ならもうちょっとごわついた食感になっていたと思う」

こうも洗練された軽い口当たりになるのは、生湯葉をよく知り、よく扱っている双子だからだろうな。

双子はお互いに顔を見合わせ、ちょっと頰を染め口元に笑みを浮かべていた。

かなり珍しい反応だ。

「ねえねえこっちの煮込みも食べたい」

「これが鮭としめじの味噌トマト煮？」

「味見をしてみましょうか」

「あ、鮭もしめじもとろとろ……鮭とトマトって合うんだ……」

「味噌が入ってるのかな？　甘酸っぱいのに、酸味の目立たない優しい味の煮物だね」

まだ試食会も始まっていないのに、すでに味見を開始している私たち。

でも、偉い人たちに食べてもらう前に、一度味は確認しておかないとね。不味いものを出したら乱丸にガミガミ言われそうだし。

「ああ！　俺たちが重い机を運んだり壊したりしている間に、つまみ食いしてやがる！」

台所に戻ってきた葉鳥さんにつまみ食いを見られたが、私は私で、彼の不穏な言動が気になる。

「葉鳥さんこそ……壊したりってどういうこと？」

「い、いやーでもあれは銀次が悪いって言うか〜」

「葉鳥さん、人のせいにしないでくださいよ」

銀次さんがまたもや葉鳥さんの後ろに立って、冷たい視線を彼に送っていた。

いったい二人に何が……

「葵さん、すみません。用意していた机の脚を、葉鳥さんが折ってしまいました」

「ち、ちがっ！　あれは元々、机の脚が腐っててだなーうんうん。オンボロだったし」

「言い訳が見苦しいですよ葉鳥さん。楽をしようと机を持ったまま得意げに室内で飛行し、壁にぶつかって机を落とし……脚が折れた、と。正直に話せばこうですよね？」

「銀次、てめー笑顔で全部バラしやがって！　真っ黒め！　この真っ黒狐！」

「私は全身白寄りですが？　黒いのは葉鳥さんじゃないですかー」

「うぐぐ。俺は見た目こそ黒寄りだが、心はどこぞの狐より純白な天狗（てんぐ）だ……っ」

謎の言い合い、比べ合いをしている二人。銀次さん優勢。

「まあまあ。壊れちゃったのなら仕方ないわよ。大きな机が使い物にならなくなったのなら、ここのちゃぶ台を持って行きましょう。小さいけれど、ぎゅっと詰め込めばなんとかなるわよ。どうせ小皿に取り分けて食べるんだし」

私たちはさっそくいつも使っているちゃぶ台を隣の部屋に運び、またそのちゃぶ台の上に、作ったばかりのお料理を並べる。

「う、美味（うま）そ〜」

葉鳥さんは分かりやすく「ぐう」とお腹を鳴らした。

しかし銀次さんは顎（あご）に手を当て唸（うな）っている。

「せっかくの豪華なお料理ですのに、やはり窮屈なちゃぶ台ですね」

「いいじゃない。貧乏一家の一年に一度のパーティーみたいで」

「貧乏一家……なるほど」

ここにはそんな雰囲気が漂ってしまっている。でも仕方がない。

とりあえずちゃぶ台の周りに人数分の座布団を敷く。

お酒はどこに……と思ってキョロキョロしていたら、ちょうど葉鳥さんが、縁側にて氷水の桶で冷やしているようだった。

それがまた、妙な情緒を感じる夏の風物詩というか……

「なんだ、この貧相な空間は」

「あ、乱丸……」

折尾屋の旦那頭である乱丸もいよいよやってきた。

縁側から〝貧相な空間〟とのたまったこの場所へ上がる。

「肴は……揃っているようだな」

あ、なんか料理を見て微妙そうな顔してる……

ピリピリした空気を纏ったまま、乱丸は腕を組んで座布団にあぐらをかいた。

「あの、遠慮しなくていいからね。ダメな時はダメって言ってよね。すぐに改良するから」

「はっ、てめえがそれを心配する必要はねえよ。容赦のないダメ出しを突きつけてやる。見るからに怪しい料理ばかりだしな」

嫌味くさい乱丸の物言いに、銀次さんはすぐに険しい表情になる。

「乱丸、葵さんの料理を舐めてもらっては困ります。葵さんの料理はー」

「銀次さん、そこつっかかっちゃダメよ。私は素直な意見が欲しいもの」

「銀次のやつは乱丸や俺には黒々しいけど、お嬢ちゃんの隣に立ってるとただの白い狐なんだよなー」

「あ、すみませんっ」

　葉鳥さんのよく分からない言い分はさておき。

　耳をぺたんとさせ、座布団に座る銀次さん。私はその耳を上からつまんで「えい」と立てた。私のお料理をどこまでも信じてくれている銀次さんのフォローは嬉しいから。

　それにしても……

　銀次さんはやっぱりまだ、乱丸の前だと、いつもより感情的になってしまうのね。

「ほんじゃまあ、せっかくだからお清めしたての天狗の秘酒で、乾杯といきますか」

「葉鳥、これは宴会でも打ち上げでもなんでもないぞ。もっと気を引き締めろ。てめえは酒飲んで飯を食いたいだけだろ」

「乱丸〜、そう余裕の無いことを言うなって。隠世で最も崇高な霊酒と言われている天狗の秘酒、あやかしが恋い焦がれる人間のお嬢ちゃんのおつまみ……この両方が揃うことなんてそうそうねーぞ。俺はもう今日という日が楽しみで楽しみでなー」

「葉鳥さん、前置きは良いのでお酒を」

「あ、はい。……チッ。黒銀次に戻りやがって」

　うだうだ言い始めた葉鳥さんを制し、銀次さんが手際よく切子グラスに氷を入れ、葉鳥さんがそれにお酒を注ぎ、私は皆にそのグラスを回した。

どこまでも透き通った、無色透明……水雲酒の原点、天狗の秘酒。

「他の者たちが必死こいて働いている間に酒を飲むのはいささか申し訳ねーが、ここは儀式成功を祈って……かんぱーい！」

「だから宴会じゃねーって言ってるだろ」

うきうきした葉鳥さんの挨拶と乱丸のつっこみの後、誰もがグイッと切子グラスを傾け、酒を飲んだ。

私も、なんの躊躇いも恐れもなく、惹きつけられるがままに酒を口にする。

水雲酒を何度か飲んで大丈夫だったから、心配などしていなかった。

「!?」

しかし……違いは、一口飲んだだけですぐに分かった。

その酒の味に、目の前が煌めいたのだ。そんな祝福の煌めきに思える。

何かが目覚め、溢れ落ち、芽吹いた。

なんだろう、この感覚。このイメージ。

自分でもよく分からない。それだけ、幸福な気持ちが強く湧き起こったのだ。

どこまでも純粋な何かが、舌を転がり、喉を通り、私に体の隅々まで染み渡り、全ての感覚に訴えかけてくる。耳元で囁く、声まで聞こえてくるのだ。

さあ、心ゆくまで、秘密の宴を催そう――

「やはり、作られた水雲酒とは……段違いですね。すっきりとした甘みや、芳醇な香りは、確かに近いですけど。でもやっぱり、まるで違う」

銀次さんですら、その特別な酒の味に、口元を手で押さえ驚きを隠せずにいた。

葉鳥さんも切子グラスを掲げ、夢見心地な表情をして、この酒を愛でている。

「これぞ秘酒と呼ばれる所以だ。舌で感じる味だけではなく、その他の感覚が研ぎ澄まされる。俺は何回か飲んだことがあるが、やっぱり初めて飲んだ時の衝撃は今でも忘れられないなー。もう、浮世のことなんか全て忘れられる」

「……確かに、隠世で最も純粋な霊力を宿した酒と言われるだけはあるな。俺は前に一度飲んだことがあるが……」

乱丸は、惚けている私たちと違い冷静さを保ち、目を細めた。

今一度それを口にして、よくよく味を確かめている。

「しかし酒の実力は分かりきっていたことだ。問題は、この酒にそこの小娘の料理が釣り合うかってことだ。俺からすれば、こんなチャラついた現世の料理、秘酒に負けてしまうだけだとしか思えないが」

「乱丸！　葵さんに失礼なことを言うな。お前も葵さんの料理を食べれば分かる。葵さんの料理が、あやかしにとっていかに価値のあるものか」

「まあまあ、まあまあ銀次。お前がお嬢ちゃんの料理を信じきっているのは分かるが、な？　とりあえず落ち着けって」

「お料理とりわけましょうか乱丸様ー」

「これとかおすすめ……」

銀次さんが乱丸に怒って、葉鳥さんがそれをなだめ、双子がいよいよお料理をとりわけ始める……。そういう会話が、聞こえてくる。

「…………」

「あの、葵さん、乱丸の言うことは気にしないでくださいね。……葵さん？」

だけど、私の心は今、この場には無かった。

もう、さっきからずっとぼんやりとしてしまって、皆の声だけが頭の中で反響している。

目の前に見えるのは、この世とは思えない極楽の花畑。

花畑の中にちゃぶ台が一つ。みんながそれを囲んで、ご飯を食べている。

そう。ここは幸せな世界……

「葵さん、葵さん、どうしましたか？」

銀次さんは、私の様子がおかしいと思ったのだろう。

彼の手が私の肩に触れた。その感覚だけは分かったのだが、後はもう、意識がグルンと一回転して、私はそのままバタンと倒れる。

いや、倒れたんだと思う。背中が痛いし、それに……

「わああああっ！　お嬢ちゃんが倒れた――っ！」

葉鳥さんの分かりやすい絶叫が、最後に脳内をこだましたから。

もう、何が何だか分からない。花畑が消え、真っ暗になってしまった視界の中……

遠くで落ちる稲妻が、じわりじわりと私に近づく。

さあて……何もかも、上手くいくとイイねえ？

# 第四話　封じられた力

『ここを出ていきたいと、思わないのかい？』


そこは、黒の世界。

稲妻が囲む牢獄。

私は冷たい淀みに横たわり、ただ一人何もかもを忘れて、ぼんやりと虚空を見つめていた。

「あなた……あの時の……あやかし……？」

影の向こう側に、誰かがいる。白い能面を被ったあやかしだ。

稲妻が落ちる度にその能面はぽっかりと浮かび上がる。

彼はしきりに私に問いかけた。

ここを出ていきたいと思わないのか、と。

「出ていきたくても、出られないのよ。私、雷が恐いの。あの〝部屋〟を出て行くなと言った、母の言葉を思い出して……。言霊なのかな」

暗く四角い部屋。孤独。空腹。雷……

最後に見た、母の冷たい瞳。

ここを出てはダメ、と言った母の言葉。言霊。

「雷は、私を縛る象徴なの。だから、もう歩けなくなっちゃうのよ」

『……だけど、出ていかなければ。この世界を出ていかなければ、君は死ぬ。呪いの雷に身を焼かれ、運命に逆らうことができずに、空腹のままのたれ死ぬ』

「…………」

いつかの声が、聞こえる。

『大丈夫、君にはいずれ、行くべき世界がある。そこはきっと……君を必要とする場所だ』

そうだ。あのあやかしが、日々私のもとを訪れて語った言葉だ。

そして彼は、いつも美味しそうな食べ物を、私に分けてくれた。

私を生かし続けた、命の食べ物を。

懐かしいなあ。これは私の記憶が見せている夢なのね。

私は「ふふ」と笑って、だるい体を起こしてみる。

そうして、問いかけた。

「ねえ、あなたは誰なの？」

『…………』

「なぜ、あの時私を助けてくれたの？」

『…………』

能面は答えない。

そりゃあそうだ。目の前の彼は、私の記憶が見せているだけのイメージ。

本物は、本物の彼は……


「――私を食べに来たの？」

その言葉を言ったのは、幼い頃の私だ。

私はいつの間にか、あの頃の幼い姿になっていた。

思い出した。初めてあのあやかしに出会った夜のこと。

まだ幼く、未来のことを何一つ知らない、小さな私は……

私はあのあやかしが、当初自分を食べに来たと勘違いしたのだ。

「なんだかとっても苦しいの。悲しくて、痛くて……わかんない。もう」

まるで擦り切れたテープのように、所々飛び飛びで思い出す、過去の記憶。

何度も繰り返した、絶望と諦(あきら)めの、言葉。

「私を食べたいのなら、食べてもいいよ。私が死んだら……どうせもうすぐ死ぬから、その時は食べて。だからそれまで、側にいて。お願い……」

そして、このあやかしが、この後も私に会いに来てくれるように願った。

死んだら私の体を食べてもいいから、と……

だって、一人は寂しいから。一人で死ぬのは辛いから。

だけど、あのあやかしは私に、

『もう何も怖くない』と、

『君は死なないから』と言った。

そのことは、覚えている。すでに思い出している。

だけど……

『一つ約束をしてくれ』

目の前の能面のあやかしからではなく、背後から声がした。

振り返ると、同じ能面を被ったあやかしがすぐ側に立っている。

知らない。

これは、覚えていない。

『僕はいずれ、大人になった君を迎えにいく』

「……あなた……」

あなた、誰?

これは、約束……?

『きっと君をお嫁にするから、その時は、僕を……愛してくれたら、嬉しい』

◯

葵さん……葵さん……

「…………」

私の名を呼ぶ声で、ハッと目を覚ました。

顔を覗き込むのは、ひどく心配し、青白い顔をしている銀次さんだ。

もう一人、折尾屋の筆頭湯守である時彦さんも側にいて、私が目覚めたことでほっと安堵した表情でいる。

「葵さん、目が覚めましたか? 気分はいかがです?」

「…………」

「すみません、私としたことが……盲点でした。あのような霊酒、本来人間のお嬢さんが口にすることなどない代物です。葵さんはお酒にも慣れていないのに、強い霊力を宿す

「……この隠世の純粋な霊力から作られた天然のお酒を飲ませてしまって」

銀次さんがしきりに謝っていた。

そんな、たいしたことないわ……

そう言おうとして、喉がつっかえて咳き込んだ。

「喉が痛いのだろう。刺激の強い霊力が喉から体内に注がれたのだ。それも霊酒というまじないを帯びたものを。温泉地で湧き出た炭酸水を飲むのとは訳が違うからな。意識だって飛ぶ」

時彦さんが私に、常温の水の入った湯呑みを差し出す。

私はゆっくりと起き上がって、その水を飲んだ。

寝汗もすごいし、喉がカラカラだったみたい。

「葵さん、無理はしないでくださいね。まだ気分が悪いと思います。もう少し休んでいた方が」

でも、儀式までもうすぐだし、そんな悠長なことは言ってられない。

ただグワングワン目が回る感覚に見舞われ、激しい頭痛に頭を押さえた。

吐き気がするほどではないが、気分も悪い。喉がイガイガして痛い。

すごい……これがいわゆる、二日酔いってやつ？

「葵さん、やはりまだ横になっていた方が。熱もあるみたいなんです」

そうなの？　確かに少し体が熱い……

どこか潤んだ視界。そのまま部屋を見渡した。

あれ、ここは旧館のいつもの台所ではないし、あの座敷牢でもない。

普通の客間とも違う。ちょっと薬臭い。飾り気のない、白く簡易な部屋。

掛け時計は、夜の八時を指している。試食会の時間から、二時間ほどしか経っていない。

「ここは折尾屋の医務室です。体調を崩したお客様や、従業員を診る場所で、時彦殿が筆頭湯守と常駐の医者を兼任しています。例の試食会で葵さんが倒れてしまった後、あの場所では何かと不都合だったので、ここに運ばせていただきました。乱丸がその方が良いだろうと、許可を出してくれたので」

……乱丸が？　あいつにも、そんな慈悲があったのね。

「津場木葵、起きた？」

「時彦さんが二日酔いに効くっていうから、シジミのお味噌汁を作ったよ。飲む？」

双子が真っ白な襖を少し開いて、隙間から僅かに顔を覗かせている。

眉を寄せ、どこかシュンとした顔だ。彼らも私を心配してくれているのだろう。

私は笑顔で大きく頷いた。気分は悪いが、少しお腹も空いている。

結局作ったご馳走を何も食べられないまま、ぶっ倒れてしまったからね。

……わあ、いい匂い。

シジミと赤味噌だけで作った王道のお味噌汁。美味しかろうと思って一口啜る。

「…………」

あれ……

味が、しない。

「どう、津場木葵」

「酔い、治りそう？」

布団に身を乗り出し、双子が私の顔を覗き込む。

私はゴクゴクと味噌汁を飲み干した。そんなに勢いよく飲んでは、と銀次さんが慌てるのも聞かずに。

だけど……やっぱり味がしない。

この味噌汁がそういう味噌汁なのではなく、私の舌が、味覚が、機能していないのだ。

銀次さん、私、舌が――

「…………」

それを伝えようと口を開いたが、言葉が出てこない。さっきから、なんかおかしいと感じていたが、それは喉が痛いせいだと思っていた。

でも、そうではないのかもしれない。

私の様子に気がついたのだろう。銀次さんと時彦さんが険しい表情になる。

「……もしかして葵さん……声が、出ないのでは？」

「……っ！」

私は銀次さんの顔を見つめ、コクコクと頷いた。そして、震える手でジェスチャーをし、訴える。声が出ないだけではなく、味噌汁を飲んでも味がしないこと。

「ちょっと待て。紙と筆があった方が良いな」

時彦さんは側にある棚の中から、新品なのに日焼けした古い手帳と、キャップ付きの細い筆を手渡してくれた。それに文字を書いて説明する。

（味がしない。味覚が、機能していない）

私の字もまた、震えていた。

「そんな……」

銀次さんが私の症状を知り、口元に手を当てて何かを考え込んでいる。

「味覚が機能していないなんて」

「大変なことだよ」

双子もまた、眉を寄せ、顔を見合った。

だって、それは……料理人にとって、致命的な症状だ。

たとえ自慢のレシピが脳内にインプットされていて、その通り作ったって、それを最後のところで信じられるのは自分の舌だ。本当に美味しくできているのか、味を確かめなければ、お客にお料理なんて出せない。

どうしよう。この症状は、いったいいつまで続くのだろう。

時彦さんも低く唸る。

「おかしいな。確かに、強い霊酒を人間が飲むと体調を崩すことはあるが、味覚を奪われることなんて有りえない。何か、特殊な呪詛が働いたとしか思えないが……津場木葵、この酒を飲む前に、何か変なものに触れたり、口にしたりしたか？」

変なもの……？

料理をしたものの試食はしたけど、変なものなんて……

「!?」

思い出したのは、今朝のことだ。私は旧館の台所へ行く途中、雷獣と出会って、それで抹茶の飴を、口に押し入れられた。

甘くてほろ苦く、すっと口の中で溶けてしまったあの抹茶の飴……

ただのイタズラめいた行動だと思っていたが、もしかしてこの症状と関係があるのだろうか。

私はそのことを手帳に書いて、知らせた。

時彦さんは一瞬驚いた顔をして、即座に首を振った。「やられたな」と。

「それはきっと、雷獣様の強力な呪詛を含んだ飴だったのだろう。あの方は古のあやかし。

古い禁呪を数多く知っていらっしゃる。飴は種だったのだ。秘酒を体に取り込んだ際、その霊力に反応して、呪詛が発動するよう仕組まれていた。五感のうち、味覚を縛る呪詛だ」

「………………」

そんな。そんなのってない。

このままでは、儀式の肴を作るなんて……

「雷獣様が、そこまでするなんて。どうして……どうしていつもいつも、私たちの邪魔ばかり……葵さんにまで、手を出すなんて……っ」

銀次さんは悔しそうに表情を歪め、自らの膝を拳で叩きつけた。

「もう我慢なりません！　私はあの人をこの宿から追い出します。妖都から派遣された儀式の見届け人だか何だか知りませんが……っ！」

「銀次、落ち着け！　お前の気持ちは分かるが、雷獣様を怒らせるとさらに状況は悪化する。お前だって分かっているだろう？　我々は、早急に次の手を打つほかないのだ」

立ち上がって雷獣のもとへ行こうとする銀次さんを、時彦さんが宥めた。

それでも銀次さんはこの部屋を出て行こうと、パンと勢いよく襖を開く。

「……ひでえ有様だな」

「乱丸」

襖の向こう側で立ち聞きしていたのか。そこには乱丸が立っていた。

彼は銀次さんが開いた襖から、この部屋に入る。

そして、じっと私を見下ろした。

「そんな様子じゃあ、もう無理だ。津場木葵、お前に肴は作れない。……任せられない」

「ら……っ、乱丸。それは聞き捨てならない！　これは一時的なもので、すぐに治るかもしれないのに」

「かもしれない？　そんな悠長なことを言ってられるのか、銀次。儀式まであと何日だと思ってやがる。もう時間はないし、そいつの回復を待っている余裕もない。味が分からないだけじゃない。酒に当てられたせいで、声もでない。見るからに弱っている。そんな奴に、この儀式の肴の責任が持てるのかよ。もう酒の味だって、確かめられないんだぞ」

「し、しかし……」

銀次さんが私の側まで戻ってきて、何とか私を庇おうとしてくれていた。だけど……

私は俯いたまま、銀次さんの袖を掴んだ。そして、ゆっくり首を振る。

「……あ、葵さん……」

乱丸の言う通りだ。ただ料理を作るだけではない。

儀式の肴には、この南の地の、多くのあやかしたちの命運がかかっている。

それなのに、味も分からず無責任なまま、肴を作るなんて……言えない。

私の料理への自信は、結局のところ私の舌にあったのだ。

おじいちゃんが何度も食べさせ、教えてくれた〝あやかし好みの料理や味付け〟。

だけど、それを確認することが出来ないのなら……

「ふん。案外聞き分けが良いじゃねーか。この局面で、津場木葵……てめーが使い物にならなくなったのは痛手だったが、幸いお前の料理を側で見てきた双子がいる。……おい、分かってんだろうな」

乱丸は、困惑している双子をギロリを見下ろし、プレッシャーをかけながらも、その意思を確かめていた。

双子は顔を見合わせて、「そういうことなら」「仕方がないよね」と。

どこか納得していない表情だったが、今はもう、異議を申し立てる時間は無いと彼らも分かっているのだろう。

……ごめんなさい。

声は出なかったが、私はその言葉を手帳に書き記した。

自分のせいで、儀式への準備は更に大変なものとなるだろう。蓬萊(ほうらい)の玉の枝もまだ手に入れられていないというのに、海宝の肴まで……

頭を下げ、震える手で手帳を掲げる。

「別に……てめえが謝る必要はねえよ。やってくれたのは雷獣様だ。俺たちの警戒が足りなかったのもある。ただ、事実として、お前には任せられなくなったというだけだ」

乱丸は淡々とした声でそれだけを告げ、時彦さんと双子を連れて部屋を出た。

僅かな沈黙のあと、銀次さんが私の肩に手を置いて、顔を上げさせる。

「葵さん、頭をあげてください。もとはと言えば、あの酒を、何の疑いも無くあなたに飲ませた私たちが悪いのです。あなたが……あなたがいつも強く、なんだって華麗に解決してしまうから。私たちは期待だけを押し付け、忘れてしまっていた。あなたが普通の、か弱い人間のお嬢さんなのだということを……」

「…………」

「すみません、私が……至らなかったのです。あなたを支えると言っておきながら、こんなことすら、見逃してしまうなんて」

様々な者に対する悔しい思いが、銀次さんを苦しめている。

銀次さん。そんな顔をしないで。

私は銀次さんの手に触れ、ブルブルと首を振った。

悪いのは……悪いのは私だ。

あの雷獣の、あやかしを信用しすぎているという言葉が、今になって脳裏を巡って私を責め立てる……

忠告をした本人に、すっかりやられてしまったのだから世話はない。

ああ、頭が痛い。いろいろな状況や思考も相まって、グワングワンと意識が回る。

熱がぶり返している気がする。

「寝ていてください葵さん。安静が必要です。今後のことは、もう我々に任せて……」

銀次さんは私に布団に入るように促した。

私はもう体を起こしていられず、横になる。

「銀次様、乱丸様がお呼びでございます」

襖の向こう側から、仲居らしき者の声が聞こえた。私はすぐにギュッと目を瞑って、寝たフリをする。

今、花火大会や儀式を目前にしている折尾屋にとって、銀次さんは必要……

何もできなくなった私が、ここで引き止める訳にはいかない。

銀次さんは、最初こそ私の傍を離れず、じっと私を見ていたようだが、やがて静かに立ち上がり、音もなくこの部屋を出ていった。

静寂が、襖を閉めた後の部屋の薄暗さが、今の私には少しキツい。

「…………っ」

長い息を吐くと同時に、涙がこぼれた。

ひどく、気分が悪い。これは……悪酔いの症状ではなく、自己嫌悪だ。

「…………」

まだ、状況を全て受け入れられている訳ではないのに、自分の無力さと、警戒心の無さが招いた結果に、たまらなく嫌気がさす。

今までが上手(うま)く行き過ぎていた。なんだかんだと、皆、優しすぎた。

だから、本能的に悪意を持ったあやかしがいるということを、ほとんど意識することもなかった。

分かっていたはずなのに。

おじいちゃんにも、ずっとずっと言われていたことだったのに。

あやかしに対し諦(あきら)めがあるからと、寛容でいられた。そちらの方がずっと楽だった。

でも、やっぱり……居るんだ。意味も無く悪意を帯びたあやかし。

そういう者たちの娯楽に、私は利用され、排除された。

もう、ただの役立たずなんだ……

「…………」

熱もある。

だけど私は大きな不安に耐えきれず、ゆっくりと起き上がった。

部屋には誰もいない。廊下にも。

きっと今頃、幹部たちで海宝の肴の件を話し合っているのだろう。

私はフラフラとした足取りで、あの旧館の台所へと向かったのだった。

旧館の台所は、綺麗に片付いた状況だった。

誰がそれをしてくれたのかは分からない。

作ったお料理は……あの状況下で食べられる訳もなく、結局ほとんどが冷蔵庫の中だ。

あまり深く考えられない。でも、何か料理を作ってみなければ……

私はそんな焦りに支配されていた。

結局、私にはそれしかないのだから。

「…………」

残っている食材を漁って、卵と冷や飯を見つけた。

……オムライス。

……これなら、作れるかな。

私が、この隠世に来て、初めて作った料理。

それを銀次さんが食べてくれて、銀次さんが私に、夕がおという居場所と、そこで料理を作り、あやかしたちに振る舞うという役割を見出してくれた。私の隠世での人生は、そこから始まったのだ。

手が勝手に、そのお料理を作り始める。

あの時とは少しずつ食材が違うけれど、玉ねぎや角切りベーコン、ネギなどの材料を切って、フライパンで炒め……そこに冷や飯を加えて、醤油や塩胡椒などで味付けをしながら炒飯を作るのだ。

和風オムライスは、出汁入りふんわり卵で炒飯を包んで、最後にたっぷりの大根おろしと、刻んだ大葉をのせて、ポン酢でいただく。

そう……見た目は、いつも私が作る和風オムライスと変わらない。むしろ、いつも以上に気を張って作ったので、見栄えが良い。

とにかく一口、食べてみよう。

匙を持つその手は震えていて、半熟卵がしきりにブルブル揺れていたけれど……味が知りたい一心で、パクッと口に入れる。

……でも、やっぱり味は分からない。

食感だけは、いつもと変わらないのに。

今作ったばかりのこのお料理は、私がいつも作る料理と同じ味なんだろうか。

何かを間違ったり、味の加減をミスしていないだろうか。

私、このままずっと、食べ物の味が分からなかったら……？

胸に迫って押し寄せる不安に、潰されてしまいそうだ。

味がしないということは、食べることの楽しみや喜びが、一つも無いと言うこと。

どんなに美味しいものを食べても、不味いものを食べても、何も分からない。

絶望感が心を支配する。私にとって、こんなに怖いことはない。

私は、私の喜びと武器を、一気に失ったのかもしれない。

「………」

作ったばかりのオムライス。そのほとんどが残った皿を膝に置いたまま、私は床上に上がる段差に座り込んだ。……さっきからずっと、ぼんやりとしている。

「葵しゃーん……」

いつの間にか、側にチビがいて、そっと私の膝に触れていた。

「どうかしたでしゅかー。泣いてるでしゅかー」

目をゴシゴシ拭いて、口を開くも、言葉は出てこない。

「声、出ないでしゅかー？」

チビはすぐに察した。

「葵しゃんのオムライス〜。僕大好きでしゅ。僕食べたいでしゅ〜」

そしてチビは勝手に膝に乗り上がり、オムライスを食べたいと嘴を指差してアピールする。私は少し戸惑ったが、スプーンでオムライスを掬ってチビの口元に差し出すと、チビがガツガツ食べる。美味しい……のかな？

「僕、昔は一人ぼっちだったでしゅ。でも葵しゃんがここに連れてきてくれて、毎日葵しゃんの作った美味しいご飯を食べられて、お友達も沢山できて、寂しくないでしゅ」

こんな時に、チビったら昔の話を。

確かにこの子は、仲間たちの中で一際小さくて、弱っちくて……いつもご飯を食いそびれていた。最後は仲間たちに置いてかれたから、私がここ隠世へ連れてきたのだ。

「現世(うつしよ)にいたら、河原で餓死してたでしゅー。全部全部、葵しゃんのおかげでしゅー」

また調子の良いことを言って。

「葵しゃん。ずっとずっと、僕に、あやかしたちにご飯作ってくだしゃい〜」

口に米粒をつけて、つぶらな瞳(ひとみ)で私を見上げて、小首を傾げるチビ。

その言葉がとても嬉(うれ)しいのに、今後の自信も無くて、苦しい。

私は思わずチビを抱き上げ、そのプニプニのお腹に顔を埋(うず)め、またしくしく泣いた。

「よしよしでしゅ〜。葵しゃん、よしよしでしゅ〜……」

チビが私の額をペチペチと撫(な)でている……チビに慰められる日が来るなんてね。

前におじいちゃんが言っていたっけ。

あやかしを信じ過ぎるな。

あやかしは人間の娘を……特に、霊力の高い娘を好んで食うことがあるから、あやかしより先手を打って身を守れ。

料理を作ってやるのが良い。

美味い料理を作ってやれば、お前を食う必要は無くなる。

お前を殺すのがやがて惜しくなる。

あやかしにとって、霊力の強い人間は紙一重の存在だ。

食いたいか、愛おしいか。

それは同意義でもあり、状況が少し変わっただけで、どちらにでも転ぶ。

だからこそ、先手を打て。

あやかしにとって価値のある人間となり、あやかしに愛され、食われない理由を突きつけろ――


「今の君は、あやかしにとって何の価値もない、ただの優秀な食料だねぇ」

私の心を読んだかのような、嘲笑が聞こえた。

チビに埋めていた顔をあげると、出入り口に立つ金髪の男がいる。

……雷獣だ。

私はふつふつと怒りが湧いてきて、勢いよく立ち上がる。

しかし口を動かしても、文句の一つも言えない。片手に握ったままのチビをブンブン振り回すだけ。ああ、もうっ、もうっ！

　悔しくて地団駄踏むしかない。それがまた惨めだ。

「あっはははは。魚みたいにパクパクして面白いねえ。味覚を封じられちゃって、びっくりした？　これで少しは分かったかなあ？　君はどこかで何かを勘違いしていたみたいだけど、あやかしってのは……そんなに人に優しくないんだよ」

　そんなことはない。優しいあやかしだっている。

　チビのように、私を心から信じてくれるあやかし。

　幼い頃に私を助けてくれたあやかし……っ！

　失礼極まりないあやかしは数えきれないが、それでも、信念を持って日々を生きるあやかしたちだって沢山いる。

　意味もなくこんなことができるのは、目の前に居るお前くらいのものだ！

「お、懲りずに何か料理してみたのかい？　せっかくだし、俺も君の手料理ってものを味わいたいね」

　雷獣は素早く段差に座り込み、オムライスの皿を手にすると、勝手にそれを食べる。

「……おお」

　なんだか目を丸くして、驚いた顔をしていたが、私が目の前で睨みおろしているのに気がつくと、何が愉快だったのか嬉しそうに口端を釣り上げる。

「いやー、これは酷い。これはヤバいって葵ちゃーん。塩とお砂糖間違ったんじゃないの？　味付けが大変なことになってるよ！」

「⁉」

「こんなことじゃ肴はおろか、今後の夕がおの営業にも響いちゃうよねー。借金を抱えているんだっけ？　これじゃ君が生きているうちに全額返済なんてムリムリィ！　永久に無理ですっ！」

「⁉‼」

眉を八の字にして、いじめっ子がいじめられっ子を容赦なくいじめ倒しているが如く、雷獣は私に絶望的かつバカにしたような言葉を投げつける。

そ、そんなことない……チビは美味しく食べてくれたもの……っ。

でも……やっぱり自分の舌で確かめたわけじゃないから、自信が無い。

いつもの私ならハイハイと聞き流すような子供じみた罵倒まで、今の私にはどストレートに響くのだ。

「うーん、不味い。不味いなあ」

不味い不味いと言いながら食べ続ける雷獣。

私は料理人が最も恐れる言葉に、ガーンガーンと何度もショックを受け、気がつけば地に伏せ、打ち拉がれたポーズに。

「あっははははははは‼」

これがかなり雷獣を喜ばせているみたい。

雷獣、私に指を突きつけ、超大笑いしているから。

悔しい。悔しい。

なぜこんな奴に、私は屈してるのだろう。

「こら〜っ、葵しゃんを虐めるなでしゅーっ‼」

私がぎゅっと握りしめていたチビが、軟体を生かして手の隙間から這い出てくる。

「葵しゃんのご飯は不味くないのでしゅ！　断固抗議するでしゅ！　訴訟でしゅっ！」

チビは小さいなりに両手を目一杯広げて、プンプンに怒っていたんだけど、雷獣に「何このちみっこいナマモノ」と、指で弾かれて転がってしまった。

「ぎゃっ」

お皿の水が雷を通したのか、チビは指で弾かれただけで感電し、目を回してしまった。

「⁉」

私は慌ててチビに駆け寄り、その体を抱き上げ、もうこれ以上危害を加えられないように、とっさに胸元に隠した。

こんな小さな子に、なんてことを。

言葉で文句を言えない代わりに、雷獣をキッと睨む。

「ふふ。さあて、十分弱いものイジメして楽しんだ頃合いだし、こういうのも旬が過ぎれば飽きちゃうだけだから、一番良いところで君を食らってしまおうか」

「……!?」

雷獣は睨む私の腕を掴んで、強引に引き寄せる。チビがまたコロンと地面に転がった。

「天神屋の大旦那には悪いけど、いつも飄々としている奴を怒らせるのもまた一興。隠世のあやかしたちには、さぞ興味の惹かれる展開になるだろうね。君が奮闘する話題がなくなって悲しくなる者も居るだろうが……飽きられて忘れられるより、惜しまれるくらいが一番良いのだよ……」

艶かしい濃金の髪が、私の頬を伝って溢れる。

舌舐めずりし、妖しくほくそ笑む口元から牙をチラつかせ……獲物をとらえた獣じみた視線に、体が凍りつく。

怖い。

このままでは——食われる。

「葵さんから離れてください、雷獣様」

しかし、冷え冷えとした嫌な空気は、凛とした声によって掻き消された。

出入り口に立つのは、銀の尾と銀の耳を持つ……九尾の狐のあやかし。

銀次さんだ。

銀次さんが、銀色の霊気を纏わせ、静かな怒りを抱いた瞳で雷獣を睨んでいた。

「おんやあ銀次君。見るからに怒っているねえ。怒りまくっているねえ」

雷獣は余裕の態度を貫き、細い顎をクッと上げて、横目で銀次さんを捉える。

「あなたには何度怒りを覚えたかは分かりませんが、今度は我慢なりません。葵さんは大旦那様の、大事な許嫁。……葵さんを食おうだなんて、そんなことは許されない」

「でもこの娘、もう利用価値がないよ？　天神屋の大旦那にとって、津場木史郎の孫ってだけのこの娘を娶ることに……何か他の意味があるの？」

雷獣は探るような問いかけをした。

「あなたには関係の無い話です。早く葵さんから離れてください！」

「へぇえ。そんなこと言っちゃっていいんだ？　三百年前だって、君が俺につっかからなければ〝磯姫様〟は死ななかったかもしれないんだよ？」

「……っ⁉」

銀次さんの表情が強張る。

雷獣は勝ち誇ったような、嫌な笑みを浮かべた。

「分かっているだろう？　この儀式は全て、俺の気分次第だということを。俺がもうい－やって思えば、どんなに君達が努力して、頭を下げて駆け巡ろうが、儀式は簡単に崩壊する。そうだなあ……じゃあ、銀次君に選ばせてあげるよ」

雷獣は私の腕を引きちぎらんとばかりに、乱暴に引いた。

私は痛みに顔を歪め、それを見た銀次さんの耳がピクリと動く。

「津場木葵はさぞ美味かろう。目の端に映るだけで食欲をそそられる。あやかしなら皆そう思うだろう。銀次君、君だって一度は考えたことがあるんじゃないのかい？……津場木葵を食らいたいって」

「…………」

「だけど、一番側にいながら君はチャンスを逃した。だから俺が食う。それを見逃してくれれば、儀式を成功に導いてやろう。……だけど逆らえば、分かっているよねえ？」

「……その手のくだらないゲームには乗りませんよ」

銀次さんはどこまでも冷めた表情のまま。

ほとばしる静かな怒りは、私にだってビシビシ伝わってくるのに……

一瞬だけ、銀次さんは切なさを帯びた表情になる。

「……私が葵さんを食いたいなど、そんなことは一度たりとも考えたことはない。私にとって葵さんは希望。葵さんが今も生きていて、それで……あやかしたちを幸せにする、温かな料理を作ってくれる。それだけで、私は……確かに救われているのだから」

「……は？」

雷獣は、意味がわからないという歪んだ表情になる。

だけど私は、銀次さんの言葉に、その切なげな表情に、大きく目を見開いた。

やっぱり……やっぱり、銀次さんはあの……

幼い頃に私を助けてくれた、白い能面のあやかし……っ。

「はあ、もういいよそういうの。あやかしって本当、人間に対してぬるい存在に成り下がったよね。昔はこんなのじゃなかった。容赦なく人間たちを食らい、恐怖と力で支配する、闇に生きる存在だったのに」

雷獣の声音のトーンが下がる。

余裕の態度も、どこか揺さぶられているように見えた。

銀次さんと雷獣。一触即発、という空気が流れる。

「……ほお。相変わらずの下衆具合だなあ雷獣。時代に迎合できぬ愚か者め」

しかしふと、別の声が届いた。

銀次さんの隣に、笠を被った白袴姿の者が、いつの間にやら立っている。

だ、誰……？

「ふっ。阿呆面をしおって。私の顔を、見忘れた訳ではなかろう、雷獣」

笠を外したその者の顔に、私は口をあんぐりと開けて驚く。

いや……私以上に、雷獣の方が驚愕の表情をしている。

むしろ私はそれに、驚いたのだ。

「び、白夜ああああああああああああっ!!?」

そう、そこに立っていたのは天神屋のお帳場長、白夜さんである。

雷獣はこれでもかってくらい恐怖めいた絶叫を上げ、私のことなんか地べたにペシッと捨て置いて、我先にこの場からの逃亡を計る。な、何、何ごと⁉

「⁉」

しかし内廊下へ続く戸の前には、クナイを構えたサスケ君が立っていて、その容赦の無い冷酷な視線を前に、雷獣はとっさに立ち止まった。

ほぼ同時に……白夜さんの、不敵な笑い声がこだまする。

「ふふふ。出来の悪いウスラトンカチが。私から逃げ出そうとするとは、いつにも増して情けない男よ」

「び、び、白夜……なぜ……っ」

「面白そうな他人のおもちゃを、壊れるまで遊び尽くすのが主義だったか？　以前、刺客を使い葵君を襲わせたのも、貴様だということは調べがついている。毎日毎日豪遊とは、ろくに働きもしないくせに大層な悪趣味だ。根性の腐りきった下衆め。無職め！　……全く、呆（あき）れてものも言えん」

……いや、ものはくどくど言ってますけどね。

愛用の扇子を開き、口元を隠して、白夜さんは容赦なく続ける。

「そもそも貴様が食おうとした葵君は、契約上はっきりと我らが大旦那様のものとなっているのだ。貴様は礼儀を知らぬ大馬鹿者ゆえ、手を出してはならぬものに危害を加えてしまった訳だが……」

ピシャッ、と、扇子を閉じる軽快な音が響いた。

「さあて、お仕置きの覚悟はできているか？　貴様には教育的指導が必要だなあ！」

「……………っ」

白夜さんの言葉攻めを前に、雷獣は冷や汗がとめどなく流れた。

どういうこと？　この二人は知り合いなのだろうか。

「ふざけやがって。そいつを呼んだのは、どこのどいつだ……っ」

雷獣はぎりりと奥歯を噛んで、金の髪を柳のように揺らし、ビリビリと放電する。

わっ！　その細かな電光があちこちに飛んで、この部屋を生き物のように駆け巡った。

「葵さん……っ！」

銀次さんに庇われながら、私は床に伏せる。

一方、白夜さんはこの状況でも物怖じせず、目の前を走った電光を、ハエか何かを払うように扇子でパシンと弾き飛ばしたので、何か凄い。

「………」

隙を見て逃げたのか。

バチバチと部屋を走る電光が収まった時には、雷獣の姿はこの空間のどこにも無かった。

「逃げたか、腑抜けめ。次に会ったらタコ殴りにしてやる！」

「いや、もう十分タコ殴りでしたよ。言葉の。しかし……雷獣様の白夜さんアレルギーは、聞いていた通り凄いですね」

「ふん。あれは長生きをこじらせた化石だ。私のように健全な労働に勤しんでいれば、あのようにはならん。暇は罪だな」

「…………」

私は何が何だか分からず、銀次さんと白夜さんを交互に見た。

……えっと、どこから聞けばいいのか。もうそれすら分からない。

声も出ないし、とりあえず「？？？？？」と。はてなをいっぱい手帳に書いて掲げる。

「む。葵君が大混乱しているそうだ」

「無理もありません。……ご説明は、本館でしましょう」

銀次さんが、さっきの雷で腰の抜けた私を支えて立たせてくれた。

「あ〜、みてーびゃくやたまー。おいしそうなふんわりたまごのごはんあるー」

「あっ、お前、いったいいつ付いてきたんだ！」

「…………」

あ。白夜さんの袖の中からちょろちょろ出てきた、小さな管子猫。

無邪気な管子猫は、私が作った食べかけのオムライスに興味津々で、その周りをぐるぐる浮遊している。白夜さんが連れてきたというより、勝手についてきたみたいだ。

「こらお前、意地汚いぞ！」

　白夜さんはその子を叱りつつも、「雷獣が口をつけたところは食ってはならん」と、そこだけ避けて食べさせていた。

　あ、ちょっと待って、それもしかしたら不味いかも……っ！

「おいち～おいち～」

　でも管子猫は幸せそうなほっこり笑顔でオムライスを頬張っている。雷獣がわざとクレームをつけただけで、結局味は大丈夫だったのかな？

　そ、それなら良かった……。

　白夜さんも、幸せそうにご飯を食べている管子猫の前では、若干穏やかな表情だ。

「……相変わらず、白夜さんは管子猫に甘いですね」

（あれ、銀次さん知ってたの？）

「天神屋でも有名な怪談話です。誰も白夜さんにつっこめないだけで」

（……ああ、怪談話）

　銀次さんは耳元でこしょこしょ、私は筆談。

　確かに私が知ってるくらいなんだし、バレてない訳がないか……。

「葵しゃーん、僕も葵しゃんのオムライス食べて元気出したいでしゅ～」

胸元からひょっこり顔を出したチビ。

さっきまで目を回していたが、もう元どおりになって、手のひらでくしくし頭を掻き、お皿の周りの葉っぱか毛か……いまだよくわからないものを繕っている。

そうして結局、このオムライスは管子猫とチビの二匹で分け合うご飯となったのだった。


本館のある上級の客間に、私と銀次さん、そして白夜さんとで向かっていた。

乱丸が〝蓬萊の玉の枝〟関連で、あるお客の相手をしているそうなのだ。

白夜さんが堂々と折尾屋の中を闊歩しているのも不思議だし、今、いったいどういう状況になっているのだろうか……

「失礼します」

私たちは三人揃って、その部屋に入り、畏まって頭を下げる。

「まあ……お久しぶりですね、葵さん」

「……！」

聞き覚えのある声に、驚いて顔を上げた。その上級客間にいたのは、なんと律子さんだったのだ。

律子さんとは妖王家に嫁いだ人間の女性。

以前夕がおで結婚記念日をお祝いし、現世のお料理をお出ししたことがある。

「お久しぶりと言ってもりっちゃん。夕がおでお世話になったのは、ふた月前のことだよ」

「あらいやだ。そんなに前のことではないわね、縫様」

勿論、律子さんの隣には、旦那様である縫ノ陰様が。

お二方とも相変わらず上品な佇まいだが、仲睦まじい夫婦っぷりもご健在の様子。

私は言葉が出ないので、やっぱり魚みたいに口をパクつかせ、慌ただしく頭を下げる。

「……本当に声が出なくなってしまっているのね。お可哀そうに」

「りっちゃんはずっと、ここに攫われたって言う葵さんが心配で仕方がなかったんだよね」

「そうです。週刊ヨウトで読んだ時は、いったい何がどうなっているのやらと！」

ええっ！　週刊誌に私がここへ攫われた情報が⁉

いやいやいや、まずなぜ、お二方がここに⁇

「ゴホン。ご夫妻、葵君が混乱している。世間話はそこまでにしておきたまえ」

「あらやだ、白夜さんに怒られてしまいました縫様」

「いつものことだよりっちゃん」

「ゴホン」

この大貴族であるご夫婦にも、なんら躊躇いもなく叱ることのできる白夜さん。

白夜さんって確か、元宮中のお役人だっけ。雷獣にも恐れられていたし、やっぱりそっち方面で影響力のあるひとなんだな。

「改めて、ご足労感謝いたします、縫ノ陰殿、律子殿」

乱丸だけは、この緩やかな空気の中でもピリリと緊張感を保っていた。

愛想の無い乱丸の代わりに、傍に居たノブナガが、異様に媚びた態度で短い尻尾をふりふりして、律子さんに擦り寄っている。普段はやる気が無いくせに……

何が何だか分からない。やはりなぜ、律子さんたちが？

手帳に疑問をぶつけて掲げようと思ったのだけど、隣に居た銀次さんが「大丈夫ですよ」と。混乱気味の私に声をかけてくれた。

「葵さん、白夜さんや縫ノ陰ご夫妻がここへ来た理由を、私が説明しましょう。端的に言いますと……〝蓬萊の玉の枝〟を、ご夫妻が持っていらっしゃるからです」

「……!?」

「先日、乱丸が妖都へ向かった理由は、縫ノ陰ご夫妻をこの折尾屋に招くためです。しかし折尾屋は中央の貴族と接点が薄いため、白夜さんを介してお二方をここへ招くことが出来ました」

白夜さんを介して？

でも、白夜さんは天神屋のお帳場長だし、折尾屋と天神屋って仲が悪かったんじゃ？

私の疑問など銀次さんはお見通しのようで、すぐに「まあそうですね」と。

「しかし、蓬萊の玉の枝をご夫婦が持っていらっしゃるという情報を密かに折尾屋に提供したのは、まさしく天神屋の大旦那様です。お涼さんがここへいらしたのは、そのことを伝える為でして。なので、乱丸はお涼さんからこの情報を得た直後に妖都へ出向きました。雷獣様に妨害される可能性もあった為、秘密裏にこのような手段をとったようです」

まさかお涼がそんな大層な役目を持っていたなんて……

「大旦那様はこの情報と協力をもって、葵さんと私を天神屋に返すよう……取引をされたそうです。乱丸はそれを受け入れました」

「…………」

銀次さんは膝の上でグッと拳を握って、感慨深い表情になる。

私はそんな銀次さんと、特に表情を変えない乱丸を見比べた。

大旦那様は……天神屋は、やはり裏で折尾屋を手助けする方向で動いたのか。

「とはいえ、こちらもやられっぱなしではないぞ。葵君が不在の間、いったい夕がおでどれだけの損失が出たと思っている」

「!?」

白夜さんがバッと扇子を開き、口元を隠す。

こ、これは、容赦無い手厳しいお言葉の雨が降る前兆だ……っ！

「乱丸殿、分かっておられるだろうが、先に手を出したのはそちらだ。まあ、天神屋に喧嘩を売り〝葵君を攫う〟というプロローグから始めることで、隠世のあやかしたちの注目をグッとこの南の地の花火大会に向け、雷獣や妖都の重鎮たちの描く娯楽のシナリオに、予想外の展開をもたらした手腕は見事だが。しかしいささか物騒すぎた。天神屋がどれほど混乱したと思っている」

「……分かっている。津場木葵の貸出料と夕がおの損害賠償、だったか？　そういうのは全てが終わったら色つけてきっちり払ってやる」

「ふん、よかろう。結局のところ、これらは全て黄金童子様の采配であると、あの瞬間に察知したのは貴殿と大旦那様くらいのものだろうが……私としてはやや不満もある。表向きは天神屋が一杯食わされた形だからな」

白夜さんは扇子をピシャリと閉じて、それで手のひらをピシピシ打つ。

この音がなかなか怖いのよね……

「しかし懐の深い大旦那様のお決めになったこと。今回は天神屋が後手に回ってやるから、儀式をしっかりと成功させるように。妖都の奴らを、特にあの雷獣をぎゃふんと言わせてやると良い」

白夜さんは今一度扇子を開き、涼しい顔をしてハタハタと顔を扇いでいた。

乱丸は言われっぱなしで嫌な顔をしていたが、天神屋の上から目線は仕方がないと受け入れている様子だ。

なんだろう。私は何か、大きな勘違いをしていたのかもしれない。

あの、天神屋の裏山から始まった騒動。

銀次さんと私が折尾屋に連れ去られ、今に至る、南の地の儀式にまつわる一連の流れ……

折尾屋と天神屋の確執などという、表向きの事情だけでは語れない何かが、この裏側にあるのだ。

それを結局のところ大旦那様も乱丸も分かっている。

故に、何かの物語に沿ったり逆らったりする形で、時に対峙し、時に協力し合う。

お互いの確執、気に入らない態度や行動は確かにあるのだろうけれど、それを一旦、横に置いてまで。

これっていったい……

「…………」

隣の銀次さんも、さっきから複雑な表情だ。何を考えているのだろう……

「葵さんは聞いたことがありませんか？　あやかしは、物語性が好きだって」

律子さんがおもむろに語る。

「あやかしは……特に妖都の貴族に分類される大妖怪たちは、それが顕著です。雷獣様はその最たる者で、変わらぬ毎日や、平穏な日々というものを最も嫌います。彼らは望む展開の為に、この隠世の様々なあやかしたちを操り動かしますが、結果、悲劇的な末路を迎えざるを得ない者たちがしばしばいます。……それが、刺激の足りない妖都の貴族たちを楽しませているのだから、私としても許し難いのですけれど」

……律子さん。なんだか彼女らしくない、厳しさを含んだ口調だ。

「私たちも宮中の輩（やから）には散々弄（もてあそ）ばれたからねえ。あれこれ噂を流されたり、利用されたり。今の時代、人間とあやかしの婚姻はとても珍しいし、陰謀っていうのかな。そういうのがあっちこっちで働いて、りっちゃんには度々辛（つら）い思いをさせてしまったね……」

「あらやだ縫様。わたくし辛いなんて思ったこと、一度もありませんわ。確かに大変なことはありましたけれど、今ではもう良い思い出ですもの」

「りっちゃんがとても強く気高い女性だったからさ。私はきっと宮中で最も幸せな結婚をした男だと思うよ、うん」

「も〜、縫様ったら」

「おい、そこの万年新婚夫婦。そういうのは自宅でやりたまえ」

白夜さんが、恐れ多くも妖王家ご夫妻のいちゃいちゃをぶった切る。

「……本題に入っても良いだろうか」

乱丸が空気を読んだタイミングで切り出した。

誰もが口を閉じる。それを見極め、乱丸は背後に「おい」と声をかける。

開かれた襖から入ってきたのは、若旦那の秀吉だ。

彼は例の大蝦蟇から買い取った、あの〝蓬萊の玉の枝〟をここへ運んだのだった。

「雷獣様が下手な小細工をし、妙な輩をおびき寄せたせいで、高値で買い取らなければならなかったものだ。これは〝本物〟……ではないだろうな」

「ああ、それは偽物だな」

速攻で答えたのは白夜さん。直後秀吉が「くそーっ！　あのガマ野郎ー」と悔しそうに天井を仰いで、顔を手で覆っていた。

「蓬萊の玉の枝とは、まずそのような、あからさまな装飾品をくっつけた置物ではない。しかしまあ、立派な宝石で作った見応えのあるもののようだから、宿のロビーにでも飾ると良いだろう」

「はっ。それは名案だな。ちょうど天狗の大御所が暴れてロビーは殺風景だしな。うちの名物の一つにでもするか」

乱丸は白夜さんの提案に鼻で笑って、秀吉に「それをフロントに届けろ」と命じる。

秀吉はいまだ落ち込んでいたけど。

でも、一応使い道が定まったし良かったじゃない……これは慰めにはならないかな。

「で、本物の蓬萊の玉の枝、とは……？」

銀次さんが問う。白夜さんはちらりと縫ノ陰様と視線を交わす。

縫ノ陰様が一度頷き、背後から細長い箱を取り出し、その紐を解いて蓋を開ける。

中から取り出したのは、巻物？　いや違う、これは掛け軸だ。

「我々の持つ蓬萊の玉の枝は……これだ」

「……え？」

誰もが不可解な表情になる。

蓬萊の玉の枝……その名の印象からは随分とかけ離れたものだったからだ。

「まあ見てくださいな」

律子さんはコロコロ笑って、仰天する私たちの前で掛け軸を広げた。

それは墨の濃淡を駆使した水墨画で、広く山水の様子が描かれている。

私たちはもう、何が何だか分からない。

「ゴホン。説明しよう」

白夜さんが咳払いを一つして、話を進めてくれた。

「この掛け軸は、縫ノ陰殿が現世で生活を送っていた頃、京都のあやかし骨董商から買い取った代物だ。水墨画は固有の結界空間となっている」

「固有の……結界空間？」

「ああ、俗に〝狭間〟という」

乱丸や銀次さんですらそれが何なのか分からず、疑問ばかりの様子だ。

「隠世ではあまり知れ渡っていない結界術なのだが、現世の歴史的な大妖怪が確立させたものらしい。要するに、現世のあやかしたちはそういう空間を作って隠れなければ、生きられない時代があったということだ」

「…………」

「この水墨画もそうだ。現世のどこぞのあやかしが〝狭間〟を設定した貴重な代物で、縫ノ陰殿が趣味の骨董品収集の一環で買い取った。で……この巻物を、そこの縫ノ陰殿がいかに活用したかというと……」

「ほら、僕とりっちゃんはよく旅行に行くだろう？　家に財宝を置いとくのも心配だし、この掛け軸の中に仕舞って、行く先々に持っていってるんだ。要するに……物置、かな」

「そう。貴重な骨董品に宿る結界空間を、この阿呆は物置にしたのだ！」

「…………」

あ。高貴な縫ノ陰様を、阿呆って言ったぞ、このひと。

縫ノ陰様はほわほわ花を飛ばして、「参ったなあ」と怒る気配も無いし。

「しかし、なるほど。要するに……蓬萊の玉の枝は、その水墨画に設定された、固有の結界の中にある、ということですね」

「そういうことだ銀次殿。例の宝物はこの中に仕舞われている。しかし……」

白夜さんの表情が、なんだか雲行き怪しいものになった。

「この空間は広大で、仕舞ったものを取りに行くだけで、一苦労」

「……は？」

「そうなのよ。入り口はいつも同じ場所だから、好き勝手な場所に降りることはできないし。ね、縫様」

「困っちゃったよね～りっちゃん。蓬萊の玉の枝はすっかり根を張っているし」

「確か山頂のどこかでしたわよねえ。とても美しい樹になっているはず」

「…………」

少しの沈黙。その静寂を、白夜さんのわざとらしいため息が壊す。

「まあ、そういうことだ。ご夫妻はこの巻物の中にある蓬萊の玉の枝を、折尾屋に貸し出しても良いとお考えだが、どのみちこの水墨画の世界に入り、玉の枝を探す必要がある。当然、その労力を費やすのは、お前たちだ。儀式まで三日と無いが、さあどうする……？」

白夜さんの冷たい瑠璃色の視線と、乱丸の鮮やかな海色の視線が交差する。

「分かっている。……蓬萊の玉の枝が手に入るのなら、山登りでも山越えでも、何だってやってやる」

乱丸はすぐに答えた。

荒々しい程の気迫を感じる。迷いは最初から無いのだ。

「ええ。もとより伝説の品です。手に入れることはずっと困難でしたが、それが……やっと手に入るのなら。乱丸、探しに行く役目は私が引き受けましょう」

銀次さんの決断に、乱丸は「はっ」と鼻で笑った。

「銀次、てめーにもの探しなんて任せられねえな。だいたいお前、自分がそういうの苦手だって分かっているだろうが。ガキの頃から注意散漫で、大雑把だったからなあ。人魚の鱗だって見つけられなかったくらいだ」

「なっ！　た、確かに私は、そういうのは苦手な分野ですけど……っ」

銀次さんが言い淀んでいる。

銀次さんって最初こそ柔和で繊細なイメージだったんだけど、知れば知るほど、結構男の子っぽいところがあるというか……

そういえば、磯姫様が見せてくれたヴィジョンの子供の銀次さん、悪ガキだったなー。

「乱丸だってそういうのが得意という訳じゃないでしょう！」

「うるせーな。それでも俺が行くほかねえ。やらなきゃ誰がやるんだ。蓬莱の玉の枝は最重要案件、他の者に押し付ける訳にはいかねえ」

「乱丸は、花火大会や儀式の最後の調整でそんな時間は……っ」

「秀吉やねねがいる。時彦や葉鳥も。最後の調整はあいつらに任せられる。うちの幹部だ」

「…………」

「俺の役目は、あいつらの努力に報いる為に、ギリギリになってでも〝蓬莱の玉の枝〟を折尾屋に持って帰ることだ」

乱丸の言葉には力強さがあった。私が思っていた以上に、乱丸は折尾屋の幹部を信用しているんだ。むしろこの時代、絶対的に信用できる者たちが揃うよう、今の今まで厳しく幹部を見定めていたようにも思える。

銀次さんは……少し、戸惑った表情だ。

そこに自分がいないことに、思う何かがあるのだろうか。

「…………」

じー。銀次さんは、私が隣で見つめているのに気がついて、ハッと背筋を伸ばしていた。

「あ、あのですね、葵さん……違うんです。私たちはやってみせます。絶対に玉の枝を見つけてみせますから！」

何かを言わなければと思って口を開くも、言葉が出ない。

本当は、自分にも何かできることはないかと尋ねたかった。

だけど……私は……こんな時に私は、無力な自分が悔しくなる。

儀式の肴も作れなくなった上に、今回だって、きっと私にできることなんて無い。

「言っておくが、この空間は出入りにいくつかの制限がある。入ったのち、何か問題が起こってここを出れば、一週間は空間が閉じてしまい再び入ることはできなくなるのだ。要するに、儀式の為に蓬萊の玉の枝を手に入れたいのなら、チャンスは一度。それを逃せば、儀式に間に合わないと覚悟しろ」

白夜さんは忠告をした。

「さらに空間内では自給自足だ。自生している食物は食えるが、食料はある程度持って行った方が良いだろう。どうあがいても二日のことだが、ここは現世のあやかし仕様に作られた空間で、隠世のあやかしは体力も霊力も大幅に削られる。過酷な試練となるだろう」

「ああ……っ、サバイバルなんですね……っ！」

「ちっ。荷物が多くなりそうだな。霊力の消費が激しいというのも厄介だ」

頭を抱える銀次さんと、イラついている乱丸。

「何をそう焦っている。葵君を料理係として連れて行けば良いだけではないか」

「!?」

白夜さんのしれっと吐いた提案に、この場の一同はしばし言葉を失った。

だけど私は、瑠璃色の瞳(ひとみ)でこちらを見据える白夜さんが、何を言わんとしているのかすぐに理解する。

「葵君の料理は……本来こういう時こそ生きる。そうだろう」

「し、しかし白夜さん。葵さんは今、体調不良で、とても山水などには……っ」

銀次さんは私の体を労って拒否するが、

「そんなものはどうにかしてやる。こちらには天神屋の湯薬があるからな」

白夜さんは袖の中から、茶色の小瓶を取り出した。

「さあ、どうする葵君。あの雷獣にいいようにされて、黙って引き下がるタマでもなかろう。覚悟のほどを示すのなら、私もこの薬を葵君にくれてやる」

「…………」

私は、少しだけ戸惑った。少なからず足手まといになることは、分かっているからだ。

(私も、行く)

だけど、メモ帳にそれだけ書いて掲げた。まだどこか不安もあったが、白夜さんに言われた通り、雷獣のせいでこのまま何も出来ないのは嫌だ。

それに、珊瑚の腕飾りがやけに熱い。

私に何かを、訴えている気がする。

「葵さん。無茶しないでください！　私たちはもう十分、あなたには力を借りてきました」

「……そうだ津場木葵。てめーなんて足手まといにしかならねえ。今更でしゃばるな」

銀次さんの心配や、乱丸の言い分も分かる。

でも私はぐっと力を込めた表情のまま、ガリガリメモ帳に言葉を綴る。

(でも、私の料理は、あやかしの霊力を回復させる‼)

「⁉」

味が分からない。

もしかしたら味加減を失敗し、不味い料理を作ってしまうかもしれない。

だけど、今回必要なのは美味しい料理ではなく、元気いっぱいのまま活動してもらえるための、霊力回復に繋がるお料理だ。

そうだ。私の料理は術の一種。おじいちゃんがそれを身につけさせてくれた。

私にはまだ、出来ることがあるはずだ。そうよね……磯姫様。

「ふっ……よかろう。ふらついているが、意気込みは伝わった」

白夜さんは改めて薬の瓶をこちらに見せつけた。

よくよく見ると〝天神湯薬《はいぱあ》〟と、物々しい字でラベルに書かれている。

「天神屋の地下にある湯守研究室で開発された、この天神湯薬《はいぱあ》は、最新にして、最強の薬だ。葵君にかかっている呪詛を完全に解くことはできないが、体調はこれで戻せるだろう」

「天神湯薬《はいぱあ》……っ。もう出来上がっていたとは！」

銀次さんの反応を見るに、これは天神屋幹部の間で待望されていた、凄い薬みたい……

あと《はいぱあ》ってところに猛烈につっこみを入れたい。なぜそこだけ無理やり英語？　特に白夜さんが言うと……違和感が凄くて何か怖いです。

「私が天神屋を留守にする際、湯守の静奈君が湯もみ棒にのせて差し出してきたものだ。葵君に何かあったら、これを使ってくれと。随分震えていたが、まあいつものことだ」

「⁉」

し、静奈ちゃん……っ。私の為に、おそらく恐怖の対象だったであろう白夜さんに、最新の薬をもたせてくれたなんて。何だか泣きそう。

「さあ葵さん、さっそく飲んでください。静奈さんのこのお薬でしたら、確実です」

「味覚の方は強く封じられているが、体調が整えば声はすぐに出るかもしれんな。酒の霊力で喉を痛めているのが、呪詛の影響でより悪化したに過ぎない。気持ちを強く持っていれば、それは簡単に解ける。……気合いだ、葵君。根性を見せたまえ」

「あ、でも確か湯薬って超絶苦いですよね」

「問題ないだろう。味覚が無いのだから」

「それもそうですね」

そこら辺を適当に流した銀次さんと白夜さんに、がっしり口を開けさせられ、そしてこれまた適当に、豪快に薬を流しこまれる。「気合いだ葵君！」と何度も言われながら。

あ、あがが……っ、苦しい。味はわからないけど、どろっとした喉越しのお薬。

……あれ、でも、飲み込んだ途端に猛烈な眠気が。

「この薬の弊害としては、速攻で眠くなるという点だな」

「いえいえ、葵さんには休養が必要ですから、ちょうど良いです」

「掛け軸についてもう少し詳しく教えていただきたい。良いでしょうか、ご夫妻……」

遠く、この場の者たちの会話が聞こえてくる。

それなのに私ってば、また寝てしまうのか。

# 第五話　玉の枝サバイバル（上）

翌日の目覚めの、どこまでもすっきりとした心地には、覚えがあった。

天神屋(てんじんや)の温泉に入った日の、翌日の目覚めだ。

熟睡できたおかげか、夢も見ていない。

何か見たのかもしれないが、覚えていない。

昨晩のような、気分の悪さや頭痛はすっかり消えていて、体調が良い。

ここは、折尾屋(おりおや)の医務室だ。


「!?」

ハッとして、体を起こす。

今、何時!? 私、どのくらい寝てた!?

もしかして銀次(ぎんじ)さんや乱丸(らんまる)、もう先に行ってしまったのでは……？

「葵さん、おはようございます」

あ、銀次さんだ。銀次さんが割烹着(かっぽうぎ)姿で、この簡易な白い部屋に入ってきた。

手にはお膳(ぜん)を持っている。それを布団の横に置いて、彼は私の額に触れた。

「熱は、もう下がっているみたいですね。流石は天神屋の湯薬です」

「…………」

銀次さんがここに居ることに、ほっとする。

「葵さん、あからさまにほっとしていますね？」

コクコク。何か言おうとして、やはり言葉が出なかったので、枕元に置いてあった手帳と筆を持ち（焦った！）とだけ。

声を上げて笑う銀次さん。こちとら、本当に、めちゃくちゃ焦ったというのに……っ。

思わず膨れっ面になる。私、声が出るまでに顔芸を極めていそうだ。

ほぼ同時に、ぐーとお腹が鳴った。銀次さんがまたくすくす笑う。

「無理もありません。葵さんは昨晩からまともにご飯を食べていませんから。そこで葵さんの朝食を、双子の鶴童子さんに協力してもらい、私が作ってみました」

「……⁉」

「葵さんのお料理ほど美味しくは出来ていませんが……」

苦笑する銀次さん。彼は私の膝の上にお膳を置いた。

……わあっ、お稲荷さんだ！

それも、油揚げを器にして、上に可愛らしくイクラや卵、絹さやや鶏そぼろ、角切りの長芋やきゅうりで飾り付けられた、色とりどりの可愛いいなり寿司。

混ぜ込み酢飯のようで、れんこんやごぼう、人参、緑が鮮やかな枝豆まで入っている。

あとは白菜のお漬け物と、お麩のお吸い物。

「葵さんはスタンダードないなり寿司を好んでいましたが、今回は、どちらかというと見栄えと食感、栄養を重視して作りました。味は分からないかもしれませんが……楽しく、食べてもらえたらなと思いまして。はい、真心を……込めました」

「…………」

照れ臭そうに、でも人懐こい顔をして微笑む銀次さん。

真心という言葉が、誠実な銀次さんらしくて、ぐっと胸に迫る。

なんだかとても嬉しくて、口元が震えた。

そういうのを気づかれたくなくて、私はこのいなり寿司を一つ、大きな口を開けてパクリと食べる。

味は……分からない。でも、食感から想像する。

プチプチと弾けるのはイクラだ。

イクラの塩加減と、具沢山な酢飯、甘い油揚げはよく合うだろうな。味はイメージできるし、やっぱりそれは凄く凄く美味しそう。

その他にも、サクサクしたれんこんや、嚙みごたえのあるごぼう、コロコロと口の中を転がる枝豆など、面白い食材に気がつく。

付いていたお吸い物の、良いお出汁の香りだけを確かめ、一口啜る。

ああ、トロッとしたお麩の舌触りと喉越しが良い。

食感、香り、喉越し——舌で感じる味以外の部分で、これほどまでに食事を噛み締めたことがあっただろうか。

味だけではなく、お料理には楽しめる部分が沢山ある。

分かっていたつもりでも、改めて思い知らされた。銀次さんが、それを意識して作ってくれたのだ。

空腹の苦しみは、ちゃんと和らいで……癒されていく。私の身も心も。

銀次さんが心配そうな顔をして、食べる私の様子を窺っていた。

「……どう、でしょう？」

夢中になって食べていたせいで、銀次さんに感想を言うのをすっかり忘れていた。銀次さんはいつも、私のお料理に沢山の感想やアドバイスをくれるのに。

今食べているものをごくんと飲み込むと、私はニコリと笑って、大きく頷く。

そして一度箸を置き、両手で大きな丸を作る。

「良かった！　食べることを、楽しんでくれたのなら」

「…………」

銀次さん。ありがとう。

いつも本当に優しい。今日だって、私より早起きして、こんなにも凝った朝ごはんを作ってくれたのだ。真心を、込めて。

昨日はずっとずっと不安だったけれど、不思議と勇気が湧いてくる。

そうだ。私はまだ、食べることを楽しめるし、食べる喜びを忘れてはいない。

パーンと頬を叩(たた)いて、気を引き締めた。

「よしっ！」

「ん、葵さん？」

あれ、今声が……

「もしかして……私、声出てる？」

「ええ、はい。喋(しゃべ)ってます！」

銀次さんは興奮している。

「良かった！　やはり白夜(びゃくや)さんが言っていた通り、声の方はすぐに戻ったみたいですね！」

「ええ。味は……やっぱりまだ、分からないけどね」

それでも私は得意げな顔をして、目の前のご飯を楽しく平らげた。

食べて、食べて、食べて——元気をつけて、今日に挑む。

皆がそれぞれ、頑張っている。最後の最後まで、私も一緒に頑張りたいもの。

「あ、葵しゃん、おはようでしゅー」

チビが窓辺に現れ、ぴょんと飛んで私の布団に落ちて転がった。

「チビ、あんたはもう大丈夫なの？」

「あー、葵しゃん声出るようになったでしゅか？　僕お皿にお水チャージしに行ってたでしゅ。もう元気元気でしゅ。今日は葵しゃんと片時も離れないでしゅっ」

昨日、指で弾き飛ばされて感電したチビ。しかしもうすっかり元気になって、あざといことを言って「えいしょ、えいしょ」と私の肩によじ登る。チビの特等席だからね。

「ねえ銀次さん、あの水墨画の空間に作って持っていきたいものがあるんだけど、一度旧館の台所へ行って、準備しても良い？」

「勿論です。葵さんが何を作ってくれるのか、楽しみですね」

「……蓬萊の玉の枝を探すのよ？」

「分かってますよ？」

銀次さんはおどけた顔をして、なんだかとても嬉しそうだった。

「本当に、てめえも行くつもりなんだな、津場木葵」

乱丸の執務室で、彼が腕を組んで偉そうに私を睨み下ろしている。

色々と荷物の入った籠を背負ったまま、私は腰に手を当て、キッと表情を引き締めた。

「勿論よ。言ったでしょう？　私の料理はあやかしの霊力回復を促すわ。不味くても食べてもらうわよ」

「はっ、声が出るようになったか。薬が効いたのか？」

「銀次さんが真心をくれたからよ」

「ちょ、葵さん……っ」

銀次さんはどこか照れ臭そうに、頬を染めた。

乱丸はそれを白々と見て、机の上に掛け軸の水墨画を広げる。銀次さんと私は、その水墨画を覗き込む。

「この中へは、どうやって行くの？」

「鍵だ。その空間へ入る為の鍵がある」

白夜さんの声が。彼が折尾屋の浴衣に茶羽織姿で、堂々とここへ入ってきたのだった。

でもなんか、ちょっと眠そう……

「ご夫妻から空間の鍵を受け取ってきた。私が開けてやろう」

「白夜さん、珍しく眠そうね」

「ああ……昨晩は酒豪の縫ノ陰殿に付き合わされた」

流石の白夜さんも、古くからの付き合い……というか、確か縫ノ陰様の教育係だったのよね。そういう教え子のお願いには甘いところがあるのだろうか。

「お前たちが帰るまで、巻物と鍵は私が管理する。出たい時は、この連絡札を宙に投げろ。これは葵君が持っていたまえ」

白夜さんは懐から一枚のお札を取り出し、私に手渡した。私はそれを折りたたんで、帯に挟んでいた小袋に入れ込む。

「それと、一つ忠告だ。昨日も言ったが、この空間では、すでに蓬萊の玉の枝が根を張り樹となっていて、その影響が所々に滲み出ている。あれは生命の霊樹。そして願いの玉を実らせている。霧が濃い時は、己の中にある願望が幻想となって現れることがある故、よくよく気をつけるように」

……幻想？

「というわけでさっさと行きたまえ。私は朝風呂に行きたいのだ」

「…………」

ちゃっかりお宿を満喫しているっぽい白夜さん。お涼と変わらないな……

「解錠、幻想山水水墨図」

それが結界の扉を開ける呪文と手順なのか。

白夜さんが水墨画の中心に鍵を押し付けると、その場所を中心に水紋が広がる。

半分まで飲み込まれた鍵を、白夜さんはカチリと回した。

途端に、周囲の景色が変わる。乱丸の執務室だったそこは、もくもくとした灰色の雲に包まれ、それが散った時には、もう私たちは知らない場所に立っていた。

「……………わあ」

そこは灰色がかった世界。

水墨画らしい、墨汁のテクスチャーを貼り付けたような景色が広がる。

鬱蒼と茂る草木。遠く聞こえてくる奇妙な鳥の鳴き声。

バサバサと上空を飛ぶ鳥は、とても綺麗な水色をしていたり、草原を飛び回るカエルは、透き通った緑色をしていたり。

少し遠くからこちらを見ているうさぎは、可愛らしいピンク色をしてるし、小川を泳ぐ魚は黄色。

世界は灰色なのに、ここの生物たちは色鮮やかだな。

私と銀次さんと乱丸は、しばらく言葉もなく立ち竦んでいた。

「ここは……森？」

「森というか、山中だな。縫ノ陰殿に、掛け軸の地図を写し描いたものを頂いた。蓬萊の玉の枝を探す手掛かりとして、まずは山頂を目指し、虹色の霊力を手繰れとおっしゃっていた。蓬萊の玉の枝のある場所を教えてくれるだろう、と」

「虹色の霊力？　この空間に、それがあるということですか？」

「ああ。あの白夜殿も言っていたが、この空間は蓬莱の玉の枝の影響で、自然と湧き出した生物や植物が生息しているらしい。色が付いている生物や植物がそれだろう。蓬莱の霊樹は命を育む伝説の樹で、虹色の霊力を常に零し続けているとか何とか。何が何だかさっぱり分からねえが、霊樹を見れば全てが分かると言っていた」

「…………」

「ここの生物や植物は食えるらしく、ご夫妻もよくここへ遊びに来て、山菜採りや釣などをして、軽くハイキングを楽しんでいるらしい。それで迷子になって、白夜殿が迎えに行かなければならなかったり……」

「白夜さんも苦労していますね……」

乱丸と銀次さんが遠くを見ている。しかし、ごく当たり前のように語っていたのを、今更ながら意識して、お互いにふんとそっぽを向いたり。

「ちょっとちょっと、こんなところでいがみ合いを思い出さないでよ」

「いがみ合ってなど、いません」

「はっ、銀次はお子ちゃまだからなあ。いつまでたっても意地っ張りで、俺も苦労させられる」

「乱丸、あなたこそ変わらない横暴な態度で、私としては呆れます」

ばちばちばちばちばち。狗VS狐。

「まあまあ、どうどう。……やっぱり、あんたたち二人には任せておけないわ」

私がついてきて正解だった気がする。絶対に協力なんてしそうにないし。

「蓬萊の玉の枝、でしょう？　これを探さなきゃ」

「てめえが指図するな津場木葵。ほら、登るぞ下僕ども」

俺様な乱丸が私たちを下僕とのたまい、ずんずんと先へ進む。

私と銀次さんは顔を見合わせ、わざとらしいため息をついた。

「あ、見て銀次さん、きのこ」

「わあ本当だ。これナラタケですよ！　食料になります」

しかし私たちも私たちだ。

横たわった巨大な古木に、明るい茶色の笠をしたナラタケが、これでもかというくらいびっしりと生えているのを見つけて、慌ててきのこを採集する。

「おい、何してる。早く来ねえと置いていくぞ！」

当然、乱丸がイライラして叫ぶ。

それでも少し遠くで、腕を組んで踏ん反り返って、私たちが追いつくのを待っていた。

さて。前途多難とは正にこのこと。

長い上りの途中、土砂降りの雨が降り始めた。

進んでいた道が土砂崩れで塞がれた為、私たちは偶然見つけた古い岩造りの小屋に避難する。

最初からこれなんだから、先が思いやられる。明日の夕方までには、何としてでも蓬萊の玉の枝を手にして、帰らなければならないのに……

「運良く建物があったので良かったですが……」

「ここは……何？」

小屋の中は暗く、銀次さんが狐火を出して照らす。

「わあ……ここ、本ばかり」

その小屋は、壁一面が本棚になっており、ずらずらと書物が並べられている。

「そういえば、縫ノ陰様と律子さんは読書が趣味だったわ。お二人の出会いも、書店だったはず」

「古い本ばかりのようですね。ひとまずここで雨宿りをさせてもらいましょう」

荷物を下ろして、籠の中から手ぬぐいを取り出し、それぞれ濡れた顔や腕を拭いた。

隣接する形で、高床になった茶の間と囲炉裏があったので、それに火をつけて一休みだ。

「お弁当に、ローストビーフのホットサンドを作って持ってきたから、軽くお昼を済ませましょう」

「あ、良いですねえ」

「おい、こんな所で飯を食うのか。俺はこの雨でも行くぞ」

しかし乱丸だけはこの豪雨の中、荷物を置いて小屋を出て行く。

「あっ、ちょっと乱丸！」

慌てて出入り口まで駆け寄るが、確認できたのは艶やかな褐色の毛をした雄々しい犬神が、強く雨を蹴り山を駆け上っていく姿だけ。

「……行っちゃった」

「大丈夫です。乱丸のあの姿なら、雨などものともしないでしょう。雨が上がった後にすぐ動けるよう、山頂に続く他の道を探すつもりなのです」

「……銀次さんは、乱丸の行動を、よく分かっているのね」

私がこう言うと、銀次さんは困ったような顔をして笑う。

そして、首を振った。

「いいえ、私は乱丸のことを、何一つ分かっていなかったのだと思いますよ」

「…………」

銀次さんのまつげに溜まった雫が、彼が顔を伏せたと同時にこぼれ落ちた。

私は、耳をぺたんとさせてしまっている銀次さんの背を、ポンポンと叩く。

銀次さんは乱丸のやっていることに対し、何か考え直すことがあったのだろう。いや、元々銀次さんは、乱丸の前以外では、ずっと彼を信じていた様子だった。

だけど、いざ本人を前にすると素直になれない。兄弟であるが故に。

それは乱丸も、きっと同じで……

「なら、乱丸が戻ってきた時にすぐごはんが食べられるように、あったかいものを作っておきましょう。きっと疲れているでしょうからね。味見は……頼んだわよ」

「……はい！」

張り切った返事が頼もしい。私は持ってきた荷物を漁り、ローストビーフサンドがぎっしり詰め込まれた竹の箱を取り出した。氷柱女の氷を使った保冷剤を箱の上に貼り付けていたから、この季節でも傷んだりはしない。

「わあ、昨日のローストビーフが、なかなか豪華なホットサンドに」

「でしょう？　ピクニックってわけじゃないけど、サンドウィッチは外で食べるお昼ご飯の定番よ。食パンを焼いておいてよかったわ」

「ローストビーフもがっつり入ってますが、野菜もたっぷりですね」

「ええ。ローストビーフの盛り合わせに使っていた、玉ねぎスライスやネギなんかの薬味もそのまま挟んでいるの。ローストビーフのタレと、マヨネーズで味付けしてるわ」

昨日の残り物をほぼそのまま活用した、ぶ厚いローストビーフサンド。

ローストビーフは元々イギリスの伝統料理で、日曜日のごちそうとして、大きな塊肉を用意し作られていたものだ。当然お肉が余るので、翌日はそれでホットサンドを作ったり、カレーやハッシュドビーフなどに利用されていたとか。

なので翌日でも美味しく食べられるし、むしろお肉に味が馴染んでいたりする。

「これがメインのお昼ごはんでしょう。あとは温かい飲み物があると良いかもね」

「温かい飲み物、ですか？」

「ふふ。良いもの持ってきたの」

私は荷物から、ある思い出深いものを取り出した。

現世のものらしいパッケージが目印。ココアパウダーだ。

「こ、これは……例のココアパウダー」

「そう、例のココアパウダーよ。現世出張に行った大旦那様が、おつかいでチョコレートと間違って買ってきた、例の」

銀次さんも散々煽っていたので、覚えているみたい。

これ、魚屋に化けた大旦那様が持ってきてくれた大きな荷物の奥底にあったから、どこかで役に立つかなと思ってたんだけど、まさか……こんな所で使うことになるなんてね。

「体が冷えるのも良くないし、ココアは栄養があるからね。ココナッツミルクも一缶持ってきちゃった。きっとホットサンドと合うと思うのよ」

「ええ。ええ。良いですねココア。私、ココアって飲んだことないんです」

「そうなの？　あったかいココアは美味しいわよ。おすすめは、ピュアココアをはちみつと練って、ちゃんと鍋で煮て作ること」

通称、鍋ココア。

まずは、鍋の底でココアパウダーと、小瓶に詰めて持ってきていたはちみつを練り練り。缶詰のココナッツミルクを開け、この鍋に少量を入れる。固まってヨーグルトみたいになっているけれど、鍋で温め溶かしながら、どんどんココナッツミルクを足していくのだ。普通の牛乳と違い、ココナッツ特有の香りと、さっぱりした味わいが特徴。これも茶屋の店員に扮していた大旦那様から買ったのよね……

それにしても、囲炉裏と、ココア。

「うーん、和と洋の謎の融合ね……」

鍋の中でぐつぐつ煮える、淡い茶色のココア。

甘い香りはすぐに立ち込め、思わず「はあ〜」と。

「これこれ。ココア特有の甘い香りって、なんだか懐かしい気がしてくるわ。ココナッツミルクが入っているから、南国感もあるし」

「早く飲んでみたいですねえ」

「待って待って。持ってきたお茶碗を並べるから」

茶碗でココアを、しかもココナッツミルクのココアを飲むなんておかしいけれど、これしか無いんだから仕方がない。まるでおしるこみたいな……

「おい」

「あ、乱丸。思いの外早く帰ってきたわ……」

お玉でココアをよそっていた時だ。乱丸の声がして、出入り口の方を見る。

「……え、ていうか乱丸？」

しかしそこにいたのは、出て行った時に見たあの大きな犬神ではなく、雨に濡れ随分としょぼくれた子犬だった。

「わ、さっそく霊力切らしてますねえ乱丸〜」

顎(あご)に手を当て、なぜかニヤニヤ顔の銀次さん。

これは葉鳥(はとり)さんに言わせれば、黒銀次ってやつ。

「うるさい銀次！　獣姿になると霊力がすぐ消費された！」

きゃんきゃん吠(ほ)える子犬。とりあえず乾いた手ぬぐいを持って行って、その毛並みをわしわし拭く。あの乱丸も、こういう小さなもふもふ姿になるのねえ……

「あらかわいい。豆柴(まめしば)じゃない」

「てめえっ、この俺に向かってかわいいだと!?」

「んー。かわいいお犬しゃんでしゅ〜。ノブしゃんよりぬいぐるみ系でしゅ」

「豆粒カッパめ！　ノブナガより愛らしい犬はいねえんだよ！」

チビにまで怒鳴って、ジタバタ暴れる乱丸。

この姿を見られたのが相当恥ずかしいのか、手ぬぐいに噛（か）み付いて、引きずって持って行き、囲炉裏の側でくるまってしまった。

そういう態度もまた、可愛く見えちゃうのよねえ。

「あの姿になっちゃ、乱丸もかたなしね」

「獣系のあやかしは弱ると惨めなものなんです……」

銀次さんも似たようなことになるからか、苦い顔をしている。

乱丸が手ぬぐいからその鼻先だけを出し、クンクンと動かしていた。

目の前の囲炉裏に、甘い香りを漂わせる鍋が吊（つ）り下げられているからだろう。

「ああ、それはココアよ。港町（みなとまち）で買ったココナッツミルクを入れて作っているの」

「ココナッツミルク……を？」

「そうよ。乱丸、あんたがヤシの実の加工食品を作るの、援助したんでしょう？　ナタデココが随分と流行（はや）ってて、港の茶屋が賑（にぎ）わっていたわ」

「…………」

乱丸は何も言わなかった。でも銀次さんはその情報に耳をピクリと動かして、少し驚いた顔をして乱丸を見ている。

私は乱丸の前に、お茶碗によそったミルクココアを置く。

「あったかいから飲んでみて。あと、昨日の残り物を使ったローストビーフサンドもあるから」

「手抜き料理だな」

「うるさいわね。ローストビーフサンドからお肉を抜き取るわよ」

ここに来る途中で取っておいたフキの葉をお皿にして、乱丸の前にローストビーフサンドを一つ置く。

「はい、銀次さんもココアとローストビーフサンド。……昨日作ったローストビーフを挟んだだけだから、味は大丈夫だと思うんだけど。ココアは少し甘さ控えめに作っているから、お好みでまたはちみつを加えて」

「……ココア、ほっと落ち着く甘さで、私はこのくらいが好きですね。肌寒いのでこの温かさがありがたいです」

お茶碗でココアを啜って、ほっこりした顔になる銀次さん。次に、ローストビーフサンドに、お楽しみと言わんばかりのワクワク顔でかぶりついた。

「んっ！　私……ローストビーフって、今回初めて食べましたが、これは大好きかもしれません。生肉が基本好きですから」

なぜか真顔でこちらを見る銀次さん。

「さすがに肉食獣なだけあるわね」

「お肉がこんなに挟まっているのに、薬味と一緒に食べられるので重い感じはなく、とてもヘルシーな味わいです。トーストに挟まれているのも良いですね。柔らかい食パンより、このザクザクした食感が、しっとりしたローストビーフに合います」

「確かに、肉汁やタレを吸い込んで食パンがふやけにくいし、食パンをトーストにしたのは正解だったかも。単純に食べやすいし」

なんて、銀次さんと他愛もない会話をしていたら、もう一匹の肉食獣が手ぬぐいから鼻を出して、またクンクンと動かしていた。

「乱丸も、食べられそうなら食べてみて。美味しくなかったら無理しなくていいから。その時は焼いたきのこでも食べて」

「それはそれで不服だな」

「ならココアから先に飲んでみてよ。元気になるわよ」

「…………」

「あんたが期待を寄せてる、ココナッツミルク入りだもの。悪い気はしないでしょう？」

「ふん」

乱丸はうずくまっていた体を起こし、お茶碗の中のココアをペロッと舐めた。

「……可愛い」

豆柴がミルクココアを飲んでいる。思わずじーっと観察してしまう。

「おいてめえ、ひと様の顔をジロジロ見てんじゃねーよ！」

「お口にココアくっつけて威嚇したってただただ可愛いだけよ乱丸」

「ちっ！」

乱丸はイライラしながらも、今度はフキの葉の上のローストビーフサンドに、豪快にかぶりつく。感想も言わずに、なんかもう投げやりな感じでガツガツ食べている。

なかなかワイルドな食べっぷりだが、やっぱり豆柴フォルムなので可愛い……

「……んっ？」

そしてやはり、ボフンと。乱丸は煙を立てて、元の姿に戻った。

いまだ半濡れって感じで、長く鮮やかな髪は湿っているし……口元になんか色々くっついてるけど……

犬耳と犬尻尾の付いた、成人の男性姿だ。基本の乱丸、とも言う。

「良かった。ちゃんとお料理の術式は効いているのね」

ホッとする。味が分からないだけで、料理自体に影響は無いみたいだ。

「ああー……なるほどな。これが、例の、お前の力か」

「ん？　料理の？」

乱丸はさっきまでくるまっていた手ぬぐいで、冷静に口元を拭きながら、

「褒めている訳じゃねーが、食っただけでこれなら、霊力回復という意味合いとしては相

当なもんだな。味は……まあまあだ。でも俺からしたら、ちょっと甘さが足りない。それに俺は米派だ」

ついでに、しらっと文句。ココアにもたっぷりはちみつを加えて飲み干す。

く、くそう……っ。乱丸ってば見た目ワイルド系なくせに、結構な甘党だったなんて。

「……もしかして、私の味付けおかしかった？　銀次さん」

「いえ、乱丸は極端に甘党なだけです。というか、南の地は隠世で最も味付けが甘い土地ですし、乱丸はずっとこの土地の味と共に生きていますから」

「な、なるほど……」

確かに現世の日本でも、南に行けば行くほど、味付けが甘かったりする。お醤油しかり。隠世のあやかしたちも基本甘めの味付けが好きだけど、その中でも土地によって差があるのね。

「次はもっと乱丸の好みに合った、美味いもの作って食べさせてやる……」

私は密かに決意し、味がわからなくともローストビーフサンドをガツガツ食べて、ココナッツミルク入りのココアの香りを楽しみ、啜ったのだった。

さて。ご飯を食べ終わり、後かたづけをしながら、雨が止むのを待っていた。

銀次さんや乱丸は、それぞれここにある書物に読みふけっている。

「銀次さん、何を読んでるの？」

「凄いですよ葵さん。ここの本、どれも簡単には手に入らないものばかりで。これなんて、常世の本です。ダイダラボッチのことを書いているんです。要するに……海坊主のことですよ」

「海坊主のこと？」

漢字とカタカナで書かれたその書物には、海坊主の絵図と、説明書きがされている。絵図のダイダラボッチは、黒い頭部を海から突き出した、巨人のようだった。

ダイダラボッチ――
ソレハ常世ノ、
人ト妖魔ノ争イノ中デ生ミオトサレタ
穢レヲ管理スル化ケ物。
扱イキレナクナッタソレヲ、常世ノ人間タチハ、
海ノ果テノ狭間ニ閉ジ込メタノダ。

「…………？」

なんのことだか、さっぱり分からない。

ただ、ザーザーと降る雨と、薄暗くひんやりとしたこの部屋の雰囲気も相まって、ゾクリと背中に悪寒が走る。

ダイダラボッチ……海坊主……

常世と繋がる海の向こう側からやってくるそれは、いったい何者だと言うのだろう。

この書庫の奥の方に居る乱丸も、険しい顔をしていた。

「きええええええ――っ!!」

突然、出入り口にできた水たまりで遊んでいたチビが奇声を発したので、私たちはそれぞれ体をビクつかせる。

「な、何？　何ごと？」

「葵しゃーん、見てください。お空、凄いでしゅ！」

チビが空を指差すので、急いで外に飛び出した。

「な、何……あれ……」

驚いた。雨が降る灰色の空を、オパールにきらめく大粒の何かが、雲の流れのように這いずっているのだ。

「おそらくあれが、虹色の霊力」

「えっ、あれが!?」

「追いかけるぞ！」

乱丸の命令で、慌てて荷物を背負って、私たちはこの小屋を出て行った。

雨が降る中、その雲の流れを追って走っていたのだが、思っていた以上にその移動速度は早く、やがてそれらは遠方の空で溶けて消える。

私たちは雨に濡れながら、がっかりと肩を落とす。

「チッ、見失ったか」

「今度は私が追いかけましょうか」

銀次さんが申し出るが、乱丸は首を振った。

「いや、この空間では、獣化は異常に霊力を消費する。現世のあやかしが作ったものだから、ここでは人化が最も適したあやかしの姿なんだろう。……とにかく山頂へはこのまま進むほかねえ。山頂に玉の枝があるというのは、分かっているんだからな」

その後しばらく小雨が続いたが、そこらに生えている大きなフキを傘にして、やはり私たちはしばらく山の道を進んでいった。

山を登っているつもりだが、どれほど登ったのかもよく分からない。

そのうちに雨は上がった。

川で銀次さんが魚を獲ってくれ……道の途中で青々とした酢橘をゲットし……

やがて、この灰色の世界にも夕暮れが訪れた。

曇りの日のような空は瞬く間に闇夜に代わり、私たちは狐火とアイちゃんの鬼火を頼りに、まだまだ山道を歩いていた。

途中、今までとは違う巨木の森へ入る。

ほう……ほう……

ミミズクの鳴き声と、闇に浮かび上がる色とりどりの瞳の光にゾッとした。

それらが私たちを見下ろし、見送る。

暗い中、しばらくずっと歩いていたのだけど、一向にこの真っ暗森を出る気配がない。

「今夜はここまででしょうか。これ以上進むのは危険ですね。もう少し明るくなるまで、ここで休息をとりましょう」

山頂を目指す以外やりようがない上、今ここがどこなのかは、まるで分からない。

だからこそ無茶は出来ないのだけど……

「……チッ。いったいどこまで進んだのやら」

「焦りは禁物です。明日が勝負なんですから」

「お前に言われるまでもねえよ、銀次」

「…………」

乱丸と銀次さんは、静かに睨み合っている。

もう、子供じゃないんだから。

「ひっ」

ちょうど真横でバサバサと翼を羽ばたかせる何かがあって、私は飛び上がって隣の銀次さんの肩に頭突きした。

「大丈夫ですか！　葵さん！」

「隣に何か……っ、ん、何これ」

ちょうどすぐ側の樹に、丸くぶら下がっている果実を見つけた。鬼火のアイちゃんに照らしてもらい、それをよくよく見てみる。

「あああっ、これイチジクだ。ねえイチジクよ！」

「うるせえ、イチジクが何だってんだ」

「今夜のデザートになるわ」

イチジクなんか腹の足しになるかと、嫌味ばかり言って、木の根を背に座り込む乱丸。

銀次さんが「ヤマメやきのこ、フキもありますよ」と。

夕方獲った川魚のヤマメを籠から取り出した。あと、昼間に見つけたナラタケも。

「お昼にローストビーフサンドを食べたのが遠い昔のことのように、すっかり腹ペコです」

「私もよ」

とにかく私たちはお腹が空いて仕方がなかった。そして、それはきっと乱丸も。

山を登っていたし、運動した分お腹が空いたのもあるのだろうが、あやかしにとってこの場所は霊力の消費が著しく、これが空腹に繋がっているのだ。

私は「よいしょ！」と荷物から鍋を取り出し、さっそく調理の準備に取り掛かった。

乱丸が水墨画を写し描いた地図を手に、なにやら考え込んでいる間、銀次さんと共に焚き火を作ってしまう。

「何を作りましょうか？」

「そうねえ。ヤマメの炊き込み御飯と、きのこの串焼きはどうかしら。残っていたベーコンとチーズを持ってきているの。きのこと一緒に串に刺して、炙って……」

「ああ、それ絶対美味しいです」

「あ、そうそう。実はここへ来る前、時彦さんにめちゃくちゃ栄養が詰まってるっていうプチトマトをもらったのよね。これもベーコンで巻いて、串に一緒に刺して豪快に炙りましょう。焼きチーズベーコン、焼ききのこ、焼きベーコントマトよ」

説明をしながら、すぐ串焼きの具材を揃え、雨水で洗ったり拭いたりして、持ってきていた串に刺す。ベーコンプチトマト、きのこ、チーズをベーコンで焼いたもの、という順番だ。この串を、傘に使っていたフキの葉っぱに並べておく。

ヤマメも塩を塗りつけて串刺しにし、同じように並べた。

「炊き込み御飯に使うヤマメも、一度焚き火で串焼きにするわ。まるごと使うからね」

「ヤマメをまるごと？」

「ふふ。なかなか見た目がダイナミックよ。あ、そうだ。せっかくだからフキも使いましょう。フキは湯がいて、筋を取らなくちゃ」

「あ、それ私がやりますよ」

せっせとフキの筋取りをしてくれる銀次さん。

絶対、銀次さんは良い旦那さんになるわよ……

「乱丸は……亭主関白になりそうね」

「なんだてめえ、自分が料理をするってついてきたんだろうが」

「別に？　文句は一つも言ってないでしょう？」

「…………」

さて。フキを茹で終わったら、その鍋でさっそくお米を洗って、お水に浸して少し放置。

その間に、用意していた串を焚き火の周りに刺して、焼けるのを待つ。

「……おお、きのこ串、凄い」

ベーコンの脂やきのこのエキスが、ポッタポッタ落ちる……

プチトマトも焼けてふやふやになり、その汁も滴る……

更にベーコンの隙間からとろーりとチーズがとろけ始め、それが重力に逆らえずに、下のきのこに受け止められ……

全ての味わいが一本の串を伝って、何らかの形で混ざり合い、強い火で炙られた香ばしい香りが立ち込め……

うん。何かもう、うまく言葉にできない。

何かの生物の孵化みたいな貴重な瞬間を、私と銀次さんの二人でじーっと見つめ続けていた。私は味が分からないだろうから、せめて目で楽しみたい……

「ヤマメも凄いですよ」

「このまま食べても確実に美味しいやつよね」

でも、これは炊き込み御飯の具材だ。

ヤマメの表面に焦げ目がつくまで焼けたら、そのヤマメを、水に浸していたお米の上にポンポンポンと置き、細かく切ったフキやナラタケも入れ、調味料としてお醤油、生姜、あと誰が持ってきたのか分からないけどお酒があったので、それも入れる……うう、お酒。

「お料理に使うお酒に怖がってどうするのよ、私。今まで散々使ってきたくせに」

自分で自分につっこむ。

そもそも誰だ、こんなところにお酒を持ってきたのは！

「待ちきれないですねえ」

「もう少しの辛抱よ銀次さん。あとはもう、この鍋を火にかけ、蓋をしてごはんが炊けるのを待つだけだもの。……というか銀次さん、お酒持ってきたでしょ」

「………何かに使うこともあるかも、と思いまして」

笑顔のまま、いけしゃあしゃあと。やっぱり犯人は銀次さんだったか。

さて。鬼火のアイちゃんにかかれば、ごはんが炊けるのに五分とかからないが、その時間すら待ち遠しい。きのこ串を焚き火の側から取って、先につまむことにする。

「わー、美味しそうですね！」

「銀次さん、ちょっと……味見してくれる……？　素材そのものだから、不味くはないと思うけれど」

それでもやっぱり不安ばかりの私は、銀次さんにコソコソ頼んだ。

銀次さんは串を持ち、木の根元に座り込むと、ふーふーしてからベーコンチーズときのこを一口で食べる。

彼が目をパチパチと瞬かせたので、緊張して体が強張った。

「どうした、不味いか銀次」

「そっ、そんなことありません！　何言ってるんですか乱丸」

意地悪な乱丸の言動にもハラハラしている私に、銀次さんは続けた。

「とても美味しいですよ葵さん！　採れたてのきのこは火で炙ったことでトロトロもちもちですし、何と言っても手作りベーコンやチーズとの相性が抜群です。あと……ベーコンで巻いて焼いたトマトって美味しいですねえ。ジュワッと溢れる熱い果汁がたまりません。コクのある食材の間にある、みずみずしい一口です」

「うう、話を聞いているだけでも美味しそう。味がわからないのが憎らしい……っ」

「これは食感や舌触りが面白いので、葵さんも楽しめると思いますよ」

「……そ、そっか」

私もまた、きのこ串を手に持って、銀次さんの隣に座り込む。

齧る。あつつ。でも味は……やっぱりわからない。

舌に感じる熱や、噛み応えだけは分かるので、それだけに意識を集中させながら味を想像するのだ。

「うっ、あちち。焼きトマト、齧ったら中の汁が飛び出て熱いっ」

「大丈夫ですか!? 気をつけてくださいね……っ」

銀次さんが、慌てて水の入った水筒を差し出してくれた。

冷たい水をごくごく飲んで、ふうと落ち着く。

「乱丸も食べて……って、ああ！ もう食べてしまってるし！」

感想を聞きたかったのに、乱丸はすでにきのこ串を全部食べてどこでもない場所を見ている。く、くそう……

「ふふ。でももう一品あるもの……。こっちはちゃんと、味わって食べてよね」

蒸らし終わり、やっと出来上がった炊き込み御飯。

鍋の蓋を開けると、ぶわわっと湯気が。お醤油と生姜の香りが。

丸々太った美味しそうなヤマメが三匹並んだ、炊き込み御飯のお目見えだ。

「なんだこの、やけくそっぽい料理は」

しかし乱丸はこの言い草。

「あ、酷い。確かに見た目は、〝お魚のっけたごはん〟に見えるかもしれないけど」

そもそも山ごはんの醍醐味って、手間暇があまりかからない、食器をできるだけ使わない雑多なお料理にある。こういうのが、逆に美味しそうに見えるっていうか。

奇跡的に山でゲットできた食材も使えば最高。

今回はきのこやフキも使ったし、要するにパーフェクト。

……味は、銀次さんに確認してもらうとして。

「この上から酢橘を絞って、川魚の身をほぐして食べると、最高に美味しいんだから」

「…………」

「あんたパンより米派なんでしょ？」

私の説明を聞いて、それなりに味の想像ができたのだろうか？

わざとではないだろうが、あからさまにごくりと生唾を飲む乱丸。

「さあ、いただきましょう」

この炊き込み御飯のヤマメは、一度焚き火で焼いてから炊き込んでいるので、骨まで柔らかく、美味しく食べられる。何といっても香ばしい。

慎重にごはんを混ぜ、ヤマメの形はそのまま残しつつ、それぞれのお茶碗によそう。

お茶碗に盛り付けると、本当に〝お魚のっけたごはん〟でしかないな……

二人は、見た目こそやけくそじみたこのお料理を受け取り、ヤマメの上に酢橘を絞る。

その身をほぐしながら、ほっかほかの味付きごはんと一緒に食べると……

「うーん……でもやっぱり私は味がしない」

ここまで楽しみにしておいて、食べると味がしないのが猛烈に悲しい。匂いはしてくるのに、生殺しだ。涙が出てくる……

チビや鬼火姿のアイちゃんには、ヤマメの身を混ぜ込んだおにぎりを。

銀次さんと乱丸は、お茶碗一杯分の炊き込み御飯を夢中になって黙々と食べている。

皆、お腹が空いていたのだろう。

あと、なんというか耳付きの二人が、このヤマメの炊き込みごはんをガツガツ食べている姿は少し絵になる。野性的なお料理だからかな。

「ど、どう……味付け、変じゃない？」

お米の量が分かっていれば、調味料の量もおのずと決まってくるので、これに関しては間違いようもないと思うんだけど……それでも少し心配で私は尋ねた。

「いいえ！　とんでもない！」

銀次さんは大きな声で力説した。

「これは、これはとんでもないですよ。空腹に一番響くお料理です」

「うーん……確かに、これは……美味いな」

「でしょう⁉　ほら、あの頑固な乱丸まで認めています！」

「はん、空腹だっただけだ。空腹は最高のスパイスと言うだろう？」

「ふっ、見苦しいですよ乱丸。……この香ばしいまでのほくほくのヤマメの身と、炊き込み御飯の味付けが、絶妙にマッチしているのです。生姜がほのかに香ってくるのが良い」

「……うるせえなあ」

乱丸は銀次さんを無視して、炊き込み御飯を勝手におかわりして、また食べ続けている。

「ふふ。……野外の力ってのもあるかしら。ほら、前に鮎の塩焼きをお外で食べたじゃない？　あれも美味しかったしやっぱりこういうのはお外で食べるのが一番よね」

「ええ。新鮮なヤマメですから、肝まで美味しくいただけます。見てください、乱丸なんて頭からパクリですよ」

「ったくうるせえよ銀次。お前は何の説明係だ」

「葵さんは味が分からないのです。詳しく味の報告をしなくては、今後の夕がおの営業にも役立てられません」

「……銀次さん」

こんな時でも、私と夕がおのことを考えてくれている銀次さん。

私にとっては、銀次さんの言葉が、何よりのスパイスだ。

味は分からなくても、その想いだけでずっとずっと美味しく食べられる気がする。

「…………」

ただ、乱丸は銀次さんのその言葉に、僅かに視線を落とした。

何を考えているのだろう。何も言わないけど……気難しい顔をしている。

「……少し辺りを見てくる」

ヤマメの頭や骨、米粒一つすら残っていない茶碗を横に置いて、乱丸は立ち上がった。

「⁉　この暗さでは、動くのは危険です。白夜さんも言っていました。霧が出ている間はむやみに動くな、と。それに雨のせいで足場も緩い」

「しかし時間に余裕は無い。てめえらみたいに、暢気ではいられない」

「それなら、今度は私が。乱丸は少し焦りすぎだ」

「……はっ。良いのかよ銀次、そこの女を俺と二人きりにして。まだ食い足りねえんだ、てめえが帰ってきた頃には、そこの女の片足が無くなってるかもしれねえぜ」

前髪をかきあげ、嫌味な笑みを浮かべ、乱丸は私たちを見下ろす。

「……まだお腹が空いてるの？　パンケーキミックスあるから、パンケーキ焼いて食べる？　はちみつかけて食べるとあんた好みの甘いお菓子に」

「ええい、てめえはもうちょっと怖がれ津場木葵！」

私が、乱丸の脅しの〝食い足りねえ〟の部分にしか反応しなかったものだから、乱丸はもう私たちを置いてズカズカ先へ行ってしまった。

「……行っちゃった」

「はあ、すみません葵さん。あんな怖がらせるようなことばかり」

「まあ、確かに食べられちゃったら困るけど、でも……乱丸は私を食べることはないと思うわよ。雷獣なら、本気だろうから……ちょっと怖いけど」

「……………」

雷獣に食われそうになった時の恐怖は、全くの別物だった。

いまだ忘れられそうにない。

奴の殺意は、私を獲物と定めたあの視線は、思い出しただけでもゾッとする。

「大丈夫ですか、葵さん」

「え、ええ……はは。ダメね、少しけちょんけちょんにされたからって、弱気になっては」

「いいえ。私も同じ経験があるので、わかります。雷獣様は……我々とは一線を画す、位の高いあやかしですから」

「……そういえば、三百年前にも何かあったって、あいつが言ってたわね」

銀次さんは苦笑する。口元の笑みは、すぐに消えたけれど。

「三百年前の儀式にも、蓬莱の玉の枝が必要とされていました。雷獣様が入手の算段をつけてくれていたのですが、それこそが罠でした。儀式の直前、あの方は私たちの期待をあっけなく裏切り、姿を晦ませたのです」

チリチリと、焚き火の残り火がくすぶっている。

「私が……私が悪いのです。雷獣様を、怒らせたから」

銀次さんは虚ろな眼で、どこか遠くを見ていた。

私は黙って、彼の話を聞き続ける。

「あの頃の私たちは、とても純粋で、正しいことを正しく行っていれば、すべてが上手くいくのだと信じてやまない……愚かなあやかしでした。だからこそ雷獣様が磯姫様に対し、尊厳を踏みにじるような言葉を吐いた時、私は思わず雷獣様にたてついてしまったのです。雷獣様は、まんまと引っかかったというような、愉快な顔をしていましたよ」

銀次さんは、自分を責めているようだった。

あの時、自分が雷獣にたてつかなければ、磯姫様の運命は変わっていたのかもしれない、と。

「しかし……分かっているのです。もとより雷獣様は、蓬莱の玉の枝を揃えてくださるつもりなんてなかった。きっとあの方は、儀式が失敗するところを、見たくてたまらなかったのでしょう」

「……昔から、酷(ひど)い悪妖だったのね。許せないわ」

どうしてそんな奴が、妖都(ようと)の偉いあやかしなんだろう。

「そのせいだと思います。乱丸は、変わってしまいました。昔は私よりずっと穏やかで真面目なあやかしだったのに……。いえ、真面目だったからこそ、この土地を守るため、変わらざるを得なかったのでしょう。それを理解していながら、認められず……私は結局、共に戦うこと、側で支えることから、逃げてしまったのです。この地を一人で背負った乱丸の重圧というものは、計り知れないものだったと思います」

「もしかして、後悔……しているの？　天神屋へ移ったこと」

銀次さんはしばらく黙りこんだ。私は彼の言葉を、ずっと待つ。

「……いえ。それはありません」

そして、銀次さんはフッと微笑みを零(こぼ)した。

「天神屋へ移ったからこそ、私にはかけがえのない経験や、出会いというものがありました。それが、今回の儀式の成功に繋(つな)がっていると、確信しているのです」

「…………」

「ですが……私はまだまだ、あの頃と変わらない愚かなあやかしです。乱丸と向き合いたいと思っているのに、そのきっかけを掴(つか)めずにいます。彼がやってきたことの意味を、今更思い知って……それでもなお、彼の前では、感情的になってしまって。結局、彼に対する甘えが出てしまっているのでしょうね」
「銀次さん……」
銀次さんがこんなに弱音を吐くなんて、今まであっただろうか。
彼も長い間、随分と苦しんだのだ。それは十分に伝わってくる。
「銀次さんは、乱丸と元どおりの、兄弟の関係になりたいの？」
「乱丸がそれを許してくれるのなら。ですがなかなか、難しいことのように感じていま
す」
そうなの、かな。私にはよく分からない……男兄弟のすれ違いなんて。
でも、仲直りのきっかけは、確かにあると思う。
だって珊瑚(さんご)の腕飾りが、脈打つようにドクンドクンと熱を伝えてくる。
それはきっと、何かを私に促す、磯姫様の〝しるべ〟だ。
でも……
もし乱丸と銀次さんがその関係を修復したら、銀次さんは、このまま折尾屋に残る選択
をするのでは……
「ううっ」
ぷるぷると首を振って、雑念を飛ばした。
その時はその時。銀次さんが選んだ道なら、私がとやかく言う資格は無い。

「そ、そうだ銀次さん、イチジク！　さっき見つけたイチジク食べましょうよ。せっかく見つけた果実だもの」

「そうですね」

銀次さんはクスクス笑って、もいだイチジクを目の前に持ってきてくれた。

バナナと同じ具合で、上からスイスイと皮を剝く。うん、剝きやすい。

白い果肉が見えてくる。それをガブッと嚙んで食べる。

赤く熟れた中の果肉には、つぶつぶの種子が沢山。その舌触りとみずみずしさを楽しみながら、柔らかく滑らかな果肉を頰張る。

嚙むたびに溢れる果汁が、喉も、荒んだ心すらも、潤してくれる。

「でもやっぱり味はしない……」

「あはは。なかなか甘酸っぱくて美味しいですよ？」

「なおさらショック」

はあ。この舌、いったいいつ味を感じるようになるのだろう。

このままずっと、こうなのかな……

「大丈夫ですよ、葵さん」

私は不安な顔でもしていたのだろうか。

銀次さんが夜空を見上げ、先ほどとは違う、落ち着いた声音でそう言った。

「葵さんが、このままずっと食べ物の味が分からないなんて、そんなことあるはずがありません。そんなこと、あっていいはずはありません」

「……銀次さん？」

「あなたは、沢山の美味しいものをお腹いっぱいに食べて、幸せにならなくては。……そしてあなたはきっと、この先も空腹のあやかしたちに美味しいお料理を作って、幸せを分けてくれるのでしょうね」

「………………」

膝を抱えていたその手に、ぎゅっと力が入る。

銀次さん。銀次さん。あなたは、やっぱり……

「ねえ銀次さん……っ、あなたと私は、会ったことがある？」

「……え？」

「私が小さな頃に、会ったことがある？」

そう問いかけると、銀次さんはぐっと瞳に驚きの色を浮かべ、瞬きすらしなかった。

ああ……

その瞬間に、私は悟る。やっぱり、そうなのね、と。

「あ、あの……葵さん」

「銀次さん、私」

動悸が止まらず、苦しくなる胸を手で押さえつけながら、ずっと聞きたかったことを、聞いてしまいそうになった。しかし……

「……え」

「霧？」

気がつけば、周囲の霧が異常と思えるほど濃くなっていた。

そして霧の向こう側に、揺れる人影が一つある。

「あれは……磯姫……様」

銀次さんは、衝動的に立ち上がっていた。

揺れる人影とは、磯姫様の姿をしていたからだ。

「もしかして、これが白夜さんの言っていた幻想？」

「……」

「銀次さん？」

だけど銀次さんは、その姿、微笑みに魅せられ、感傷のまま一歩一歩そちらに引き寄せられている。

ずっとずっと会いたかった……。その姿、微笑みに、縋りたいのだというように。

磯姫様はゆらゆらと、薄布の羽衣を揺らし、微笑みを崩すことなく霧の奥へと消えた。

「磯姫様……っ！」

「銀次さん、待って！」

銀次さんはその名を呼び、今にも駆け出しそうだった。

だけど私が銀次さんの腕を取ると、彼はハッとして立ち止まる。

私の手には、あの珊瑚の腕飾りが。ほのかに熱く、何かを訴えている。

それが銀次さんにも伝わったのか、彼は一度、その腕飾りを見た。

「あれは……磯姫様では、ない」

そして、彼は自分自身に言い聞かせる。

分かっているのに、と。

遥か昔に失ったものを求めてしまう。そのことを滑稽に思う、苦い笑みを浮かべて。

「すみません、葵さん。私、今、磯姫様の姿を……霧の向こうで見ました」

「ええ、分かっているわ。私も一度、会ったことがあるから」

「…………」

「でも、磯姫様はもう、行ってしまった。海の向こう側に行くのを、私は見たの。だから
あれは、磯姫様じゃない」

「……はい」

銀次さんには、私が何を言っているのか分からなかったと思う。でも、私の手を飾る珊
瑚の腕飾りが全てなのだというように、何かを悟り、特別なことは一つも聞かなかった。

「……これが、蓬莱の玉の枝の……力？」

この空間には、その力が根を張って影響を及ぼしていると白夜さんは言っていた。

それが私たちの願望を、会いたい人というのを読み取って、幻想に変えて映し出しているのかな。でも、それなら……

「乱丸は、大丈夫かしら」

銀次さんは、ギリギリ立ち止まった。

だけど、彼は……

「葵さん、私、乱丸を探しに行きます。あのように、心の内側にある願望を見せてくるのなら、乱丸はそういう思いが……きっと強い。私より、ずっと。嫌な気がします」

「そうね。私も行くわ」

すぐにこの場を離れようと荷物をまとめていた時、もいだイチジクの残りがそこに転がっていたので、全部前掛けのポケットに入れた。

「葵さん。はぐれると危険ですから、私の側を離れないでくださいね」

「ええ」

そして、急いで乱丸を探しに行ったのだった。

# 幕間【一】

森の霧は深く、いくら夜目の利く俺でも、前方はどこまでもぼやけている。

「……ったく、何が飯だ。こんな時に」

こんな中で動けなかったのは重々承知だが、このような時にまで飯にこだわり、楽しむあいつらに嫌味を吐く。

別に、それが悪いと思っているわけではない。俺も食ったから同罪だ。

しかしこれが、俺、折尾屋の旦那頭〝乱丸〟の仕様。仕方がねえ。

「…………」

儀式は絶対に、成功させなければならない。

蓬莱の玉の枝は、必ず手に入れなければならない。

それが、この世を去った磯姫様への弔い。

かつてこの宝物を手に入れ損ない、かけがえのないものを失った俺の悲願。

そして百年ごとに必ずやってくるこの災いを、南の地から遠ざけなければならない。

ずっと、ずっと……俺の命が続く限り。それが俺の、永遠の宿命だ。

この責任は、誰かになすりつけ、逃げられるものではない。

俺のこの身は、この南の地に死ぬまで縛り付けられているのだ。

「……はっ、ガラにもねえ。うじうじ考えこむな。銀次じゃあるまいし」

自分に皮肉を言う。ついでに銀次にも。

「それにしても、銀次のあの女への献身は大したもんだな。あの大旦那の嫁だからか？それとも惚れてんのか？　趣味の悪いやつ……」

色々と合点がいかないのだ。

銀次は、確かに世渡り上手なところがある。周囲の者たちへの外面が良い。

多少腹黒いところがあるが、だからいっそう、ただ一人に対しあそこまで入れ込む姿を見たことがなかった。

ましてや、女遊びが激しいタイプでも、女に対し特別甘い奴でもない……

「あの女の料理か？　確かに……霊力回復という点で、これほど効率の良いものもないが」

あやかしが霊力を回復する手立ては、霊力の大きなものを体に取り込むか、休息をとるか、というもので、それでも通常の食物で回復できる量は決まっているし、睡眠なんかは時間がかかる。

その点、あの女の作る料理は、一口食べただけで回復できる霊力量が凄まじい。

味がまあ良いというのもあるが、身も心も、そこそこ心地よいのだ。

あれは……脅威だな。あやかしにとって、十二分に価値のある能力だ。

銀次はそこに、可能性を見出したのだ。あいつはそういう嗅覚が良いし、一方津場木葵も、自分の能力で金を稼ぎ借金を返すという目的のために、銀次を信じて身を委ねているようにも見える。

まあまだ、あの女の食事処は、赤字だらけって聞くけどな。

俺なら速攻廃止してるレベルの。

「………………」

銀次は、いつもそうだ。

その時はまだ結果を出せなくても、一度可能性を見たものを、諦めたりしない。

要するに、よく立ち止まるのだ。自分と考えが相容れない相手との対話にも、時間をかける。

だけど俺は、歩む足を止めることは出来ない。

だからこそ、銀次と決別した。奴は俺の、がむしゃらな速度を危ぶんだ。

もう少し落ち着き、周囲を見て、信じて、確かな手応えと共に歩まなければというあいつの〝強さと弱さ〟は、俺には無い。

従業員にも無茶をさせる時がある。自分に従わない場合は、簡単に切り捨ててきた。

緩やかに歩む余裕など、俺には……

「……磯姫……様？」

そんな足を、こんなところで止めてしまったのは、目前にあの方の姿を見たからだ。

森の向こう、おぼろげな霧の中。

淡い水色の光を纏い、お変わりのない美しい姿のまま、彼女は羽衣を揺らしている。

俺と一度目が合うと、焦がれ続けた優しい笑顔のまま、彼女は森の奥へと消えた。

「磯姫様！」

頭の奥で、それは例の幻想なのだと分かっていた。

彼女に会いたいという、俺の奥深くに眠る願望であると。

分かっていても、体は動き出す。

彼女をもう少し目にしていたい、話がしたい、縋りたい……切り詰め、張り詰め、耐えきれそうにない感情から、唯一救ってくださる存在であるかのように……

「乱丸！」

「乱丸、待って！」

しかし背後から、名を呼ぶ声がした。

銀次と……あの女の声？　あの女というのは、津場木葵のことだ。

料理だけが取り柄の、弱っちい女。生ぬるい現世という世界で育った人間。

考えの甘い、そのくせどこか小憎らしい、隙だらけの娘。今なんて、雷獣様に味覚を封じられている。

「…………」

だけど、その声には言いようのない熱があった。

それがとても懐かしいもののように思え、俺は立ち止まる。

ハッとして、僅かに体が冷えた。

ちょうどそこは、森の果て。霧のせいで気がつかなかったが、崖の手前ギリギリのところで立ち止まったようだ。

「乱丸、見つかって良かった」

「…………」

銀次とあの女が、俺に駆け寄ってきた。

ほっと胸を撫で下ろすあの女の、腕の珊瑚の飾りから、俺は目を逸らすことが出来ない。

俺がまだ幼かった頃、磯姫様の為に作り、贈ったものだ。

それを、この女が持っているのは……

「何か、見ませんでしたか？　その、人影のような……」

「……影、か」

銀次が随分と蒼白な顔をしてやがる。もとより少し顔色が悪いのがこいつだが、この様子だと、銀次もあの磯姫様の姿を……

それにしても、なぜこいつは俺を心配してるんだ。

俺のことなんて、憎くて仕方がないだろうに。

儀式を成功させることだけに執着し、ある意味でこの南の地の呪いに取り憑かれてしまった。そんな俺に失望し、折尾屋から出て行ったのだから。

「……はっ、なんだ銀次。亡霊でも見た顔をして。動くなと言ったくせに、お前たちがここへ来てどうする」

「あんたねえ。冷静さを取り繕っているけれど、あんただって化かされたような顔をしてるからね」

「!?」

腹立たしいことを言ってきたのはあの女、津場木葵だ。

でも確かに、俺の体は少し……冷えている。

「もう、ここから動くのは止めましょう。バラバラだと特に危うい。ここは普通の世界ではないのですから」

銀次がそう提案した。名を呼ばれ、立ち止まって助かった俺としては、もうその提案を否定することは出来ない。

一歩、彼らのもとに歩み寄ろうと足を踏み出した、その時だ。

「⁉」

　ぐらりと体を襲う、不安定な感覚。

　雨でぬかるんでいたせいか、足場が崩れ、俺たちの体は傾いたのだ。

「……チッ！」

　俺は崩れる足場から、零れ落ちそうな津場木葵の腕を真っ先に掴み、引き寄せた。

　そして崖から最も遠かった銀次を、もう片方の手で押す。

　ただ視界の悪さも相まって、俺と津場木葵は体勢をどうすることもできずに、そのまま落ちてしまったのだった。

「葵さん‼　乱丸‼」

　一人、銀次だけを崖上に置き去りにして。

　奴が叫び、手を伸ばす姿が、ずっとずっと上方に見えた。

# 第六話　玉の枝サバイバル（下）

足場が崩れた時の、ひやりとした感覚。

そのすぐ後、私は崖から落ちてしまった。

水墨画の空間でも、雨で足場がぬかるんで崩れる、なんてことがあるのか……

「……いってててて……」

私は生きていた。墨の水たまりに体を半分浸けていたけれど、それでも生きていた。

浮遊感が終わり、身に強い衝撃を受けたのは覚えているんだけど……なぜ生きているのかは、分からない。

視界が暗すぎて何も見えないので、「……アイちゃん、お願い」と、胸元のペンダントに宿るアイちゃんを呼び出した。緑炎の鬼火がゆらゆらと周囲を照らす。

ああ、暖かい……

「……乱丸？」

側に、小さな子犬が横たわっていた。

そうだ。乱丸が腕を引き寄せてくれたのだ。

崖から落ち、ぎゅっと瞼を閉じる瞬間、僅かにオレンジ色の鮮やかな毛並みを見た気がする。きっと、乱丸が獣姿になって私を助けてくれたのだ。

それで、乱丸は地面に体を叩きつけられ、そのまま弱って……っ。

「乱丸！　乱丸‼」

子犬を抱き寄せて、息を確かめる。息はしている。生きている。

あやかしだし当然といえば当然かもしれないけど、弱っているのは確かだ。この世界では、獣化は大幅に霊力を削られる。

何か、何か食べ物を……

そう思って周囲を見てみるも、私が背負っていた籠の中身は落ちた時に飛散したみたいで、ほとんど何も無い。だけど前掛けに入れておいたイチジクが無事だったので、私はその皮を剝いて、乱丸に差し出した。

調理の過程を経ていないので、術式が成り立たないが、何もないよりはマシだろう。

「乱丸、これ、食べて」

乱丸は弱々しくイチジクをかじる。こんな乱丸……初めて見た。

「ごめんね、ごめんね乱丸。私を守ってくれたから」

乱丸が私に対し、こういう行動をとるとは思わなかった。

でも、分かっている。とっさに出る行動が、その者の本質なのだ。

乱丸は、悪妖ではない。

「……チッ。なんつー顔してんだ、てめえ」

愛らしい豆柴から野太い声が。

「この程度で泣くな！　死んだわけでもねーのに。はあ……でも、直前にてめえの飯を食ってて良かった。あれがなかったら即死だったかもな……」

「……乱丸」

「てめえにこんな無様な姿を見られるなんて、屈辱でしかない」

子犬は私の腕から逃れ、プルプル体を振るった。

乱丸の尻尾に掴まっていたのか、チビがコロンと地面に転がる。

「ちょー……デンジャラスでしたでしゅ……」

落ちた時のことを言っているのか。

地べたに座り込んで、指を咥えて涙目でガタガタ震えているので、私はチビを手のひらで包み込んだ。チビはそんな私の手に甘噛みする。

「随分と、落ちたみたいだな」

見上げると、崖はとにかくずっとずっと上まで続いていて、霧がかかっていて境目が見えない。当然、銀次さんも。

「……銀次さんは、大丈夫かしら」

「奴が一番無事だろ。むしろ俺たちを捜し回っているだろうが、この視界だとお互いに合流するのは骨が折れそうだ。……しかし銀次を捜している暇なんてねえ」

「でも……」

「時間が限られている。儀式の時間までに蓬莱(ほうらい)の玉の枝を持って戻らなければならない。……むしろ、二手に分かれて蓬莱の玉の枝を捜していると思えば良い」

「でも……きっと心配して私たちを捜しているわ。銀次さん」

「はっ。確かにてめえの心配はしてるだろうがな。俺のことは、むしろくたばってくれと思ってるはずだぜ」

「な……っ、なに今更捻(ひね)くれたこと言ってるのよ！　あんたのことが気がかりで、あの場所まで捜しに行こうって銀次さんが提案したのよ。磯姫(いそひめ)様の幻を見て……凄(すご)く心乱されて」

「…………」

「真っ先にあんたの心配をしてた。乱丸が、あの幻に惑わされたら、って。……磯姫様のことを思い出して、あんたを連想したの。そこに家族の繋(つな)がりがあるからよ！」

いつのまにか珊瑚の腕飾りを握りしめていた。乱丸はそれを一度見て、低い声で問いかける。

「おい……その腕の飾りは、あの洞窟(どうくつ)で拾ったのか？」

やっぱり、この腕飾りのことを、彼は覚えているんだ。

「これは……もらったのよ。磯姫様に」

「…………」

「あれは、本物の磯姫様だった。ここで見るような幻じゃない。肉体が無くとも、魂だけはあの場所にあったの」

乱丸はただただ無言だった。

驚いた顔をしているわけでもムッとしているでもなく、ただ、豆柴。

「磯姫様は、あんたたちを心配してたわ。乱丸と銀次さんが思いを違えてしまって、離れ離れになってしまって。だから、助けてあげてって。儀式の肴を……作ってって……っ」

言わなければと思った。あの磯姫様から、直接頼まれたんだもの。

儀式の肴は作れなくなった……けど……

なんだか込み上げてくるものがあって、涙が溢れそうになった。

儀式の肴が作れなくなって、この場所へ蓬萊の玉の枝を捜しに来て、でも崖から落ちて……様々な衝撃のせいで、感情が不安定になってしまったのだ。

「ごめんなさい。ごめんなさい、磯姫様……っ」

「…………」

結局、私は彼女の願いを、何一つ叶えられないのではないだろうか。

肴は作れない。ここでも私は足手まといになっている気がする。

乱丸と銀次さんを、引き離しちゃった。

「……めんどくせえ。何泣いてんだよ」

磯姫様に対する私の懺悔は、乱丸にどんな意味があったというのだろう。

豆柴の乱丸の、つぶらな瞳がきらめいて、ぽろっと一つ、雫が溢れた。

私はそれを見てしまう。そのせいで、私の涙は引っ込んだわね。

「……え、いや……あんたも泣いてる？」

「はあ⁉ 泣いてねえよ！」

大声を出して否定する乱丸は、もうくるりと私に背を向けて、どこかへ行こうとする。

「そろそろ行くぞ。動けないのならここで静かに待ってろ」

「……行くわよ。それにこの霧、私のアイちゃんがいた方がいいわ」

確かに、泣いている場合じゃない。

私は涙をゴシゴシ拭いて、立ち上がる。

気丈に進む、豆柴の乱丸の後ろについて、歩いた。

「おい、あれ」

「……あ」

真っ暗な空を、まるで天の川のように流れる、虹の川を見た。

「あれって……虹の霊力じゃ」

その流れを追って早足で進むと、私たちは不思議な光景に遭遇した。

開けた場所に出たようなのだが、ここ一面に、虹色の光が立ち込めている。

乱丸が前足で地面を掻くと、虹色に輝くものがコロンと手前に転がった。

その匂いをクンクンと嗅ぐ乱丸。まさに犬。

「これは、虹桜貝だな」

「え、虹桜貝!?」

確かにそれは、よくよく見ると虹桜貝だった。

私が大旦那様にもらったのと同じ……

だけど、これはちゃんとした貝だ。貝殻ではなく、生きた貝。

乱丸が前足で弄ったからか、目の前でパカッと二枚貝が開いて、中から小さな真珠っぽいものが溢れた。

「なぜ、ここに虹桜貝が？　確か常世の貝なんでしょう？」

「それは分からねえが……しかし、そもそも蓬萊の霊樹も、常世の産物だ。ゆかりがあるのかもしれないな」

徐々に夜が明け、モノクロの世界も薄っすらと明るくなる。

視界が鮮明になる程、七色の輝きは一層確かなものとなった。

言葉を失う。あまりに綺麗な光景だったから。

そこは小高い丘となっており、この貝がびっしりと地面を覆っていた。

「わあ、めっちゃキラキラでしゅ〜」

チビがぴょこんと飛び降りて、丘を駆け巡り、溢れた真珠を拾って甲羅に仕舞う。何でも入る甲羅だ……

「おい、あれを見ろ」

虹桜貝の敷き詰められた場所の、ちょうど真ん中を、乱丸は指差した。

緩やかな丘の頂上。暁の空をバックに、シルエットを浮かび上がらせる小さな樹がある。

私たちは言いようのない予感のまま、頂上まで一気に駆け上がった。

「これ……これって……もしかして蓬萊の玉の枝が……樹になったもの？」

「ああ。おそらくな」

「でも、それって山の頂上にあるんじゃなかったの？　ここ、崖から落ちた場所だけど」

「おそらく頂上が窪んでいて、盆地になった場所なんだろう。見つからねえはずだぜ」

虹桜貝を幹の表面に貼り付けた小さな樹。

樹の枝先を見た。水を凝縮した、透き通った丸い玻璃がぶら下がっている。

中で星団の如く流動する七色の光粒は、この世の神秘を思わせ、見つめていると不思議な心地になる。

白夜さんが、あの置物をまるで違うと言う訳だ。

「あれが……蓬萊の玉の枝」

乱丸は、ずっとずっと求めていたそれを見上げ、眉を寄せた。

あまりに美しく、切ない。そういう瞬間だった。

手を伸ばし、水の果実に触れると、その表面はぷるんと揺れ、雫を零す。

溢れた雫が地面にぶつかると、まるで水琴鈴を鳴らしたような、清らかな音が響く。

水の果実が弾けて、細かな虹桜貝になるのだ。

「乱丸！　葵さん!!」

上空から降りてきたのは、九尾を持つ大きな銀の狐。

「銀次さん!!」

私たちを見つけた銀次さんが、今まさにここへやってきたのだった。

大地に降り立つと、彼はすぐに人型になる。

獣型だとやはり霊力を使うのだろう。疲れた顔をして、地面に片膝を突いた。でも……

「よかった。よかった。お二人とも無事で」

「おい、銀次、この俺の姿を見ても無事だったと言うのか。……ったく」

子犬が、なんかキャンキャン吠えてる。

それでも、銀次さんは、安堵に勝るものはないというように、ホッと息を吐いた。

私たちをとてもとても心配していたのだろう。私はそんな彼に駆け寄り、同じように膝を突いた。

「葵さん、よくご無事で。あなたに何かあったら、どうしようかと」

　銀次さんは私の手を取り、握りしめた。その手は少し震えていた。

「大丈夫。私は無傷よ。だって、乱丸がクッションになって私を助けてくれたの。あの大きな犬神の姿になってね。だけどそのせいで、今はこの通り子犬よ。豆柴」

「…………乱丸」

　銀次さんは豆柴の乱丸を見下ろし、少し複雑な表情でいる。

　口を開いて、でも、言葉が出てこず閉じたりして。銀次さんらしくもない……

「はん。求めていたものが目の前にあるってのに、何ぼんやりしてやがる、銀次」

「え？」

　乱丸は乱丸で、ツンツンしたまま鼻先であの樹を指した。

　銀次さんは本当に、この樹には気がついてなかったのだろう。今更それを見上げ、呆気にとられたような顔をしている。

　水を閉じ込めた玻璃の果実が溢れ落ち、また地面で弾け、虹色の貝を散らした。

「乱丸……これ……」

「ああ、そうだ。これこそまさに、蓬萊の玉の枝……それが霊樹に育ったものだ。ご夫妻は、枝を折って持って帰っていいと言っていた。要するに俺たちは……やっとこれを、手に入れられる」

「………」

灰色の、だけどかすかに光が差し込む、空の下。

ここに私たち以外の者はおらず、ただ静かで厳かな空気の中、霊樹が確かに存在し、水の果実をいくつもいくつも実らせている。

銀次さんは瞳を潤ませ、口元を震わせていた。

色々な思いがあるのだろう。

これがあれば、儀式を成功させられる。

これがあったなら、あの時、磯姫様は死なずに済んだのに……

「うっ⁉」

銀次さんは、強く乱丸の体を抱き寄せ、そのもふもふの毛に顔を埋めた。

「やったな……乱丸」

「ぎ、銀次」

子犬の乱丸は、それ以外特に何も言わない。めちゃくちゃ毛を逆立てているけど。

でも、やがてその強張りも解かれ、豆柴の耳がゆるゆると垂れ下がった。ここから見る限り、その小さな背は震えている。

銀次さんの思いと、乱丸の思い。

長い長い時間の中で、二人はただ一つの目的を果たすため、離れたり、いがみ合ったり。

だけどやっぱり、兄弟だ。

分かり合える瞬間というのは、確実にある。

交じり合う一点というのは、用意されている。

静奈ちゃんと時彦さん、葉鳥さんや松葉様のように。お互いを確かに思っているのなら。

しばらく私は、そんな兄弟の、言葉数の少ない触れ合いを見守っていた。

「あっ」

まあでも、限界だったのだろう。銀次さんもまたボフンッと煙を放ち、愛らしい子狐姿になってしまう。霊力不足ってやつだ。

「あはは、うふふ」

「何笑ってやがる、津場木葵」

「だって、凄くかわいいんだもの。あんたたち、子犬と子狐よ。ぬいぐるみみたい」

「……こんな時に、お恥ずかしい」

銀次さんは照れていたが、乱丸は「かわいいだと⁉」と、相も変わらず吠えている。

ついでにチビが「僕だってかわいいでしゅ！」と張り合ったりして……

なんだろう、この和やかムード。

「いいわ、枝は私が折るわね」

高さはちょうど、私の頭一つ分、高い位置。

水の果実がたわわになった枝を、私はポキッと折った。

プルプルンと水の実が揺れ、その雫と虹の鱗片(りんぺん)が、私に降りかかる。

それは祝福のよう。何かの目覚めの瞬間のよう。

「…………」

乱丸も銀次さんも、そんな私をただ見ていた。変な顔しちゃって……

「何、ぼんやりしてるの二人とも。せっかく蓬萊(ほうらい)の玉の枝が手に入ったっていうのに」

「い、いえ」

銀次さんはなぜか顔を伏せた。乱丸は舌打ちしている。訳がわからない態度だな。

「枝が手に入ったんだ。……もう戻るぞ」

「……そうですね」

「帰る時は連絡札で知らせてって言ってたわよね、白夜さん」

帯に挟んでいた小袋を取り出した。

その中には、白夜さんからもらった帰りを知らせる連絡札と……

「あ、この……虹桜貝」

前に、お守りと言って大旦那(おおだんな)様からもらったものだ。それが、蓬萊の霊樹と共鳴しあっているのか、キラキラと強く輝いている。なんとなくそれを掲げてみた。

大旦那様。私、出来たことがあったのかな。

海宝の肴は作れなくなってしまったけれど……

「おい、何をちんたらしてやがる。さっさと連絡札で知らせろ」

「あっ、ごめんなさい」

「こら乱丸！　葵さんに乱暴な言葉はやめてください！」

「うるさい銀次」

子犬と子狐が恒例の喧嘩を始めてしまったので、私は「はいはい、どうどう」とそれをなだめながら、もう虹桜貝は仕舞って、もらった連絡札を宙に掲げた。

途端に連絡札は強い光を放って、周囲の景色は色を変え始める。

「……あれ」

最後に霊樹を一度拝もうと、あの樹の方を向いたのだが……

樹の幹の傍で、長い羽織を翻し、悠々と佇む人影がある。

それが誰なのか分かった途端、私は大きく目を見開いた。

……大旦那様？

それは……あの霊樹が見せてくれた、私の願望による幻想だったのか、何なのか。

魚屋やあの茶屋の店員ではなく、黒い羽織姿の〝天神屋〟の大旦那様は、私に向かって何かを言って、口元に人差し指を当てる。

〝頑張っておいで〟

君にはまだ、やるべきことがあるはずだ。


「ほう、ちゃんと枝を持って帰ってきたか。ま、随分ボロボロでみっともない姿だが」

うう……

白夜さんの厳しいお言葉を、最初に聞くことになるとは……

私も銀次さんも乱丸も、帰ってきた途端、床にぶっ倒れてしまった。

特に銀次さんと乱丸は霊力不足が深刻で、まだあの子獣姿のまま寝てしまっている。

「こんな不甲斐ない姿で儀式に間に合うのか？　夜神楽を舞う役目があるだろうに」

白夜さんが扇子でツンツンと二匹をつついている。や、やめてさしあげて……っ。

「うう……私が、銀次さんと乱丸に、ごはん作る」

「おお、葵君。起きていたか。しかもこの期に及んで料理とは、料理馬鹿に恥じぬ天晴れな姿だな。先日のヘタレ具合が嘘のようだ」

白夜さんは扇子を開いて、口元を隠しくすくす笑う。なんか、やけに機嫌が良い。

ここは白夜さんの泊まっている客間のようで、白夜さんはやっぱりここの浴衣姿だ。

「びゃくやたまはねえ～、まるっといちにち、おんせんにごはんにたっきゅうに、おやどのおもてなしをぞんぶんにあじわったから～、げんきなのよね～」

「あっ、こらお前！　ななな、何言ってるんだこのたわけが！　敵陣のもてなしに感銘など受けとらんわ！」

管子猫の容赦なき暴露に、慌てる白夜さん。大丈夫、それ聴いてるの私だけだから。でも卓球してる白夜さん、全然想像できません……

「乱丸様っ！」

「乱丸、銀次！」

「お嬢ちゃんは無事かー」

「……バフバフ」

部屋にドッと押し寄せ、駆け込んできた折尾屋の従業員たち。

若旦那の秀吉に、ねね。あとノブナガを抱えた時彦さんに、葉鳥さんだ。

皆、徹夜でボロボロって感じだけど、私たちのことをずっと心配してくれていたみたい。

儀式前の調整で、色々と大変だったでしょうに。

「ああっ、乱丸様、おいたわしいお姿になって！」

特に秀吉。いつもの偉そうな態度はどこへやら、乱丸の弱った姿を見つけると、感極まってボロボロ泣いている。

「ちょっと秀吉。泣かないでよ。あんたってほんと暑苦しいんだから」

「くそっ、泣いてねーよ！」

「泣いてるじゃん。そういうの、儀式がちゃんと成功してからにしてよね」

こういう時はねねの方が冷静なんだな。

時彦さんが私の肩をつついた。振り返ると、彼が抱いていたノブナガに顔をベロンと舐められる。

「乱丸と銀次は、僕が医務室へ連れて行って寝かせよう。霊力を回復できる薬を使おうと思うが、それでも津場木葵、君の料理の効果には遠く及ばない。後で彼らに、君が調理したものを食べさせたい。残り物とか、何かあるか？ 先日の試食会の残りとか……」

「あ、すまん。試食会の残り物だったら、俺が昨晩美味しくいただきました！ 鮭のトマト煮は最高の夜食になったぜ～」

ウインクして親指を立て、堂々と言う葉鳥さん。時彦さんは頭を抱えている。

私としては、あのお料理が無駄にならなくてよかったなと思うんだけど。

「私、今すぐ何か作るわよ?」

「い、いいや! 何言ってるんだ、君も少し休まなければ。ずいぶんボロボロじゃないか」

ぼろぼろ……

時彦さんに言われた通り、確かに窓ガラスに映る私の姿は、髪の毛ぼさぼさで泥だらけ。おまけに一晩寝ていないせいで顔色も悪い。目の下のクマ、怖い。

「花火大会は夕方からだ……時間があるとは言い難いが、僅かでも休んだ方が良い。君たちは間に合ったのだから」

「時彦さんの言う通りだわ、葵。あんたも体を洗って、少し寝なくっちゃ。あんな地下の座敷牢じゃなくて、客間用意してあげるから」

ねねが私を支え、気遣う。

「ありがとう。でも、あの座敷牢で大丈夫よ。結構快適だから」

「あんたって本当、どこでもやってける図太い性格してるわね」

私は、ねねに連れられて、ふらふらしながらこの部屋を出る。

「……ねえ、津場木葵」

「疲れているところ、悪いんだけど」

ちょうど、廊下の向こう側の突き当たりから、双子がソロッとこちらを覗いていた。

「どうしたの？　そんなところに隠れて。みんなの所に行かなくていいの？」

「うん……」

「まあ」

双子は煮え切らない反応だ。何とも言えない顔をしている。

「僕らはまだまだ、あの場所に行けないよ」

「この宿に長く居たわけでも、何か貢献した訳でもないしさ」

「あら、そんな繊細なことを、あんたたちも考えるのね」

「…………」

折尾屋に執着が無さそうだった双子だけど……

「何か、私に話があるの？」

「……うん、そう」

「話がある」

双子はそろそろとこちらに出てきて、お互いに顔を見合わせて、頷(うなず)き合った。

彼らにしては、とてもキリッとした真面目な顔つきだ。

……儀式はいよいよ、目前に迫っていた。

# 第七話　花火大会

こちらに戻ってきた朝方から、ぐっすり寝て起きたら、その日の午後の三時だった。

中途半端な時間だが、気分はすっきり。元気もある。

私はすぐに支度をし、座敷牢を出て、双子とこそこそ落ち合い、彼らの部屋の個人台所を借りてまたご飯を作っていた。

何かと言うと、〝カツ丼御膳〟だ。

ちょうどパン粉をまぶした豚肉を、油で揚げ終わったところ。

「乱丸様と銀次さん、目を覚ましたって」

「でも、二人とも子供姿」

「薬じゃそこまでしか回復できないんだ」

「普通なら、一晩か二晩は寝ていないと回復できないくらい、霊力を消耗してたし」

双子が、かぶと柚子の皮のお吸い物と、茄子のお浸しの小鉢を作りながら。

「……だから私たちのご飯があるんだわ。明日には元気になってもらわないと」

「花火大会も、今晩から始まるしね」

「ねえ、ところでカツ丼って何？　そこの豚肉の揚げ物を使うの？」

「そうよ。カツ丼は、トンカツを卵でとじて、甘じょっぱいお醤油のタレで味付けをした丼飯。現世では受験前なんかに、母親が作ってくれる定番料理。勝負に勝つ！　ってね」

「…………」

「あ、何か引いてる！　でもこれ、私が言い出したわけじゃないからね！」

双子のしらーっとした視線が突き刺さる。オヤジギャグの後の、あの微妙な空気に近い。

こ、これは現世ではそこそこメジャーな願掛けでして……

「鍋、煮えてるよ」

「あ」

水や醤油、みりん、酒、砂糖などを混ぜ合わせた汁で玉ねぎを煮ていた。ぐつぐつ香ってくるこの調味料の香りは、あやかし好みの鉄板。

あらかじめ丼にご飯をもっておき、いざ、最後の仕上げへ。

油を切ったサクサクのカツを、食べやすい大きさに切り、玉ねぎを煮ていた鍋の中へ並べ入れる。この上から、溶き卵を半分回し入れ、蓋をして少し待つ。

「良い感じに半熟になったら、残りの溶き卵を回し入れ、と」

こうすることで、卵の綺麗な黄色が残る。満遍なく卵が絡み、ぐつぐつふっくらと膨らんだら、もうここで火を止め、これが丼の上に綺麗に並ぶよう慎重に滑らせるだけ。

「わあ……」

双子は感嘆の声を漏らし、ごくりと。

「パン粉を使った揚げ物は、てんぷらより少し重いんだけど、こういう卵とじにはうってつけよ。パン粉がタレを吸ってくれるから。すごく簡単だし、あんたたちならもう作れるでしょうね。調味料は基本、親子丼と変わらないから」

「そっか。じゃあ後で作ってみよっか」

「豚の揚げ物はまだあるしね。まかないとして、折尾屋のみんなに食べてもらおう」

今夜から明日にかけた、折尾屋の勝負所。

勝負に勝つ。だからカツ丼。

みんなで食べて、挑んで欲しい。

カツ丼御膳を持って外廊下を歩き、銀次さんや乱丸の居る部屋へ向かっていた。

二人は起き上がってすぐ、子供姿のまま仕事を確認して回っているらしいのだから大変だ。早くご飯を食べてもらわなければ。

それなのに、双子は途中立ち止まってガラス窓から海を見つめている。

「どうしたの？」

「……凄く静かだね。波も穏やかだ」

「海坊主がやってくる前って、いつも無風なんだって」

空はカラッと晴れているのに、不穏な感じがする。

海の向こうを見ると胸がざわざわしてしまうのは、何も私だけではないのだろう。

「今夜の花火がね、海坊主を歓迎する証になるんだって」

「できるだけ賑やかじゃないとダメなんだって。だからこの忙しい時期に、花火大会を重ねるんだ。出店がもう並んでる……」

双子は私を見つめ、今一度、今朝の話を切り出した。

「ねえ」

「僕らの言ったこと、考えてくれた？」

どこまでも透き通った、純粋な瞳で。

私は少しの間沈黙し、やがて、ゆっくりと頷いた。

「ええ……。正直、私は今でも、自分がお料理をしていいのか不安よ」

私も、今の気持ちを素直に語る。

「海宝の肴の調理は、私が自分でやりたいと言って、乱丸に許可をもらった。どんなに責任が重くても、本当は逃げちゃダメだったのよ。……あんたたちにも、大変な思いをさせたわね」

「……そんなことは」

「ないよ」

双子は眉を寄せ、笑う。

そう。彼らは今朝、やはり儀式の肴を作る役目を担うよう、私に言ってきたのだった。

「だって、儀式の肴は、君の使命だった」

「だから、僕たちは最初からこうするつもりだったよ」

「……戒、明」

「僕らだって味覚がなくなったら」

「きっとお客様を相手にする料理人をやめるだろう。でも……」

双子は視線を上げ、同じ言葉を重ねて言う。

「君は多分、こんなところで終わる料理人ではないよ」


その言葉に、目頭がぐっと熱くなる。

それはきっと、私よりずっと長く料理人をしてきた、この双子だからこそ説得力を持つ言葉で、他の誰の言葉であっても響かない。

私はなんというか畏れ多い気持ちになる。

二人は凄いな。私がずっと抱えていたもやもやしていたものを、一瞬で吹き飛ばした。

「あ、あり……がとう」

泣きそうなのをこらえて、頭を下げる。感謝を述べながら。

「津場木葵がリーダーだけど」

「僕らだってちゃんと手伝うし、味はチェックするからさ」

「だから何も、心配しないで」

「大丈夫大丈夫」

双子はいつものゆるい口調で私の肩をポンポンと叩く。

それが、二人らしいというのかな。

攫われたことから始まり、今こんなことになっているんだけど、私はここに来て良かったのかもしれない。

こんなに優しく、純粋な料理人に出会えたのだから。

乱丸の執務室では、花火大会直前の、最後の確認が行われていた。

私と双子がご飯を持って入ると、幹部勢揃いの勢いと視線に、うっと尻込みしてしまいそう。私がこれまで関わることのなかった幹部たちもいるし。

でも中央の椅子に座る乱丸は十歳程度の少年姿で、いつものいかつい彼と違って、背伸びした子どもみたいな感じだったので……

「あら、その姿もかわいいわね乱丸」

　ぽろっと本音が漏れたのだ。

「俺にかわいいとか言うな」

　乱丸はいつもと同じ返答だったが、蓬莱の玉の枝を手に入れた余裕からか子供姿らしからぬ落ち着きようで、ノブナガを膝に抱いている。

「こんな時にごめんなさい。ごはん、作ってきたから、ここに置いとくわ」

「いや……調整は終わった。俺たちもいつまでも子供の姿じゃいられねえし、さっさと食わせてもらう。……解散だ、各々明日まで、集中を切らすことのないように」

　幹部たちは足早に部屋を出て行く。

　皆険しい顔をしていたが、今日と明日を乗り切る為に、目の前だけを見ている。私に対し、これといった敵意も見えない。

　ねねも秀吉も、弱さなど微塵も感じさせない顔つきだ。

　葉鳥さんだけは部屋を出る際、私にウインクしてきたけど。

　折尾屋の従業員も、随分印象が変わったな。最初に彼らと対峙した時は、悪い輩だとばかり思っていたけれど……

「葵さん、すみません。今朝こちらに戻ってきたばかりで、もう働かせてしまって」

側に子銀次さんがやってきて、幼気な目で私を見上げていた。

「ううん、役立てるだけ嬉しいわ。こんな大変な時に、寝ている場合じゃないもの」

そして、銀次さんにお膳を手渡す。

「わあ、これカツ丼ですね！　いい匂いがするなと思ってたんです」

「小鉢とお吸い物は、双子が作ってくれたわ。昨日からちょっと野菜不足だし、葵特製野菜ジュースも作ってきたの。これも飲んで」

戒は乱丸の分のお膳を運び、明は野菜ジュースを二人の前に置く。

銀次さんの九尾はもっふもっふと勢いよく動いていた。

乱丸はすました顔だが、オレンジの尾が垂れたまま少し揺れてるのが見える……

「んん～、美味しい。葵さんのこの手の丼に間違いはありませんが、カツ丼とはまた、今一番食べたかったタイプのがっつりごはんです。スタミナがついて、力が湧いてきます」

「ええ。願掛けもかねてるの！　勝負に勝つ、よ！」

「…………」

「…………」

「いやー。隠世ではこれが伝わらないのが痛いわね」

またしてもオヤジギャグをかましたみたいな空気に……

「ふん。肉は好きだ。双子の汁物や小鉢は、相変わらず洗練された味だしな」

「ええ、いいなあ。私もそれ食べたいんだけど」

味が分からないのが憎い。味が分からないのが憎い……っ！

「お」「あ」

そして銀次さんと乱丸は、食べているポーズのまま成人姿に戻る。

霊力がそこまで回復した証だ。

「……ねえ乱丸様」

「話があるんだけど」

双子はさっきから真面目な顔をして、大人しくしていた。

乱丸の姿が戻ったら、話を切り出そうとしていたみたいだ。

「なんだ。お前たちがそんな真面目な顔をしているなんて」

「乱丸様だって分かってるんでしょう？」

「………………」

乱丸はすぐに、双子が何を言いたいのか、察したようだった。

「僕らではダメだよ」

「腕や責任の問題じゃない」

「……相変わらず、悟ったような顔して言いやがって」

ガツガツガツと、カツ丼を口に掻き込み、ごくんと飲み込んだところで、乱丸は彼らしい鋭い視線を私に向けた。

「で、てめえの意思はどうなんだ」

「私、やるわ。海宝の肴を作る。もう逃げない」

前のように、弱々しい戸惑いの一時も無く、答えた。

「……葵さん」

銀次さんは立ち上がり、私の隣に寄り添う。私は続けた。

「私、怖かったの。味覚を雷獣に封じられて、本当に無力になったと感じた。私にとって料理は、ずっとずっと、あやかしたちと渡り合う為の武器だった。私の舌は、あやかし好みの味付けを知り、研究する、一番確かな相棒だったから」

「…………」

「でもそれが無くなって、あとはもう……ただ食われるのを待つだけの人間の娘なんじゃないかって怖くなった。だけど、違ったわ。銀次さんや双子……私の舌が使い物にならなくても、頼もしい相棒はいるもの」

隣に立つ銀次さんを見上げ、笑う。少し照れくさいけど、心からの思いだ。

銀次さんは感極まった表情になり、そんな私の手を取った。

「葵さん。……あなたには今まで料理をしてきた感覚が、経験が、知識が備わっている。

あなたが味覚を失ってから、私が食べてきたあなたのお料理は、全て、今までと変わらない葵さんの味でした」

「……銀次さん」

「あなたの料理を、この隠世でもっとも食べてきたのは私です。本当は、儀式でも私が食べて確認をしたいところですが、私には夜神楽の役目があります。ゆえに、この言葉を信じてください。……あなたなら大丈夫です」

「…………」

「私は……葵さんの料理を、信じていますから」

ありがとう。熱のこもった、その言葉が何より頼もしく、嬉しい。

私もまた、ぎゅっと銀次さんの手を握りしめた。

そして銀次さんは、乱丸に向き合う。

「乱丸、磯姫様は葵さんにこの役目を託した。……その時点でもう、こうなることは決まっていたのです。あなただって、磯姫様の〝しるべ〟を、疑っている訳じゃないでしょう」

「…………」

銀次さんと乱丸の視線が、静かにぶつかり合う。

睨み合いのようにも見えたし、お互いの意思の確認にも思えた。

乱丸は今一度、私の珊瑚の腕飾りを一瞥し、

「……失敗は許されねえぞ」

立ち上がって、ドンと机に手をついた。

「津場木葵。てめえが〝海宝の肴〟を作れ。これは命令だ」

「……乱丸」

一見偉そうな態度に見えるが、私には分かっていた。

彼は何も言わなかったが、今度は自分から命令という形で私に任せることで、その責任を共に担ってくれたのだ。

私は深く頭を下げた。

となりの銀次さんも。双子でさえも。

「乱丸様！　秀吉様が呼んでます！　屋上です！」

駆け込んできたのは、夜雀の太一だ。私たちは執務室を出て折尾屋の屋上へと急ぐ。

屋上には秀吉がいて、大きな双眼鏡を持って海の向こう側を見ていた。

「……海坊主です、乱丸様」

「来たか。思ってたより早いな。……今夜の〇時には常ノ島に上陸しそうだ」

「我々ももう向かいますか」

「準備は出来ている。行くしかねえだろ」

海の向こう側？　もう見えているの？

夜の一歩手前という暗さの中、私はいくら目を凝らしても、海の向こう側に何かを見ることは出来ない。

「少し早いが、そろそろ花火を打ち上げろ。海坊主が迷わねえよう、盛大にな。花火大会と儀式、両方を成功させてこそ意味がある」

「乱丸様！　乱丸様！」

慌ててやってきたのはねねだった。

「どうした、ねね」

「花火大会が例年より注目を浴びたこともあり、今年はこの地へやってきている客が多く、手が足りません。海面や、花火の上がる上空に宙船を出している者もいます！」

「チッ、花火大会の間は、決められた範囲以外宙船を出すなと言っているのに……っ」

週刊ヨウトに取り上げられ、また雷獣が昨日妖都で大々的に宣伝活動を行ったとかで、地元民だけでなく外部の者も多くこの地に押し寄せたということだ。

そのせいで空には宙船が数多く浮かんでいる。

「雷獣様の最後の嫌がらせってところか。あのお方もつくづく大人気ない。最後の最後に、こういう古典的な混乱を起こそうとするとは……」

「どうしますか乱丸様。続々と船が来ていて、花火を打ち上げるのにも支障が出そうです」

乱丸としては、ここを全て折尾屋の従業員に任せて、今すぐにでも常ノ島に向かいたいところなのだろうが……こうなってしまっては、なかなかここを離れられない。

「ら、らら、乱丸〜〜〜」

「今度は何だっ!!」

次にやってきたのは葉鳥さんだ。だけど葉鳥さんがこんなに焦っている理由を、頭上に降りてくる巨大な船を見上げたことで、私たちはすぐに理解した。

「……あれは……天神屋(てんじんや)の〝天神丸〟……っ！」

銀次さんはその船の名を口に出す。

数多(あまた)の鬼火を引き連れ、この地へやってきた巨大な宙船には、丸天の紋が掲げられている。まさにあれは……天神屋の宙船だ。

「……大旦那様(おおだんなさま)」

私は大きく目を見開き、先端に立つ黒い羽織の鬼を見上げた。

ああ、あれは大旦那様だ。なぜだか少し、彼の姿に安堵(あんど)を覚える。

「チッ……なぜこの局面で、天神屋が動く」

乱丸は混乱していた。皆そうだ。

だって、この状況はあの時と全く一緒。

天神屋の裏山に、折尾屋の宙船がやってきた、あの時と……

船が下降し、大旦那様は高さをものともせず船から飛び降り、この屋上に降り立った。

続いて、暁や白夜さん、お涼まで。

ていうか白夜さん、いつのまにそっちの船に……お涼は幹部じゃないけど幹部面して。

「折尾屋の諸君、こんばんは」

大旦那様はニコリと微笑む。胡散臭い笑顔だ。

「我々は天神屋。そちらでお世話になっているうちの従業員を迎えに来た訳だが……どうやらお困りのようだね」

紅い瞳を妖しく光らせ、あの時の折尾屋とは違うアプローチをする。

「こら天神屋！　今はてめえらに構ってる暇はねえんだ。帰れ！」

秀吉が大声を出して威嚇しているが、大旦那様の笑顔は変わらず。

「蓬萊の玉の枝の件は解決したのだろう？　ならば、もう従業員を返してもらう」

「……ちょ、ちょっと待って大旦那様！」

私は大旦那様に駆け寄った。

「どういうつもり？　まだ儀式は終わってないわよ」

「ん？　おや葵、攫われてからの二週間ぶりだね。味覚を封じられたと聞く。辛かったろう、すっかりやつれて……かわいそうに。もうすぐ天神屋に連れて帰ってあげるからね」

「ちょっと大旦那様〜〜〜っ」

何をとぼけた顔をして。あんたずっと魚屋に化けて会いに来てたでしょう!?

それに……あの水墨画の世界でだって……頑張れって……

「何を百面相しているんだい、葵」

「困惑してるのよ!」

この場所であれこれ言うこともできず、私は大旦那様の胸ぐらを掴んでぐらぐら揺らすだけ。大旦那様ノーダメージ。むしろ嬉しそうに「あはは」と笑ってる。

いったい何を考えているの、大旦那様。

「そもそも葵君に関しては、蓬莱の玉の枝が手に入り次第、体調の面でも気掛かりだからこちらに返すという契約であっただろう、乱丸殿。契約は遵守してもらわなければ」

「び、白夜さん……」

「あと葉鳥さん! あんたうちの宿に天狗の羽お手入れセット忘れてたぞ! ったくいつまでも詰めの甘い、そら!」

暁は暁で、元上司の葉鳥さんに、そのお手入れセットとやらを投げ返してるし。

葉鳥さん、「あ、いっけね」と。ぺろっと舌を出し、この空気の中ただ一人お気楽だ……

「ねえ大旦那様。お願いだから、もう少しだけ待ってちょうだい。私、まだやらなければならないことがあるの」

私は大旦那様の胸元を掴んだまま、訴える。

大旦那様は私の肩を抱き「ほお？」と。いや、この顔は絶対分かっているはず……

「私、儀式の肴を作らなくちゃ」

「……それは、今の葵には荷が重すぎやしないかい？」

「ええ。確かに私は味覚を封じられている。この土地の未来を決める儀式の肴を作るのには、あまりに頼りない存在よ。無責任で、愚かな……」

「…………」

「だけど、私がやらないと。私が任されたの。磯姫様に……いえ、乱丸に！」

乱丸は、その名を出した私に、少し驚いていた。

しかしすぐに私の隣に来て、あろうことか大旦那様に深く頭を下げる。

「ちょっ、乱丸!?」

まさか彼が、大旦那様に頭を下げるなんて……

「あと一日だけ、津場木葵の力を借りたい」

「……ほお。君がそんなことを言うとはね」

大旦那様は、顎に手を当て、なにやら考え込む。

その視線は、紅く冷たく、頭を下げ続けている乱丸を見下ろしている。

「一連の所業については、全てが終わったらしっかりと落とし前をつける。だから……」

「そうかい。……ならば、僕たちを受け入れてくれるだろうか？」

「は？」

あれ。大旦那様は何を言っているんだろう？

「昨日だったか、ここで大規模な花火大会があると妖都で話題になったせいで、うちの客がこぞってそちらに行きたがったのでね。うちとしては客の流出を食い止めるべく、宿泊施設のある天神丸を出した次第だ。できることなら、共同営業がしたい」

「……大旦那」

「それに……気に入らないじゃないか。全てが中央の思うがままというのも。昨日の敵は今日の友。敵の敵は味方、と言うだろう？　犬猿の仲と言われた我々が共同営業をしていたら、奴らをさぞ驚かせることができると思うのだけどね」

大旦那様は声音を低くして、鬼らしい意味深な笑みを浮かべた。

乱丸はハッとしている。大旦那様の本来の意図を読んだのだろう。

しかし秀吉だけは「はあ？」って感じの顔をして、今にも文句を言いそうだった。

しかしねねに袖を引っ張られて、お互いに耳元でこそこそ話をし始める。

「チッ。ねね、てめえプライドねえのかよ」

「そんなもの、今あったって何の役にも立たないわ。大事なことは、秀吉だって分かってるはずでしょう」

「そりゃ、そうだが……ねね、お前はそれで良いのか」

「……うん」

二人はお互いに頷き合っていた。

秀吉は勇敢にも、大旦那様に一つの提案をしたのだった。

「おい、天神屋の大旦那。共同営業って言ったか。天神屋の従業員の力を借りられるか？」

「もちろん。……うちの船や従業員も手を貸すぞ」

大旦那様は快く引き受ける。

「あ、あのすみません乱丸様、勝手に敵に力を借りるような話を……良いですか？」

「秀吉、お前の思うようにやれ」

乱丸の許可が出たところで、秀吉は少しだけ考え込んで、天神屋に指示を出した。

「来ている宙船の、針路の誘導を頼みたい。このままだと花火の邪魔をされてしまう。うちはもう、それをする船を出す余裕が無い」

「分かった、それは俺が引き受けよう」

暁がさっそくその役割を担い、天神丸の方へ行ってしまった。

「お涼さん、あなたにも力を借りたいの」

今度はねねがお涼と向き合う。お涼は「は？　私も？」と、若干面倒くさそうな顔。

「仲居が足りないの。あなたの力があれば、百人力だと思っているんだけど」

「……え？　そ、そう？　あんたがそう言うんなら、まあやってあげてもいいけど〜」

お涼はもごもご言いながら横髪をいじってる。何気に気分が良さそうだ。

「乱丸様。乱丸様たちはもう行ってください！　ここは俺たちに任せて」

お涼は相変わらず単純だけど、ねねはニヤリ、と。彼女の方がこういうのは上手だな。

「儀式を、必ず成功させてください」

「秀吉……ねね……」

秀吉とねねが、とても頼もしい顔をして乱丸を送り出そうとする。

「ま、そういうことだ乱丸。花火大会は俺たちに任せて、銀次とお嬢ちゃんつれて、さっさと海坊主のおもてなしをしてこい」

「葉鳥」

最後に、葉鳥さんが乱丸の背を押した。

私たちは常ノ島へ向かうため、急ぎこの屋上を後にしようとする。

「葵！」

ただ、大旦那様が私の名を呼び、私は一度振り返る。

大旦那様が何か袋を投げたので、それを両手で受け取った。中身を確かめて、驚く。

「!?　これ」

「餞別だよ。使えそうなら使うと良い」

「……大旦那様」

「頑張っておいで。……何も、心配はいらないから」

「…………」

――頑張っておいで。

ただそれだけの言葉に、何度も励まされてきた気がする。

「ありがとう！　大旦那様！　私頑張るからね！」

彼の視線が、私の背を見送る。私の道を、支えてくれる。

ならば私は、なにをもってあのひとの期待に応えられるのだろう……

船に乗り込む直前、別の視線を感じて振り返った。

……雷獣だ。

奴が少し遠くの岬の上から、私たちを見てほくそ笑んでいる。

「…………」

だけど私は、その方向を一瞥しただけ。睨みもせず、怯えもせず。

大旦那様の、何も心配はいらないという言葉を信じる。だから、怖くなんかない。

そして、しっかりした足取りで宙船に乗りこんだ。

やるべきことは、分かっているから。

# 第八話　海坊主と儀式の肴

「わあ、二人とも凄く綺麗！」

常ノ島へ向かう宙船の中で、銀次さんと乱丸は夜神楽の衣装に着替えていた。

特に銀次さんは女形なので、女性姿の美しい巫女服に、きらびやかな装飾や優美な羽衣を飾っているのだ。

まるで磯姫様のよう……

こちとら、惚けないはずがない。銀次さんもまた、頬を染めて照れている。

「何だかお恥ずかしい。もともと変化の女性姿というのは、この為に作ったものなのです」

「そうだったんだ。でも凄く綺麗よ、銀次さん。いつも綺麗だけど」

「……あ、あはは」

一方乱丸は、その雄々しい姿にぴったりの男性用の衣装だ。

さっきから海の彼方を見ている。耳がしきりに、ピクピクッと動いていた。

「葵さん、これ」

「……あ」

銀次さんが籠から差し出したのは、夕がおを営業する時に着ている抹茶色の着物と、大旦那様に貰った椿の蕾の簪だった。

「乱丸が、あなたにこの簪を返すそうです。よかったら、これを」

「…………」

「着物は大旦那様から。この日のために、新調してくださっていたそうです。なんだかんだと言って、肴を葵さんが作ることになるだろうと、大旦那様は分かっていたのでしょう」

前まで、私がごく当たり前のように身につけていたそれらが、やっと揃う。

受け取ってみると、今までとは違う重みを感じた気がした。

「儀式の肴は重圧でしょうが、私としては、もういつもの夕がおだと思って葵さんにお料理をしてもらえたら嬉しいと思っています。それがきっと、正解だから」

「銀次さん」

私は大きく頷く。

「私もね、ずっと考えてたの。お酒を飲んで、組み合わせとか色々試行錯誤したけど……結局お酒に合うお料理を考えすぎると、相手の食べたいものから遠く離れちゃうんじゃないかって。飲みたいお酒を飲んで、食べたいものを食べて、心休まる時間を過ごすのが何より幸せを感じられるんじゃないかって。そんなことを言ったら、元も子もないかもしれないけど……」

「いえ、それが良いと思います。前回はお酒に合う料理というのを意識しすぎて、海坊主の食べたいものから遠く離れたのが、満足度の低かった要因だと思いますから」

「でもね、磯姫様は言ってた。海坊主は少し南の地の典型的なお料理に飽きてるって。だから、新しいものが食べたいんだって。それでいて、身近に感じられて素直に美味しい味」

「葵さんが得意とするところでは?」

「ふふ、そう思ってくれる? なら、最初の趣旨を……磯姫様の〝しるべ〟を見失わなければ、きっと大丈夫よ」

銀次さんから受け取った着物と簪。

私は隣の部屋でそれに着替えて、簪で髪をまとめる。

「……よし」

鏡に映る自分に、言い聞かせる。

そこは夕がお。私のお店。

さあ……おもてなしの時間よ。

常ノ島へは、一番速度の出る最新の宙船にて三十分の移動でたどり着く。

そこは儀式以外で降り立つことはほとんどないという、平べったい無人島。

船は浜につけるのではなく、森奥にある専用の広場に下ろす。海坊主が現れ海が荒れても、船が流されたりしないように、とのことだ。

「一度、儀式を行う社殿を見た方が良いと思います。葵さん、こちらへ」

船を降りて、銀次さんに案内されるがまま森を抜ける。

そこは、白く広い砂浜。

「あ……花火だわ」

ちょうど、本土の海沿いで上がり始めた花火や、空を覆う宙船の妖火がよく見える。

闇空に咲く大輪の花。海に散る火の粉。

海面まで色とりどりに照らされ、一帯の光景は言葉が出ないほど美しい。孤島から静かに眺めるのも、また風情がある。

なるほど。花火大会が同時に執り行われるはずだ。

海の向こう側からやってくる海坊主は、その花に恋い焦がれて、ここまでやってくるのだと銀次さんは言っていた。

「海坊主はこの浜に上陸すると、鳥居を越えて参道を進み、社殿へ向かいます」

「鳥居？」

ちょうど、砂浜から奥の松原へ続く場所に、巨大な鳥居があった。

私たちも、その足取りをあらかじめ確認するように、鳥居をくぐってみる。

「……わあ」

松原をつっきる参道を抜けたら、そこは神社の境内だ。

太古の遺産を思わせる神楽殿と社殿が、向かい合って建っている。

「この舞台で私どもは夜神楽を舞い、海坊主は目前にある社殿より、御簾ごしにご覧になられます。夜神楽は所々休憩を挟みつつ、全十三番を奉納するのが通例です。降り注ぐ厄災からこの土地を守り、清めとお祓いの効果をもっているとされています。海坊主がやってくる前より始め、夜神楽が終わると、海坊主は再び海へ帰っていくのです」

「なるほどねえ。その間に、お酒と肴を楽しむってことね」

「ええ。海坊主の、一人静かな宴というわけです」

「お料理はどこから持っていけばいいの？」

「御簾の下を持ち上げて、そこから中へ差し入れるのです。すると、手が出てきて勝手にお料理を引っ張るそうです。前回の料理人が言ってました」

「なるほどねえ。手はあるのね」

でもその姿は、やはり見られないということだろうか。

はるか昔より、海坊主の姿を見ることは禁忌とされている。

災いがその身にふりかかるから……

「葵さん、こちらが台所になります」

銀次さんは次に、社殿の脇にちょこんと存在する小屋へ私を連れて行った。

そこは古く立派な台所。手入れはこまめにされているみたい。

「台所自体の型は古いのですが、持ち運べる最新の調理器具や、鍋類などは用意されています。旧館の台所とそう変わらない勝手で調理ができるかと。いえ、もっと便利かもしれません」

「ええ、これだけ揃っていれば大丈夫よ。食材も、何を作ることになっても良いように、双子が一通りを用意しているみたいだし」

ちょうど、黒い作務衣姿のガタイの良い折尾屋の従業員たちが、この台所へ荷物を運んでくれていた。

「〇時より夜神楽は開始されます。海坊主は、この感じですと直後に上陸しそうです。上陸が確認され、社殿にお隠れになったら、先付けからお料理を運んでください。海坊主は……我々に姿を見せることも、語りかけることもなく……しかし確かに、そこにいますので」

「海坊主って……喋ったりもしないの？」

「そうですね。声は聞いたことがありません」

「揃えた宝物はどうするの？」

「社の中にある祭壇の前に、お供え物として置いておきます。秘酒は飲んでしまいますが、それ以外の宝物を海坊主が持って帰ることはありません。それはただ、お供えしておくということが大事なのだそうです。儀式を成功させるための、霊宝なので」

「なるほど……いや、よくわからないけど」

「私もです。今でも、あれが一体何者であり、この儀式が何なのか……よく分からないのです」

銀次さんはこの台所を出て、空を見上げた。

この静寂の島に沈殿する、神聖な空気。

社殿を囲む焚き火の、パチパチと弾ける音。

儀式のために焚かれた線香の香り……

「おい銀次、最後の段取りだ。神楽殿へ上がれ。……あと津場木葵、下ごしらえがあるなら、さっさと終わらせておけよ。何を作る気でいるのか、もう聞かねえがな」

「分かったわ。任せておいて」

「……頼んだぞ」

乱丸が珍しいことを言う。

私がキョトンとしている間に、さっさと神楽殿の方へ行ってしまったけど。

「ねえ、津場木葵」

「本当に、アレやるの？」

双子がいつの間にやら傍にいた。

「勿論。先に作っておくのは、先付けとデザート、お土産くらいのものよ。あとはもう……あらかじめ万全の下準備だけしておいて、海坊主に決めてもらうわ」

「……いいね」

「博打だね」

双子がいたずらっぽく笑う。

「乗ってくれる？」

「勿論」

揃って頷く。なので私たちは「いえーい」と拳をぶつけ合い、私たちだけのやり方で士気を高めたのだった。

先付けは双子に用意をしてもらうことになった。

こういうのは私より双子の方が得意で、幅も広いから。

「先付けは横長い皿を使って、三種盛りにする」

「飽きないように、少量のお料理を複数並べるのがいいかなって」

「何を作るの？」

双子が顔を見合わせ、もじもじし始めた。ん、どうしたんだろう？

「津場木葵が冷蔵庫で保存してたベーコン用の豚肉、あれを勝手に燻ってしまったんだけど……」

「そのベーコンを少し貸して欲しい」

「え！　あれ燻っといてくれたの⁉」

私が豚肉に調味料を擦り付け、冷蔵庫で保存していたもの。それを双子が勝手に燻って仕上げておいてくれたみたい。私がやっているのを一度見ていたからね。

二人はベーコンに被せていた布を取って、それを私に見せつけた。端っこ切れてるから、勝手に少し使ってる。……いや、うん。色もちょうどよく、問題無さそう。

「そっか良かった〜。ベーコン、燻す暇がもう無いから、諦めようと思ってたのよね」

「だって美味しかったから」

「使わないと勿体ないじゃん？」

グッと親指を立てる双子。その心意気に、どうぞ使ってあげてくださいと頭を下げる。

「一品は、かぼちゃとベーコンの煮物」

「これ、一度試しに作ってみたんだけど、美味しかったから」

「あとは、生湯葉と生ウニの冷菜小鉢。トロトロクリーミーな生湯葉に、これまた甘くて濃厚な生ウニを載っけて……イクラも散らす」

「これに、かぼす醬油をちょろっとかけて食べる。味が引き締まるから」

「……お、美味しそう。話を聞いてるだけで美味しそう」

「最後は、鉄板のイカシュウマイ」

「僕らのヒット作。これは食べてもらわないとね」

「つくづく、味見が出来ないのが悔しいわ」

かぼちゃとベーコンの煮物が特に気になる。私はそれを作ってみようなんて発想は無かったしな。やっぱり双子ならではの料理だと思う。

冷菜小鉢は、きっと双子は得意だろう。生ウニと湯葉を入れるなんて、どんな味わいなのかなって想像するだけで贅沢な気分になる。

イカシュウマイは、子供から大人まで美味しく食べられる味だもの。

絶対大丈夫だという、双子の自信作だ。

「あ、そうだ。かぼちゃの煮物、よかったら余分に作っておいてくれない？」

「ん、どうして？」

「他のお料理に応用したいの」

「それは別に良いけど」

「かぼちゃの煮物を応用？」

双子は不思議な顔をしている。だけどこのお料理はまだ秘密だ。

「じゃあ、先付けは頼んだわよ。私はその間に……軽ーく、デザートを作ります」

ごそごそと荷物を漁って、取り出したのは、前に茶屋で買ったココナッツミルク一缶。

「あ、これ知ってる」

「最近、港で流行ってるヤシの実の加工食品の一つだ」

「ココナッツミルクよ。これでアイスクリームを作ろうと思うの」

「アイスクリームって妖都で一度だけ食べたことがあるけど……」

「ココナッツミルクってのも乱丸様と一緒に試飲したことあるけど……」

「混ぜられると」

「もうちょっと想像出来ない」

双子は馴染みのないものを二つ並べられて、目をぱちくりさせている。

「……確かに、これだけだとあやかしたちには馴染みはないから、警戒心の方が強くなるかもしれないわよね」

珍しく感じても、それを〝美味しそう〟と想像できるところまで、あやかし好みに歩み寄っていかなければ。

「そこで、このココナッツアイスクリームに黒ゴマを練りこんで、馴染みのある味に寄せるわ。揚げた白玉と一緒に、もなかに挟むの。要するに……〝アイスもなか〟よ」

「アイス……」

「もなか……」

やっと少しだけ、イメージできる甘味になっただろうか。いいと思うと、ぐっと親指を立てたのだった。

双子はさっそく先付けの調理を開始した。お料理に集中した時の、双子の凛とした姿勢や包丁さばきには、いつもながら惚れ惚れする。

「さて……私も頑張らなくちゃ」

作ろうと思っているのは、ココナッツミルクと黒ごまで作る、和風南国アイスクリーム。

ココナッツミルクといえば、ダイエットや美肌に効果があると言われている健康的な食品で、これを使ったデザートは現世でも数多く見かけた。特に夏場はね。

私の作るココナッツミルクアイスはとても簡単。

金魚鉢ミキサーにココナッツミルクと黒糖、生クリーム、黒ごま、これらを全部入れて、ミキサーで混ぜて混ぜて……容器に流し込み固めるだけ。冷蔵庫に入れておけば良い。

見た目はほんのり黒っぽい。シャキシャキッとした舌触りの、濃厚でいてあっさりなアイスになる予定だ。

「後は……白玉作っておいて、パイシートを型に入れて……お肉の下味つけるのと……あ、そうだ。紙、紙」

私はその後も、下ごしらえとおもてなしの準備に追われた。

ここへ着いた時はまだ夜の八時くらいだったのに、慌ただしくしていたら時間はあっという間にすぎて、ついにその時はやってきたのだった。

「来ました。……海坊主です」

午後の〇時十五分前。

乱丸と銀次さん、私と双子は、皆で一度浜辺に出た。

目前に迫っていたその存在に、私は圧倒され、ごくりとつばを飲む。

「お……大きい」

それは、見上げる程大きな黒い塊。

鈍く光る、赤い両の目。

それ以外、なんと言って良いのか分からない。

とにかくそれは、海から頭と体を出し、こちらへ向かっている、黒い巨人だった。

ゾクゾクッと背筋が凍る。水墨画世界の書物で見た、海坊主の絵図とその説明書きを思い出す。

やはりあれも、あやかしだと言うのだろうか。まるで得体の知れない妖気が潮風に乗ってこちらに届いた。

じっとりとした汗が頬を伝い、砂浜に落ちる。

来る……いよいよ、海坊主がやってくる……

「皆、それぞれの持ち場へつけ。海坊主のご到着だ！」

乱丸の掛け声で、誰もがそれぞれの持ち場に戻った。

この常ノ島でも、見計らったように花火が打ち上げられる。

私は台所にこもって、双子と一緒に戸の隙間から覗き、外の様子を見ていた。

夜神楽の始まる、笛と太鼓の音が聞こえる。

「…………」

それでも、静かだ。夜神楽の音楽より、松原をそよぐ風の音が嫌に耳に響く。

だけど……

ずり……ずり……

やがて潮風の奥から、何かを引きずっているような音と気配が感じられた。

海坊主が、この社殿へ向かっている。

どんな姿で、どういった様子で、ここへやってきているのかはわからない。

海から見たその姿は、こんな社殿なんて踏み潰してしまいそうなほど、巨大だったというのに。

「あ……」

社殿の上に、妖火が灯った。

海坊主がすでに、社に御隠れになったという合図だ。

「わ、わたし、先付け、持っていくからね」

「ファイトー」

双子に小声で見送られ、ガチガチになってお料理を運ぶ。緊張するな、緊張するな……

夏かぼちゃとベーコンの、ほっこり煮物。

生湯葉と生うにの、とろとろキラキラ冷菜小鉢。

蒸し立てほかほか、特選イカシュウマイ。

双子が作ってくれた、見るも美しい、三種の先付けの盛り合わせだ。これを見ていると、不思議と心が落ち着いてくる。

「あ……」

社へ向かう途中、神楽殿を垣間見ることが出来た。

……白い、能面。

はるか昔の、金の屏風に囲まれ、あの白い能面を身につけ、優雅に夜神楽を演じる銀次さんと乱丸。

屏風には、美しい人魚や磯のあやかしたち、今は廃墟と化した竜宮城などの、古の南の地の活気が描かれている。

その中で、燃えるような乱丸の髪と、雄大な雲の流れを思わせる銀次さんの尾。

二人の動きも対極的で、笛と和太鼓の音に合わせた神秘的な舞いは、その姿をより神々しいものに思わせた。

「きれい……」

だけど、心が締め付けられる。

切ないのは、その能面から、私はどうしてもかつての恩妖を思い出してしまうから。

……いや、今は儀式に集中だ。

お料理を楽しんでもらわなければ、この儀式は、今までの彼らの奮闘は、全てが水の泡となるのだ。

「先付けを、お持ちしました」

御簾の前で頭を下げた瞬間の、張り詰めた異様な空気に息を呑む。

これは全身の毛が逆立つような、怖気だ。

だけど、震えてはいけない。私は何食わぬ様子で御簾を少しだけ持ち上げ、その先付けのお膳を中へ押して、差し出した。

「………」

すっとそのお膳を引き下げた、手。

ゾクッとしたのは、その手が焼け焦げたように真っ黒で、細く小さかったから。

これが……海で見た、あの大きな海坊主の手？

分からない。でも、真っ黒だった。

私はまだここから引き下がらず、もう一枚〝紙〟を差し出す。ついでに筆も。

その紙には、三つのお料理の名とその説明が記されている。

「次のお料理を、その中からお一つお選びください」

少しの沈黙。

心臓が高鳴って仕方がない。何の反応も貰えなかったらどうしよう……

「……」

しかし、紙はちゃんと、御簾の隙間からこちらに戻された。

三つのお料理……
・ブリの照り焼き（南の地の特産である養殖ブリを、特製の甘辛いタレをたっぷり絡
めて焼いたもの。大根おろしとの相性抜群）
・海老の味噌マヨネーズ炒め（新鮮な海老を、味噌と現世の調味料である濃厚〝マヨ

ネーズ〟で炒めたもの。現世の居酒屋定番のお料理）
・極赤牛のガーリックステーキ（南の地のブランド牛〝極赤牛〟を贅沢に使用した、
　ニンニク風味の焼き物。食べやすいサイコロ状）

この中から一つ選ばれ、へにゃへにゃの丸で囲まれていたのは、海老の味噌マヨネーズ炒めだった。

「あら、予想外」

思わずポツッと。

御簾の向こう側の、そのお姿をはっきりと見ることはできないが、そこに誰かがいて、私をじっと観察している視線は分かる。

なんとなく黒いモヤモヤが見える……ただ、嫌な感じはしない。

私は少し緊張感もほぐれてきて、御簾越しに微笑んだ。

「美味しい海老の味噌マヨネーズ炒め、持ってきますね。少しお待ちください」

まるで夕がおのお客さんに声をかけるように、私は自然体になる。

落ち着いた足取りで台所に戻り、オーダーを確認。

「はい、オーダーは海老の味噌マヨネーズ炒めよ！」

「あ、予想外」

「絶対極赤牛に行くと思ってたのに」

双子も私と同じ反応だ。

そう。私たちの予想は外れた。

やはりこうやって、複数の中から選んでもらわなければ、相手の好みや食べたいものはよくわからないものだ。だからこそ、この段階で作れるものをいくつか羅列し、候補を出したのだった。

「ところで海老の味噌マヨネーズ炒めって？」

「その名の通りよ。手作りマヨネーズと味噌を使って、コク旨な海老の炒め物を作るわ」

「コク旨……」

マヨネーズは作り置きのものがある。双子が慣れた手つきで海老の殻剝きや背わたの処理、臭み取りをしてくれている間に、私は調味料を混ぜ合わせておいた。

主な調味料は白味噌とマヨネーズ、ちょっとのケチャップだ。

フライパンでごま油を温め、新鮮な海老を刻み生姜と共に揚げ焼きする。両面こんがり焼き終わったら、混ぜ合わせていた調味料を絡め、さっと炒めて出来上がり。

これで完成。とても簡単。

しゃきしゃきの水菜と、みずみずしいきゅうりの細切りの上にたっぷり盛り合わせて出来上がり。

「うわ、うま。白味噌が利いてるね」

「濃厚なソースが海老に絡んで、まさにコク旨」

「海老に衣を付けて揚げて、マヨネーズソースを絡めるのも定番で美味しいんだけど、ソース自体がこってりしているから、私はいつも衣無しでヘルシーに仕上げているの。このお料理が余ったら、海老の身を荒く刻んで、おにぎりの具にするのも最高よ。お米との相性もかなりいいのよね……」

そういや海老マヨのおにぎり、お涼が大好きだったっけ。

双子はもう一度味見をして、「何の問題もないよ」と、指を丸めた。

「では持っていきます」

私はビシッと敬礼。双子も敬礼。

お膳にのせて、足早にお料理を持っていく。きっと海坊主は次の肴を待っているだろうからね。懐にはちゃんと、次のお料理の候補の紙を……

「お待たせしました」

私はできるだけ明るく、でも落ち着いた声音で御簾の外から話しかけた。

「海老の味噌マヨネーズ炒めです。お酒のおつまみにぴったりですので、ぷりぷりの海老の食感と、コクのあるまろやかな味付けを楽しんでください」

ついでに、次のお料理の候補を書いた紙を差し出す。

気ままにチェックしてもらえたらと思って御簾の下から差し出したのだが……

「ぬ、きゅうりの匂いでしゅ」

こんな時に、私の前掛けのポケットの中で寝ていたチビがひょっこり顔を出して、何を血迷ったのか御簾の隙間から社殿の中へと入ってしまったのだった。

ぎ、ぎゃああああああああああ!!

声なき絶叫。私は猛烈に青ざめる。

どどど、どうしよう。神楽殿に視線を向けると、夜神楽を止めることこそないが、この様子を見てしまったのであろう銀次さんと乱丸が、あからさまに動揺している。

だってしきりにこっちを向いてるし。神楽舞に乱れこそ無いけど!

「あー。チミは誰でしゅかー」

なんか聞いてる。御簾の奥で、チビがなんか聞いてる……っ。

「美味しそうなもの食べてるでしゅね。きゅうりくだしゃい〜。コクまろなマヨの絡まったきゅうりくだしゃい〜」

「ちょ、ちょっとチビ!」

心臓がばくばくする。

あのチビが失礼なことをして、儀式そのものが無駄になる恐れがある!!

「きゅうりしゃきしゃき美味しいでしゅ〜。ありがとでしゅ」

しかも貰ったっぽい。きゅうり貰ったっぽい。

「あひゃひゃ、あひゃひゃひゃ。お腹こちょこちょやめるでしゅ～」

めちゃくちゃ笑ってるんですけど！

どういう状況。どういう状況。

「あ、次はこれがいいんでしゅねー。僕が葵しゃんに頼んであげるでしゅ～」

チビがちょろちょろと御簾の下から出てきた。

私はむんずとチビを掴んで、凄い形相で迫る。

「あんた何考えてんのよ！」

「葵しゃんお顔怖いでしゅ。はい、注文用紙でしゅ～」

「……っ⁉」

チビは、私が御簾の中から向こう側に差し出した、次のお料理の候補の紙を持っていた。
・甘夏ジャム絡めの鶏もも唐揚げ（旬の甘夏の甘煮を、ジューシーな鶏ももの唐揚げに絡めて仕上げる、甘酸っぱい一品）
・梅紫蘇チーズ入りアジフライ（南の地のアジで、梅、紫蘇、乳発酵食品であるチーズを巻いて、パン粉というものでカラッと揚げたもの。濃厚さっぱり新感覚）
・海鮮とおからの春巻き（海老、イカ、タコなどをおからと一緒に混ぜ合わせ、春巻きにして揚げたもの。健康的で面白い食感）
この中で、丸で囲まれていたのは、甘夏ジャム絡めの鶏もも唐揚げだった。

しかし隣の梅紫蘇チーズ入りアジフライと随分迷ったのか、そっちへ行きかけて戻って来たような筆の跡がある。なるほど……

私は「すぐに作ってきますね」と言葉をかけ、急いで台所へ戻った。

「葵しゃん。海坊主しゃん、海老プリプリ美味しいって、言ってたでしゅ～」

「あんた、海坊主と話したの？」

「小さな声、でしゅ。でも、すごく優しい、でしゅ」

「…………」

我が眷属ながら、肩に乗ったチビを末恐ろしく思う。

誰もが長い間恐れてきた海坊主をそんな風に評し、もう親しくなっているなんて……

「でももう、御簾の中に入っちゃダメよ」

「それは無理でしゅね」

「なんでっ!?」

「またおいでって、言われたでしゅ～。お呼ばれされたら行く主義でしゅ」

……チビ、やっぱりあんたは只者じゃないわ。

通例とは違う展開になっている気がして、私はやはり気が気じゃない。

とにかく、次のお料理を作らなくちゃ。台所へ戻るなり……

「はい、オーダーはジャム絡めの鶏ももの唐揚げ！　でも、梅紫蘇チーズ入りアジフライと迷ったようだから、こっちも作っておまけで添えておこうと思うの」

「なるほど。おまけ」

「それはちょっと嬉しいかもだね」

双子と共に、さっそく調理に取り掛かる。

まずは鶏もも唐揚げだ。おつまみとしては超王道のお料理。

すりおろしニンニクやすりおろし生姜、醤油、酒やお酢などで下味をつけた鶏肉は、下準備の段階で用意して、ボールの中で味を染み込ませていた。

さっそくこれに小麦粉をまぶして、熱したごま油で揚げる。

一度カラッと揚げ、油を切り、もう一度サッと揚げる二度揚げ。これをすると、唐揚げがよりふっくらジューシーに仕上がる。鬼門の地のとり天のように、ごま油で揚げているので、より香ばしい。

さて、これで出来上がったのは、これでも十分美味しい王道の唐揚げ。

「ここで取り出したるは……甘夏のママレード」

ジャムパイを焼く際に、たっぷり作って瓶詰めしておいたものだが、これが唐揚げに一手間を加えるのに役立つ。

皮まで入った甘酸っぱいママレードに、お醤油と酢を加えてタレを作る。

「あ、でももう少し甘めの方がいいかも」

「はちみつをひとさじ足すと良いんじゃない？　衣に絡みやすいし」

双子にタレの味見をしてもらって、助言をもらう。

あやかしはやっぱり甘めの味付けを好むから、甘さ控えめで作ったジャムではパンチが弱いらしく、このタレにはちみつをもうひとさじ加える。

これを、さっき作った唐揚げにささっと絡めると、爽やかな甘夏の香りと甘酸っぱいタレに包み込まれた、外側のカリッと感が残るジューシー唐揚げが出来上がる。

「これも最高だね」

「ね。さっきのコク旨とは違う、夏にぴったりの爽快な味」

試食を終えた双子は、並行して作ってたおまけのもう一品、梅紫蘇チーズのアジフライを一口サイズに切って、唐揚げの横に添える。

この土地の新鮮なアジを三枚に下ろし、その身で梅と紫蘇とチーズを巻いて、パン粉をつけて揚げたもの。半分に切ると、断面からチーズがトロッと。梅と紫蘇の香りも良い。

「うん、これも味オッケー」

「アジだけに」

いえーい、と。上手いこと言うねえ、と。

「ん、ちょっと待って。私のカツ丼ギャグはダメで、それは良いの？　なに身内で褒め合ってんの？」

「……津場木葵、お料理持っていかなくて良いの？」

「せっかくのお料理冷めちゃうよ？」

う。この双子が……っ。

「いけないいけない。仕上げに集中するのよ、葵」

私は気を鎮め、美味しそうな唐揚げとアジフライをレタスの上に盛り付け、この大皿を持って海坊主のもとへ向かう。この揚げ物はお酒にもぴったりなはず。

……チビが私の前掛けの中でもぞもぞしている。嫌な予感。

「海坊主しゃーん」

「あっ、やっぱり！」

そして私が社の御簾を持ち上げる前に、隙間を縫ってチビが中へ入ってしまった。

「葵しゃん、早くご飯でしゅ。海坊主しゃん待ってるでしゅ」

しかも御簾の向こう側から私に向かって注文をつける。

私は御簾を持ち上げ、下からこの揚げ物の大皿をスッと差し出した。

「こちら、甘夏ジャム絡めの鶏もも唐揚げに、梅紫蘇チーズのアジフライを一つおまけで添えています。南の地の甘夏と、この海自慢の新鮮なアジを、一風変わった現世風の味付けで仕上げました。お楽しみください」

私は次のお料理の候補が書かれた紙を取り出し、それも御簾の下から差し出した。

少しの間、ここで待っていたら……

「あぎゃーっ！　海坊主しゃん、どうしたでしゅかーっ⁉」

「⁉」

チビがとんでもない奇声を上げたので、私はとっさに「どうしたの⁉」と御簾を持ち上げてしまった。

「…………え？」

お料理の皿に囲まれ、そこに居た者――

それは、私が想像していた〝海坊主〟とは、随分と異なる姿をした者だった。

真っ黒なのはそうなんだけど……

「子供？　あなたが……海坊主、なの？」

背丈は、三歳児くらいなんじゃないだろうか。

そのくらいの小さな子の影を、そのまま立体化したような姿。

丸い頭が乗っかった、細く小さく、頼りなげな胴体。つぶらな赤い瞳だけが、ちょんちょんとお顔にくっついていて、口もなければ鼻もない。

海坊主はそのつぶらな瞳からぽろぽろ涙を流し、膝を組んで小さくなっていた。

何がそんなに悲しいのか、苦しいのか。

チビが膝の上で慰めると、海坊主はチビをぎゅっと掴んで頬ずりをする。

まるで、小さな子が大事なぬいぐるみにするような仕草に見える。

「…………」

私は訳がわからなかった。だけど……

「ど、どうしたの？　気に入らない味だった？」

焦って駆け寄り、その子の肩に触れる。

その体は、濃い霧を密集させ人の形を象っているもののようだ。触れると跳ね返すような圧力があり、なんとなく〝触れた〟感じがする。

ひんやりとしていて、虚空。だけどそこに確かに存在する、何か。

『寂しい。寂しい』

『……美味しい。美味しい』

『でもまだ、ひもじい』

そんな、聞き逃してしまいそうな囁きだけが聞こえた。

この子には口が無いから、脳内に直接響いたというか、こぼれ落ちたというか。

「葵しゃん。どうしてこんな囲いの中で、海坊主しゃん一人ぼっちにさせるでしゅかー？」

「……え？」

そ、それは……災いの象徴で、姿を見てはならないから……

　でも、この幼く見える子が、災い？

「海坊主しゃんは恥ずかしがりしゃんですけど、でももっともっと、寂しがりしゃんでしゅ。僕は分かるでしゅ。僕ものけもの。弱っちいから、ひとりぼっちだったでしゅ」

「……チビ」

　チビのつぶらな瞳と、この海坊主の赤い瞳は、どこか似ている気がする。

　お腹をすかせた、ひとりぼっちのあやかし……

　そしてそれは、あの真っ暗な部屋に置いていかれ、閉じ込められたかつての自分。

　空腹に苦しみ孤独に傷ついた、私の姿とも重なってしまった。

「寂しいの？」

「………」

　コクン、と頷く海坊主。自分のもとへ恐れもせず来てくれたチビを随分と気に入っているようで、さっきからしきりに頭を撫でている。

　それもまた、この子の寂しさを象徴する行為に思え、私は少し胸が痛んだ。

　儀式。おもてなし。

　だけどずっと、遠ざけ続けた存在……

「葵しゃん、海坊主しゃんはずっと寂しかったでしゅ。花火、綺麗でしゅ。ごはん、美味しいでしゅ。夜神楽、楽しいでしゅ。……でもみんな来てくれない。寂しいでしゅ」

「……そう。そうよね」

「怖がったら悲しいでしゅ。でも海坊主しゃん、怖がられるって分かってるでしゅ。だからここから出てこなかったでしゅ。……何にも悪いこと、しないでしゅ」

チビは、らしくないほど必死だった。

この子に、自分と同じ何かを感じてしまったのだろうか……チビの言葉から、その気持ちは痛いほど伝わってくるのだ。

私は大きく息を吸い込み、そして、吐く。

ぐっと表情を引き締めて、パンと頰を強く叩いて、素早く立ち上がる。

そして、絶対に上げてはならなかった御簾をぐるぐると上げ、留めた。

「!?」

海坊主はビクッと体を震わせ、ガタガタ震える。

全てが丸見えになったからだ。自分の姿も、相手の姿も。

「大丈夫よ。誰もあなたを怖がらないわ。だって……とても可愛らしいもの」

「…………」

「夜神楽、御簾越しではなく、しっかり見たいでしょう？　肴だって、もう一人で食べる必要はないわ。私、たくさん作ってここに持ってくるから、みんなで一緒に食べましょう？」

「…………」

「私もね、本当はお腹ペコペコなの」

できるだけ、安堵(あんど)を与えられる笑顔と振る舞いを心がけた。

海坊主はやがて体の震えを止めて、私の言うことにコクコクと頷く。

そして、お礼でも言うように、またチビにぎゅっと頬を寄せた。

「あ、そうだ。次のお料理、どれが良いかしら」

私は海坊主の隣にしゃがみ込み、視線をできるだけ近い場所にして、海坊主に尋ねた。

・真鯛(まだい)ときのこのクリーム煮（真鯛をまるごと、しめじと一緒に豆乳で煮込んだ優しい煮物。レモンの輪切りを添えて爽やかに）
・豚もつの赤味噌(あかみそ)煮込み（新鮮でぷるぷるの豚もつを、こってり赤味噌で煮込んだ、お酒に合う一品）
・すき焼き風〝肉豆腐〟（おすすめの一品。特産の極赤牛を使用。牛肉の旨味(うまみ)をたっぷり染み込ませた焼きネギと焼き豆腐も一緒に）

お料理はこの三つだった。

海坊主は、声こそあげなかったが見るからにはしゃいで、小さな指で肉豆腐を指差す。

そして私をその真っ赤な瞳で見上げた。キラキラと、ルビーみたいに綺麗だ。

「ふふ、これは予想どおりだわ。すき焼きが好きだったって聞いていたから」

「……っ」

「分かったわ。美味しい極赤牛があるから、ネギとお豆腐をたくさん入れて、美味しく作ってくるからね。それと、他にも内緒の、お楽しみメニューがあるの」

「……！」

「それまで、揚げ物のお料理をチビと一緒に楽しんでいて」

コクコクコクと頷く様は、本当に幼く素直な子供みたい。

「チビ、海坊主の側にいてあげてね。寂しい思いをさせちゃダメよ」

「分かってるでしゅ」

私はまたニコリと微笑んで、一度この場を出て行った。

「………」

……乱丸、そんなに睨（にら）まないでちょうだい。

私だって、自分が何をやらかしているのか、自覚が無い訳じゃないの。

でも、銀次さん。心配しないで。

寂しくて、ひもじい。

この気持ちを、私はどうしても無視できないのよ。それは多分、チビも同じ。

いったいどうして、あんな姿をした臆病（おくびょう）なあやかしが、海坊主として恐れられる存在になってしまっているのだろう。

あの子は何のために、どこで生まれ、どこで日々を過ごし……

どうして百年に一度、この南の地へやってくるのかな。

「え、海坊主を見たの？」

「うそ、だってあれは災いの権化だって」

双子は私の報告に、当然ぎょっとしている。

「なぜ海坊主がこの地に災いをもたらすのかはわからないけど、あの子自身は、ただの寂しがりなあやかしよ。嫌な感じは一つも無かったもの。きっと……人恋しくて、ここへ来るのね。臆病だから、今の今まで、人前に出る勇気が無かっただけで……」

チビの突入がきっかけで、寂しいという思いを理解してもらえ、より強く、願望としてその気持ちを前に出せたのかもしれない。

「よし！　じゃあ、肉豆腐を作るわよ！　予定より、大きめの鍋(なべ)で、量も多めでね。あと同時に、特製のキッシュも焼いちゃおう」

「？　肉豆腐は分かるけど……」

「キッシュ？」

双子はそのお料理がピンとこないのか、顔を見合わせる。

「キッシュってのはパイ生地を使った、カフェなんかにあるオシャレなお料理なんだけど、意外とお酒にも合うとされているお料理よ。ココナッツオイルを使ったパイシートを前に作っていたから、それを使って、初秋を思わせる一品にしたいの。これはなんていうか、選んでもらうお料理じゃなくて、サプライズな秋の味覚のご提案」

「あ、そういえば下準備の時に」

「なんかニヤニヤしながら、丸い型に生地をはめ込んで、から焼きしてたね」

「ニヤニヤって言うな」

さて。双子と作業分担をしながら、私はまずキッシュを焼く準備に取り掛かった。

型はあらかじめ用意し、パイシートをはめ込んでグザグザと串で穴を開け、一度から焼きしている。こうすることで、よりサクサクと香ばしいパイ生地になる。

作ろうとしているのは、かぼちゃとベーコン、きのこたっぷりの、和風のカレーキッシュだ。先付けで双子が作ってくれていた、かぼちゃとベーコンの煮物を応用する。

お醤油ベースの煮汁をたっぷり吸ったほっこりかぼちゃは、カレーキッシュの良い具材となり、ちょっと甘めで優しい、秋仕様の〝和カレー〟風に仕上げてくれる。

「カレー粉、大旦那様がここに持ってきてくれたのよね」

先ほど私に投げて渡してくれたのは、大旦那様が前に現世から買ってきて、私が使いやすいように調合しておいたカレー粉だった。

カレーは私の、そして銀次さんの大好物。

そしてカレーとはキッシュにもよく合う。

フライパンで、ニンニク、きのこ、みじん切りした玉ねぎをしっかり炒めたら、かぼちゃとベーコンの煮物、また重要なカレー粉を加えて、さらに炒める。

牛乳、卵、カレー粉、その他調味料を混ぜて作ったソースを、から焼きしたパイ生地に流し、先ほどのカレー風味の炒め物も入れたら……

「最後にチーズをたっぷりかけて、と。これを忘れたらキッシュではないわね」

このチーズにしっかりと焼き色がつき、パイ生地がサクサクになるまで、大きな石窯で焼いていく。アイちゃんの力を借りると、多少時間の短縮になるだろう。

「さて、こっちを焼いている間に、肉豆腐よ」

双子はすでに、具材となる豆腐と長ネギを、それぞれ準備してくれていた。

コロコロと、大きめにカットされた長ネギの白い部分。これを鍋で一度焼くと、甘く美味しいネギとなる。焼きネギって美味しい。

焼いた長ネギを取り出し、その鍋で極赤牛の薄切り肉の半分を、軽く焼いてじゅわっと旨味を出しておく。これが美味しさの秘訣。

ここに煮汁の調味料を加え、お肉から煮ていくのだ。お醤油、みりん、酒、砂糖に、昆布とカツオの定番だし汁。あやかしが最も好きな味付け。

「焼いたコロコロ長ネギと」

「焼き豆腐もポイポイ、と並べて」

具材を鍋に全て放り込み、煮汁が具材に染み込むよう弱火で煮込んだら、出来上がり。

うーん、いい匂い。焼いたネギやお豆腐に、牛肉からじわりと溢れ出た旨味が絡まって、美味しい。肉豆腐って食欲をそそるおかずの代表格だ。

白ご飯と一緒に食べるのも最高だけど、前に祖父がよくお酒のおつまみに作っていたから、お酒にも合うのだろう。

双子が手伝ってくれたから、いつもの私の雑多な肉豆腐より、ずっと上品な料亭仕様の仕上がりだ。味わえないのがつくづく惜しい……

「私、先に肉豆腐を持っていくから、キッシュが焼けたら、ナイフと取り皿と一緒に社殿へ持ってきて」

「えっ、僕らも？」

「そうよ」

自らを指差し、サーッと、青ざめていく双子。海坊主が怖いのだろうか。

改めて自分の服装とか確認してる……そんな畏まらなくとも。

「怖くないわ。すごくおとなしくて、でも寂しがりやの小さな可愛い子供よ」

「ち、小さいの……？」

「子供？」

双子は全くイメージできないみたい。

「キッシュって、目の前で切って、みんなで取り分けて食べるのが一番楽しいわ。ホールケーキみたいなものなんだから」

「わ、わかった」

「焼き終わったら、すぐに持っていくよ」

双子はまだ怯（おび）えた様子だったが、私が随分平気そうにしているので、覚悟を決めた顔つきになる。

よし。私もまた、取り皿とお玉と共に鍋を運ぶ。

大きい鍋でたっぷりめに作ったから、ちょっと重い。だけどこぼさぬよう確実に。

「うう、やっぱり乱丸、私を睨んでいるわよね」

その厳しい視線だけは、あの能面越しに分かるのだ。

白い能面越しっていうのが、また緊張してしまう。

でも私は私で、確信を持ってこうしている。なんだかんだと、乱丸もそれを分かってくれているのだろう。

本当にマズいと思っていたら、夜神楽（よかぐら）の合間にこちらへ来るでしょうからね。

夜神楽も、すでに十番。そろそろ終盤にさしかかる……

「わ、何やってるのあんたたち」

御簾の内側では、チビと海坊主が、虹桜貝でおはじきをして遊んでいた。

私は彼らの手前に鍋敷を敷いて、肉豆腐の鍋を置く。

「その虹桜貝、どうしたの？」

「祭壇に飾られた、ほーらいの玉の枝、水の実が一つ弾けて出てきたでしゅ。海坊主しゃん大歓喜でしゅ。おつまみ待ってる間、一緒に遊んでたでしゅ〜、ひっく」

「あんた酔っ払ってるの？」

チビが頬を赤らめ酔っ払っている。海坊主が天狗の秘酒をチビに分け与えたのか。

海坊主は気分が良いみたいで、一升瓶を片手にぐびぐび秘酒を飲んで、だけど子供らしく無邪気に両手を叩いたりしている。お料理が楽しみなのだ。

「肉豆腐、食べる？　よそってあげるわね」

「……っ！」

海坊主は私の側にちょこんと座って、肉豆腐の鍋を覗く。

人差し指を口元付近に当てて、子供らしい仕草で私がお椀によそうのを待っている。

「はい、どうぞ。まだ熱々だから、火傷しないようにね」

「……っ、……っ」

「え、これ、私に？」

私が肉豆腐のお椀を海坊主に手渡すと、海坊主はおちょこに秘酒を注いで、それを私に差し出したのだった。

て、天狗の秘酒……っ。

まずこの秘酒に苦い思い出しか無い為、うっと尻込みしてしまう。

だけどルビーの瞳は、じっと私を見つめ続けていた。

これは海坊主の気持ち。拒否するわけにはいかない。

恐怖はあったが、震える手でおちょこを両手で持ち、思い切ってぐっと飲む。

せめて儀式が終わるまで、意識を保っていられますように……っ！

「………」

目の前で星が瞬いた。

まるで、蓬莱の玉の枝の果実に、ドボンとダイブし、抱かれた流星を見ているかのよう。

やがて星々は暗雲に飲み込まれる。

気がつけば私は、暗い暗い、何も無い海辺に立っていた。

「……ここ、は……」

遠くで何かが、苦しそうに唸っている。

深く低い、悲しい声。思わず顔を上げる。

「あれ……海坊主？」

黒い巨人の影が、海の向こう側を当てもなく歩み続けていた。

真っ赤な双眼だけが、妖火のように鈍く灯る。悲しみを帯びて、揺らめいている。

そこは常世と隠世の、狭間。

常世の穢れが捨てられる、隔離された暗い海。

閉じ込められ、孤独と空腹に耐え、海坊主はどこまでもどこまでも彷徨う。

百年に一度、外へ出て美味しいものを食べられる日を、夢見て……


「……ハッ」

また、星が瞬いた。

当たり前だが、私は儀式の最中の、社の中にいる。おちょこを持ったまま。

今のは、酒が見せた幻覚？

それとも、海坊主が酒の力を通して私に見せてくれたもの？

与えられた情報に混乱しそうだ。でも……

「……あなた、いつもどこかに、閉じ込められているのね」

災いだからか。穢れだからか。

呪いをもたらすから？

この地に災いが降り注ぐのは、あの暗い海の空間が、百年に一度だけ開くからだ。

そこから漏れ出した穢れが、この地まで届く。

だけど儀式が成功すれば、海坊主がその穢れを押し戻して、あの海へ再び持ち帰ってくれるのだ。海坊主にはそれが出来る。でも……

そもそもあの場所を……このあやかしを生み出したものは、いったい何なの？

今の私には、何も分からない。ただただ、キッい。

あんな暗い場所で、孤独と空腹に耐えている姿を見るのは、私には辛すぎる。

海坊主にとって、この瞬間は夢のようなものなのだ。

あの海の中で彷徨う日々が、現実。

いつもいつも、ここへ来るのが楽しみで仕方がない。それだけが、希望。

だけど、自分が普通と違って、穢れていて、他に受け入れてもらえるとは思っていないから、御簾の中に隠れてこっそりとおもてなしを受けていた。

本当は、堂々と皆の前に姿を現し、皆と一緒に宴を楽しめたらどんなに楽しいだろうって思っているのに……

「……美味しい？」

海坊主がコクコクと頷く。今はもう、肉豆腐に夢中だ。

口元にそれを持っていくと、口は無くともスッと消えて無くなる。取り皿の中身はすぐになくなってしまった。

もっと食べたいのか、人恋しいのか、さっきから戸惑いがちに私に手を伸ばしたり、引っ込めたりしていた。

だから私は、そんな海坊主をぎゅっと抱き締める。

「私もね、ずっと、暗い場所に閉じ込められていた時があったの」

「…………」

「でも、美味しいものを与えてくれたあやかしがいた。救われた。あの時のあやかしがいたから、今の私がここにいる。……孤独と空腹は、辛すぎるわね」

海坊主を抱きしめた時の、頼りない感触に、また胸が痛んだ。

海坊主はそんな私に、こてんと体を預けている。

大人しくて、何の害もない、ただただかわいそうな、寂しがりのあやかし……

「え、何この状況」

「キッシュっての、焼けたよ」

双子が抱き合う私たちを目撃し、なんとも言えない顔をしていた。

彼らは社に上り、大きくて丸い、焼きたてキッシュを、ドーンと置く。

ふわふわと漂う香ばしい匂いがたまらない。こんがりチーズに覆われ、ふっくらと焼きあがったスパイシーなカレーキッシュ。

　秋を予感させる、数種のきのことかぼちゃとベーコンの煮物がたっぷり入った、ボリュームのある一品だ。

　さっきまで、悲しく切なく感傷に浸っていたくせに、私たちはコロッと表情を変え、「わあああ」と声を上げて、キッシュの出来上がりに興奮した。

「さあ、これをみんなで食べましょう！」

「……っ」

　海坊主は可愛らしく両手をあげて喜ぶ。

　その様子を見たおすまし顔の双子は、お互いに顔を見合わせ、いそいそとこちらにやってきた。ナイフを手にケーキのごとくカットし、お皿に取り分けてくれる。

　三角形の、見た目も可愛らしいキッシュだ。

　海坊主はそれを受け取り、双子に向かってぺこりと頭を下げた。

　双子は少し、嬉しそうだ。緊張はすっかり解けている。

「僕らも食べていい？」

「お腹ぺこぺこ」

　双子もチビも、スパイシーなカレーの香りに好奇心が負け、速攻でキッシュを齧っていた。

　海坊主もそれを手で持って、サクサクと食べる。

かぼちゃの煮物入り、ベーコンときのこのキッシュだ。

「っっっ！」

「美味しい？」

大きく頷く海坊主。よかった……喜んでもらえているみたい。

口付近に付いたパイ生地のクズを、手ぬぐいで拭ってあげる。

「外はサクサクなのに、中はトロトロ」

「僕らの作ったかぼちゃの煮物がこんな風に役立つなんて」

「カレーってのも、聞いたことはあっても食べたことはなかった」

「いつか本物のカレーライスを食べてみたいね」

双子も初めてのお料理に興奮し、料理人らしく連想したのか、まだ見ぬカレーライスへの思いを馳せている。

嬉しい。みんなが美味しそうに食べてくれている。

「ん、どうしたの？」

「……っ」

海坊主が私の袖をしきりに引っ張っていた。

「……私にも食べてみろって？」

食べて食べてと言わんばかりに、海坊主がカレーキッシュをずいずい押し付ける。

「わ、分かったわ、分かったから」

味が分からないので、皆の反応をよく見た後に食べようと思っていた。

海坊主は、美味しいという気持ちを私と共有したかったのだろう。

私も……それができたらどんなに良かったか。

味は分からなくとも、せめて食感を楽しもうと思い、カレーキッシュを手に取り、尖（とが）った先をがぶりと齧った。

「……え」

そうして、驚いた。

私、味が……味が分かる。

「…………」

なぜ……？　そんな疑問も確かにあったが、それよりももっと、数日ぶりに迫るかけがえのない感覚に、私は口元を震わせる。

美味しい。美味しい。

すごく美味しい。

噛（か）めば噛むほど。飲み込んで、胃に流し込むほど。それを実感する。

ああっ、ほくほくだ。双子の作ってくれたかぼちゃとベーコンの煮物が、キッシュとこんなに合っていたなんて。

私にとっていつも大事な局面で意識する、大好きなカレーというお料理。

それをキッシュに応用した時の、味や見た目のイメージはあっても、やはり自分の舌で確認した感動は別物だ。

「……美味しい……っ」

こんな時に、幼かった、あの孤独と空腹の日々を思い出す。

ずっとずっと、私はただ、お母さんの作ったカレーが食べたかった。

お母さんが、私にカレーを作ってくれた時期があったからこそ、そう思うのだ。

だから寂しかったのだ。

でも、置いていかれて、一人になった。そこへやってきたあやかしが、私に語りかけ、私に食べ物を分けてくれた。

それも、すごく美味しくて。美味しくて美味しくて……胸が痛くて。

まるで違う食べ物だけど、あの時と同じ心地だ。

食べたものが体に染み渡った幸福感。

生き返ったような心地を、今でも覚えている。

同じ感動を、私は今、全身全霊で味わっているのだ。

「っっっ⁉」

海坊主があからさまにビクついた。

「津場木葵」

「ど、どうしたの？」

双子は慌てている。

「葵しゃん、泣いてるでしゅか～」

チビは私に駆け寄って、ピトッとくっつく。

……ボロボロ、ボロボロ。

涙を流しながら、ただただお料理を嚙みしめる私を、誰もが心配してくれた。

「味が……分かるの。私、味覚を封じられていたのに……、どうして」

もしかして、海坊主が差し出してくれた、秘酒のおかげ？　それともただの時間切れ？

この儀式という状況の中に、私が身を置いていたから？

分からない。でも、そんなことはもう、どうでも良かった。

ただただ、本当に、良かった。

「……おい」

いつの間にか乱丸が社に上がって、前方に立っていた。

あの白いお面を付けたまま、ドスの利いた声で言う。

「てめえら、人が一生懸命夜神楽(よかぐら)を舞ってる最中、楽しそうなことしてるじゃねえか」

「あ、乱丸様」

「夜神楽もう終わったの？」

双子が空気を読まず質問。乱丸はお面を外し、頬と眉をひたすらひくつかせている。

「終わってねえよ。最も大事な最終三番、〝海明けの夜神楽〟が残っている」

「まあまあ乱丸。それは夜明け前と決まっています。今までの夜神楽は、その為のお祓いと清めの手順にすぎませんので」

銀次さんもやってきて、今にも嚙みつきそうな乱丸をなだめる。

「途中から、こいつらずっと俺たちの夜神楽を無視してたよな」

「ま、まあまあ乱丸。そうイラつかず」

「っっっ」

海坊主がそんな二人に駆け寄って、両手を大きく広げて何かを訴えていた。

乱丸は、海坊主の幼く小さな姿に、いまだ信じられないという顔をしている。

しかし海坊主が何かを必死に訴えているので、体をかがめてその犬耳を貸す。

海坊主は乱丸の犬耳に向かって、こしょこしょ話をしたようだった。

「……うっ」

乱丸、なぜか猛烈に赤面し、耳と尻尾をビシッと立てる。

いったい何を言われたのかは分からないが、奴もあんな風に真っ赤になるんだなあ……

海坊主は銀次さんにもこしょこしょ話をしていた。

銀次さんは女性姿だからか、手を合わせ頰を染め、九尾をわっさわっさと動かして喜んでいる。本当に、いったい何を言われたのか……

「あのね、二人とも。私、御簾を上げてお料理をみんなで食べて、勝手なことを散々しちゃったんだけど……その、これには深い理由というものがありまして……」

さーて、私の言い訳タイムだ。

後でしこたま怒られると覚悟はしていたものの、涙をぬぐった先から冷や汗が凄い。

だが乱丸は目を細め、しらーっと私を見下ろし、大げさなため息を一つついただけ。

「お前がそういう行動をした理由は分かっている。御簾が上がり、海坊主の姿を見た時、必然的に伝わってきたからな」

「……え？」

銀次さんの方を見ると、彼もまた畏まった様子で頷く。

「夜神楽を舞っている時、私たちは最も霊力が高まります。神楽舞がそれを可能にしてくれたのか、長く儀式を担ってきた我々だったからか……葵さんが見た、暗い、南の海の最果ての光景を……私たちも共有して見ていました」

「そう、だったのね……」

さっきのヴィジョンを思い出し、少し寒気を覚えていたら、今度は双子が私の袖を両端から引っ張って、こんな中でも「ねえねえ」と無邪気な顔をする。

「余ってるお料理、全部持ってこようよ。後で皆で食べようって、余分に作ってたじゃん？」

「乱丸様たちもちょっと食べたら？　ずっと舞い続けて、腹ペコでしょう？」

「……まあ、そうだが」

乱丸と銀次さんは、お互いに顔を見合わせた。

「乱丸、せっかくですから私たちも少し何か食べておきましょう。私はお腹ぺこぺこです」

「銀次てめえ。こんな時に、飯なんて……ああもうっ、神聖な空気がぐだぐだだ」

銀次さんがここに居座ってしまったので、乱丸は文句を言っているものの、結局どかっとあぐらをかいて座った。

大勢で食事を囲むのが嬉しいのか、海坊主は乱丸や銀次さんに秘酒を注いで回っている。

「なんて健気な……ん？」

しかしさりげなく二人の耳や尻尾をもふもふしていたので、お犬様やお狐様が単純に好きなのかもしれない……ファンなのかもしれない……

「イカシュウマイと、ウニと生湯葉の冷菜小鉢〜」

「海老の味噌マヨネーズ炒め追加。ジャム絡めの鶏もも唐揚げも」

なんかもう、あるだけのお料理を追加で作り、社に並べた。

海坊主は出てくるお料理と、この賑やかな集いを喜び、チビを頭に乗っけてはしゃいでいたっけ。双子がそんな海坊主を捕まえて、あれやこれやとお料理の感想を聞いたり、どこでどうやってご飯が消化されているのか気にしたりしている。

夜神楽を舞い続け、お腹をすかせていた乱丸と銀次さんも、海坊主やチビが社ではしゃいでいる様を、呆れたり微笑ましい顔をして見ているのだ。秘酒と肴をお供に。

「わあ……星が、綺麗」

大きく開けた御簾から見渡せる夜空。その星々があまりに眩い。

ここは孤島の社殿。真夜中にこぢんまりと催される、宴会の席だ。

まるで、いつもは遠く離れている親戚たちが、時折集まって開く宴のよう。

厳かな場所だというのに、今はもう、素朴な空気がここには流れていた。

それは海坊主の夢見てきた、寂しくないご飯の時間なのかもしれない。

「さ、みんな。〆のお料理を持ってきたわ。最後はかぼすヒラメのゴマ茶漬けで、さらさらあっさり、お酒の酔いを覚ましましょう」

最後は〆のお料理としては定番の、お茶漬けだ。

炒りごまと出汁醤油で漬けておいたかぼすヒラメを、白いご飯に隙間なく並べ、熱々の出汁と煎茶を半分ずつかけていただく。

ふわりと香る上品なゴマ。好みで刻み海苔やみつば、おろしワサビをのせて。

最初は生に近いヒラメの味わいも、熱が通るにつれ食感が変わる。ブリよりはヒラメの方が淡白な味わいなので、お酒の後の〆としてふさわしい。

「かぼすヒラメの噂は聞いていましたが、初めて食べました。凄いですね、臭みがなくて、身がプリプリと引き締まっていて、甘みもあって」

「はっ。養殖ブリと並んで、人気が高まっている南の地のブランド魚だ。水揚げ量では東の地に敵わねえが、この土地ならではの強みを作って、水産業を発展させなければならないからな」

「……凄いです。私の知らない間に、この土地に色々なものが出来ていて」

二人はいつの間にか、ごく自然に会話をしていた。

水墨画世界で、共に蓬莱の玉の枝を見つけてから、お互いの空気は柔らかいものになっているなとは思っていた。

再び、兄弟らしい関係に戻ってくれれば、きっと磯姫様も嬉しく思うだろう……

「まだ海明けの夜神楽が残っているのに〆の飯を食うことになるとはな。例年じゃ、気を高める為に酒は飲んでも、飯なんて食わずに緊張感を保って舞い続けていたのに」

ぶつぶつ言いつつも、乱丸の茶漬けを口に搔き込む勢いは凄まじい。

夜神楽を舞い続けて、お腹が空いてたんだろうな。

「しかし、海明けの夜神楽の前に葵さんのお料理を食べることができて幸いでした。あれは霊力を搾り取られますから。例年とは違う、良い結果を生んでくれる予感がします」

銀次さんはほろ酔いなのか、少しだけ頬を染めている。

だけど、ふっとこぼれた笑みには、落ち着きがある。

「まだ終わってないけど、お疲れ様、銀次さん」

「ふふ。夜神楽はこれからが本番ですよ？」

「ええ、分かってるわ。最後の舞い、私もしっかり見ているからね」

夜明け前の、薄っすらと明るくなり始めた空。

私は最後の最後、別腹のデザートを社殿の皆に振る舞う。

黒ごまを練りこんだ、ココナッツミルクアイスのもなかだ。

油で揚げた白玉を二個挟み入れているのがポイント。白玉もプレーンと黒ごま味。

「うわっ、白玉って揚げるとめちゃくちゃ美味しい！　驚異的……」

「かりっ、もちもちって感じ。香り高い氷菓との組み合わせがなかなか乙だね」

双子はこういう食べ方をしたことがなかったのか、あつあつ揚げ白玉と、シャキシャキアイスの新感覚な組み合わせに驚いている。

「揚げ白玉とアイスクリームの組み合わせって凄く好きなんだけど……欠点といえば、揚げ白玉の熱でアイスがすぐに溶けちゃうことねー……」

海坊主が齧っていたもなかの隙間から、ぽたぽたアイスクリームが漏れてしまっていたので、私はお皿を下に添えてあげる。一方チビは、上のもなかをぱかっと開けて、お皿みたいにして分解して食べてる……なかなか賢い。

「あ、最後の演目が始まるわ。海明けの夜神楽よ……しっかり見守らなくちゃ」

今夜は細い三日月。

海明けの夜神楽は、今までの夜神楽で行った清めとお祓いの後の、災いの封印の意味を持つ、奉納の演目だ。

この地に降り注がんとする厄災を断ち切るため、乱丸が勇ましく剣を振るう。

銀次さんの持つ神楽鈴が、その高らかな音を鳴らし、繊細な銀の粒が散る。

これが封印の術となる。

二人の動きは、僅かな乱れもなく、息もピッタリだ。

清らかな霊力が重なり合い、共鳴し、明るく澄んだ月夜に立ち昇る。

松原の中にある、朽ちかけた神社で見た光景のよう。

やっぱり二人は、特別な力と運命を持った、番のあやかしなのね……

「……っ……っ……っ」

海坊主が隣で、声も上げずに泣いていた。

泣きながらアイスもなかをかじかじしていた。

私はそっと、手ぬぐいで海坊主の口元を拭う。

海坊主は私を見上げて、結局また泣くのだ。

そっか……この楽しい時間も、終わりが近づいているのだということを、分かっているのね。

チビが海坊主に寄り添い、双子もそれに倣う。

私たちはまるで寒さをしのぐペンギンのように固まり、ただただ美しく荘厳な、夜神楽を見守っていた。

祈りを捧げる。

どうか、この土地の者たちが後の百年を、平穏に過ごせますように……


海明けの夜神楽が終わると、海坊主はパチパチと手を叩いた。

ずっとずっと叩いていた。

叩くのをやめたら、この宴そのものが終わってしまうから。

神楽殿を灯していた妖火は消え、代わりに参道の灯篭が灯る。

やがて海坊主は手を叩くのをやめ、少しの間静かに膝を抱えていたが……

スッと立ち上がると、とてとてと拝殿の階段を降りて行く。

「……あっ」

ちょうど地面に降りた時に、コロンと転んだ。だけどすぐに立ち上がる。

私は何と声をかけていいのか分からず、心の奥にある苦しい気持ちを抱いたまま、海坊主の後を追った。

銀次さんや乱丸も、夜神楽の面を顔につけたまま、お見送りについてくる。

暗い松原をつっきった参道を抜けると、そこは白い砂浜だ。

静かすぎる波。

明け方の涼しい海風。

そういった、切ないものだけを一身に浴びて、海坊主は浅瀬にちゃぷんと足を付けた。

思わず、声をかける。駆け寄って、浅瀬に膝を突き、手を差し伸べる。

「ま……待って」

「ねえ……私と一緒にいる？」

勝手なことを言っているのは分かっている。だけど、この子を再びあの暗い海へ帰すのだと思うと、心がざわついて、何かが許せない気がした。

海坊主は振り返りつぶらな赤い瞳を瞬かせ……

その手を伸ばし、でも私の手を取ることはなく引っ込め、小さな小さな声で囁いた。

『ありがとう。……でも、帰らなくちゃ』

多分、私は海坊主が出す答えを知っていた。

「……そう」

たとえ寂しくとも、やるせなくとも、海坊主は帰ってしまうのだろう、と。

前掛けからゴソゴソと取り出したのは、お土産に用意していた、イチジクパイと甘夏ジャムパイの包み紙だ。

「これ、お腹が空いたら食べてね。イチジクはね、水墨画の世界でもいだのが一つ前掛けのポケットに入ってたから、それで、作ってみたの。……きっと体の渇きを癒すから」

海坊主は包みを受け取ると、嬉しそうにコクンと頷いた。この仕草も、もう見られなくなるのだと思うと寂しい。

「海坊主しゃーん、これもあげるでしゅ。友情の証でしゅ」

チビはチビで、甲羅の中から虹桜貝の真珠を取り出し、海坊主にあげていた。これも水墨画世界で拾ったやつだ。チビにしては気前が良い。

「僕の宝物。持っててくだしゃいでしゅ。また一緒に遊ぶでしゅ～」

「……っ」

海坊主はチビの頭を撫で、またコクンと頷いた。そして……

『素敵なおもてなしをありがとう。――百年後に、また会いましょう』

その言葉の意味が、深く私の心に刺さる。だって、あやかしにとってそれは短い時間なのかもしれないけど……多分、私はもう、次の儀式にはいないから。

ぐっと胸に手を当て、海坊主が海の中へ戻っていくのを私たちは見守った。

そして、またここへおいでくださいと、頭を下げる。下げ続ける。

夜が明けていく。

朝日が薄っすらと、水平線に一筋の光をもたらす。

ウ　ウ　ウ　ウ　ウ　ウ

轟々と、低く響くうなり声が聞こえ――やがて沖の方で、海面が勢いよく盛り上がり、黒い塊が出現した。

巨大な、海坊主だ。

「……わっ⁉」

「おい、浜を離れろ。波が来るぞ！」

海坊主が海中から海面に現れた衝撃が、大きな波浪を作ったのだろう。

さっきまで静かだった海が急に荒れ、乱丸の掛け声も虚しく、私は高波に攫われた。

「葵さん！」

直前、銀次さんが私に手を伸ばし、胴を強く抱き寄せた感覚だけがあった。

しかし波に攫われるのはあっという間のことで、その後聞こえてきたのは、波の音と……
海の水越しに、乱丸が私と銀次さんの名を呼ぶ、くぐもった声だけ。
明け方の海は暗く深い。
儀式は全て滞りなく終わったというのに、最後の最後に海に放り出されるなんてね。
ああ……でも、全てが終わったのだから……
私は銀次さんに、聞かなければならないことがある。

# 幕間【二】

「おお〜……海坊主、帰ってくれねえ。相変わらず図体のでかいやつ。常世の闇を一身に背負わされた、哀れなあやかしよぉ……」

宮中の妖王の命令で、儀式を見届けるよう言われていたこの俺。

そう、四仙の肩書きを持ち〝雷獣〟と呼ばれる格式高いこの俺は、双眼鏡を手に、常ノ島から海の彼方へ去り行く海坊主を見送っていた。

「儀式成功か、つまんね〜。それにしても、乱丸君と銀次君は随分と霊力を上げたみたいだねえ。夜神楽の奉納による霊気が、ここまで漂っている。……あの娘の飯のせいか？」

なんだその展開〜。つまんね〜つまんね〜。

「……バフバフ」

ん、背後から妙な鳴き声が。

「お前の読みは外れたかい、雷獣」

「……おっとー。いつからそこに居たんだ、鬼神」

背後には、いつの間にか天神屋の大旦那が立っていた。

折尾屋のあの不細工な犬を抱えているくせに、相変わらずスカした鬼だな。

「何の用？　俺、今忙しいんだけど？」

「……忙しいという割には、酒と高級スルメで高みの見物か。次の悪巧みでも考えているのかい？　いつも思うが、何というかお前というあやかしは寂しい奴だな」

「はあ〜。君のそういう上から目線の態度、ほんと気に入らないんだけど〜」

酒瓶から酒を飲み、高級スルメをガジガジ嚙みながら。

「んっ、おやおや？　あの津場木葵ちゃんが高波に攫われちゃったみたいだ。こりゃ〜面白い展開。……ていうか鬼神はさあ、一応あの娘の夫なんだから助けに行けば？　ついでに俺の前からさっさと消えてくれ」

「あちらには銀次がいるのだから、大丈夫だ」

「うっわ。うっわ。余裕〜〜。他の男に自分の許婚を預けてるくせに余裕〜〜っ」

「僕は僕で、落とし前をつけなければならないことがあるからね。……そうだろう、雷獣」

「…………」

ああ、嫌な奴を怒らせてしまったもんだ。

口元は笑っているが、紅の瞳がどこまでも冷たい。あの海坊主と同じ、災いの象徴。

「葵の味覚を封じたそうだな。あの子にとって、それがどれほど大事なものかも知らずに」

……ったく。まるで、足元をどろっとしたものに浸しているかのようだ。

「もしかして、俺とやろうっていうのかい～？」

だけど俺もまた、隙を見せない微笑みのまま、顎をクッと上げて振り返る。

「俺はねえ、拍子抜けなんだよ。もっと苦しむ姿を見せてくれると思ったのにさあ、あの娘ちゃっかり立ち直って肴を作りやがった。しかも成功させてるし。……流石に史郎の孫ってところなのかなあ、図太いよなあ」

「バカめ。葵は史郎とは違う」

「…………」

「史郎ほど全てが全て、無茶苦茶な強さを持っている訳じゃない。脆く儚く、あやかしとの関わり方を一歩間違えれば簡単に命を落とす存在だ。だがあの子は、自分の特殊な生い立ちのせいで、腹を空かせたあやかしたちを見捨てられない。あやかしに美味い飯を与え、あやかしを生かすことで生き抜いた……繊細だったからこそ、強くなったのだ」

「……随分と入れ込んでいるじゃないか。だけど、ねえ鬼神。お前がそれほど言うのであれば、やっぱり俺はあの娘を、食うべきだったのかなあ」

本気でもあり、煽ってみた言葉でもあった。

どうせ、飄々とした態度で切り返されるのだろうと……思っていたのだが。

紅い目の鬼に捉われ、俺は身動き一つ、出来なくなった。

「もしもお前が葵を食ったのなら、その時は僕がお前を喰らい尽くす。骨の髄から、魂の一片まで、この世に残すこともなく全て」

「…………」

「死ねばお前の〝暇つぶし〟など、永久に失われるのだから」

俺が最も苦手とする、混沌としたぬかるみ。そんな霊力。

怯んだら、一瞬で飲まれる。

冷たい汗が、額から頬、顎に流れ、音もなく地に落ちる。

時がゆっくりと過ぎているように思えるのは、少なくとも〝喰われる〟という恐怖を、俺自身が強くイメージしてしまったからだ。

静かでいて、どこまでも禍々しい――邪鬼め。

「ふ、はは。おお怖い。流石の俺でも、鬼神様に惨たらしく喰われるのはごめんだなあ。だが……お前こそ覚えておけ。この俺が、四仙の〝雷獣〟であるということを」

岬から飛び降り、紫電を纏って宙に浮かぶ。

体を飾る金の飾りが、ジャラジャラと耳障りな音を立て、俺の霊力を駆り立てる。

「バウバウバウ！」

「おっと、ブサ可愛いワンちゃん。そう鳴くな。俺はもうこの土地に用は無いからさあ」

「……妖都へ帰るのかい？」

「ま、これでも結構面白いものを見たと思っているからね。ちょっと刺激が足りてないけど、そういうのはもう少しだけ……お預けかなあ」

「…………」

「あ、そうそう……鬼神。妖王様が、お前に会いたがっておられたよ」

僅かに疑問を抱いている鬼神。思わず口元が緩んだ。

「かの黄金童子は、爛れた中央の体制に異議を唱え、八葉の権力と地盤強化に勤しんでいるようだが、それを良しとしない者たちは妖都に数多くいる。さあて……これからどうなるかなあ。お前たちはすでに、俺の描く物語のキャラクターだということを、忘れないでくれよ」

手のひらの上で操り、喜劇も悲劇も全てを俺が決めて、最後にプチッと握り潰す。

娯楽の極まる瞬間は、もうすぐそこだ。

「じゃあね鬼神。……次は妖都で会おう」

「…………」

「葵ちゃんによろしくね。ふふ」

冷ややかにこちらを睨みつける鬼神に対し、俺は律儀に別れの挨拶をしてやった。

そうして、明け方の空を一筋の稲妻となって裂き、この南の地を離れたのだった。

# 第九話　真実の向かうところ

「今日も、会いに来たの？」

それは、白い能面のあやかしが私に会いに来た、最後の日のこと。

そのあやかしは、暗がりのなか音もなく現れて、冷たいフローリングに転がる私を見下ろしていた。

『何か、望みはあるかい？』

問いかけられ、しばらくぼんやりと考える。

「……なら、名前を呼んで」

そうでなければ、自分がいったい、何のために生まれてきたのか分からなくなるから。

『……アオイ。君は、津場木葵』

白い能面が私の名を呼んだ瞬間を、今ならはっきりと思い出せる。

名前を呼ばれるということは、誰かに私の存在を認識してもらっているということ。

嬉しいような、悲しいような。

生への執着が目覚めれば、それは同時に苦しみ続けることでもあると、分かっていたから。

『他に、望みはあるかい？』

「……お腹が空いた」

『何が、食べたい？』

「カレーが食べたい……」

『カレー。……うーん、いったいどんなお料理なんだろう』

カレーを知らないのか、顎に指を添え、考え込む能面。

こんな、素の反応を垣間見ることもあったっけ。

なんとなく思い出した。なんとなく覚えている。

そんなイメージの中にいた能面だが、徐々にその輪郭を、確かな言葉や声音、醸し出す雰囲気を、私は思い出しつつあった。

それは……今となっては、やはり私のよく知るあやかしに似ている。

「カレーが食べたい。……お母さんのカレーが食べたい」

『それは……すまない。私には、叶えてあげることはできない』

表情は見えなくても、どこか物悲しい口調で、しゅんと肩を落とす能面。

優しいあやかしなのだと分かる。

『カレーはないけれど……これをお食べ』

そして彼は、私の口元に、白く輝く何かを差し出した。

それは白いおむすびのような、おまんじゅうのような。

でも知っている食べ物とはどれも違う、別の〝何か〟だったような……

『これをお食べ』

もう一度、今度は強く働きかける口調で、私にそれを差し出す能面。

私は弱々しく口を開けて、まるで運命に抗う死にかけた動物のように、それを齧った。

意識が朦朧としていたのもあって、いったい自分が何を食べたのか、まるで理解していなかったけれど。

でも、確かにそれは〝美味しい〟食べ物だったのだ。

美味しくて、美味しくて、がむしゃらになって食べた。

食べるのを止めたら、きっと死ぬ。無意識にそう思っていた。

空腹の痛みも、母に置いて行かれた虚しさも、全てが別の何かに塗り替えられる。

心臓が鮮血を送り出し、同時にモノクロの世界が、色を得て命を芽吹かせたような……

『美味しいかい？』

「うん。……うん、とても美味しい」

『そうか。よかった。……きっとあの方も、お喜びになる……っ』

「…………」

あの方……？

彼の言葉には安堵が滲む。

同時に、言いようのないやるせなさと悔しさも。

そうして彼は、細く美しい白い指で私の目元の涙を拭い、立ち上がった。

「もう、行ってしまうの？」

『二度とここへは来ないよ。その必要はもうなくなるだろうから』

「……また、会えるよね」

『…………』

「また、どこかで会えるよね」

会いたい。

私はまた、あなたに会いたい。

生き抜いた先にあなたがいるのなら、それなら私は、生きてみせる。

その時まで、きっとこの世界を生き抜いてみせるから。

『……しっかり食べて、元気になって……生きて……』

彼は闇に溶ける間際、一度振り返り、その能面を外す。

『君が大人になった時、必ず会えるよ』

その顔は、紛れもなく、切なさを帯びたあの銀次さんの微笑みだった。

◯

「ゲホッ……ゲホゲホッ」

「葵さん、大丈夫ですか!?」

「……銀次……さん」

そこは、常ノ島の反対側の浜。

波にさらわれた私は、銀次さんによって海から助けられ、ここに引き上げられた。

銀次さんは夜神楽仕様の女形ではなく、すでにいつもの姿に戻っている。

濡れたまま、海水を飲んでむせる私の背を撫で、心配していた。

だけど、私は……

「ねえ、銀次さん……」

おもむろに、こんな話をした。

「暗い暗い海の底で、私……昔のあなたに会ってきたわ」

「……え？」

銀次さんは、突然私が脈略のない話をしたので、なんとも言えない反応だった。当然だ。

呼吸を整え、顔を上げる。

そして私は銀次さんとまっすぐ向き合い、この問いかけをもう迷わなかった。

「ねえ……あなたは昔、私を助けてくれたあのあやかし？」

「…………」

「あなたは、あの白い能面を被って、暗い部屋に閉じ込められた私に、ごはんを分けてくれたあやかし？」

「……葵、さん」

銀次さんは揺れる瞳で私を見つめ、そしてその視線を下げ、少しの間黙り込んでしまったが、やがてゆっくりと頷いた。

はっきりと、今こそ、私は確信する。

「どうして……？」

私は銀次さんの腕に縋って、震える声で問いかけ続ける。

「どうして、今まで言ってくれなかったの!?」

「…………」

銀次さんは顔を上げたが、眉を寄せた表情のままだった。

「確かにあの時、あなたに会いに行き、食べ物を届け続けたのは私です。あなたが人間に救われるその間際まで……」

小さなさざ波の音。その中ではっきり伝えられる……真実。

「ですが、一つだけ。あなたに会いに行ったあやかしは、何も私だけではありません」

「……え？」

「何より、あなたの命を救った〝最後の食べ物〟を用意したのは……私ではないのです」

「…………」

どういう……こと？

私は勝手に、あの時のあやかしは一人なのだと思っていたけれど、そうではなかったの？

「私が幼い頃の葵さんに会いに行っていたのは、あなたが〝白い能面〟のあやかしと遭遇した最初の日を除く、他の日の全てです。要するに……初日だけは、私ではない、違うあやかしだったのです。同じこの、白い能面を被っていただけで」

傍に転がっていた、今回の儀式と私の過去を結ぶ象徴。

その白い能面を、銀次さんはそっと拾った。

「私は、あの方があなたの〝運命を変える食べ物〟を用意していた数日間、あなたに会いに行っていたに過ぎないのです」

……運命を変える、食べ物？

「ええ。あなたはあの場所で、確かに餓死するはずでした。それが、津場木史郎の抱えた罪深い〝呪い〟だったから……」

「……そ、それは、どういうこと？　おじいちゃんの呪い？　運命って……私がただ母に捨てられ、ひとりぼっちで餓死するだけの話ではなかったの？」

「それは、呪いの果てに行き着いた結果にすぎません。呪いは……例えばあの時、ただあの場所からあなたを救い出し、普通の食べ物を与えて生きながらえたのだとして、別の形であなたを襲ったでしょう。だから、〝根本〟を塗り替える必要があった」

銀次さんは、ぽつぽつと語る。

戸惑いながら、言葉を選びながら。

これを、今、私に伝えていいのか……どこかでやはり、迷いながら。

私は様々な真実に混乱し、今なお理解できてなかったが、それでも銀次さんの話を聴き続けた。

「あなたの運命を変える食べ物が、あの瞬間、一刻も早く必要でした。でも、それはとても、とても手に入りにくいもので……。今回の儀式で必要だった宝物など比べ物にならないほど、稀少なものでした。だけどそれを、あの方は、あなたの為に用意したのです」

「それって……それって」

もしかして……

「それは……大旦那様(おおだんな)？」

「…………」

ふと、口をついて出てきた者の名。

出てきた後で、私自身が驚く。

「私の口から、それをお伝えすることはできません」

銀次さんはそう言うに留(とど)まった。

――きっと君をお嫁にするから、その時は、僕を……愛してくれたら、嬉(うれ)しい。

「…………」

ふいにその言葉が思い出され、無性に、胸が苦しい。

視線を下げた先にある砂浜を、ただただ見つめる。

私が最後に食べたアレは……いったい何だったの？

あなたは、いったい……

「私は結局、葵さんの側に寄り添い、語り相手になることしか……出来ませんでした。あなたが苦しみ、寂しがる様をずっと見ていただけの、無力なあやかしです」

「そ、そんなこと……っ、そんなことない！」

銀次さんの言葉は、違う。私にとってそれは違う。

だから慌てて顔を上げ、必死になって訴えた。

「そんなことない……っ。あの時、銀次さんが毎日私のもとへ来てくれたことが、どれほど心強かったか。どれほど、私が救われていたか。お母さんが家に帰ってこなくても、あなたが来てくれるだけで、私は……生きる希望を抱けたのよ」

「葵……さん」

「無力だなんて言わないで。私にとって、あなたは恩人。一生の恩人。それは変わりない。変わりないもの……っ」

溢(あふ)れる言葉に、私自身が感極まって、泣いてしまった。

ボロボロと、大粒の涙が砂浜にこぼれ落ちる。

顔をぐしゃぐしゃにして、掴(つか)んでいた銀次さんの腕をしきりに振るって、訳が分からなくなる程、あなたに感謝している。

「ありがとう、銀次さん。ありがとう、ありがとう……っ」

そして、彼の胸に頭を押し付け、何度もありがとうと言った。

銀次さんは「そんな……っ」と。

だけど言葉尻(ことばじり)が震え、その後の声が出てこず、彼もまた、こみ上げるものに耐えているようだった。

「お礼を言わなければならないのは……私の方です。葵さんがいなければ、この儀式は絶対に成功しなかった。あなたがこの土地に残したものは、きっとあなたが思っている以上に、大きく偉大なもの――」

「……………」

「私は、あなたがこの地へ来たことは……あの出会いから紡がれ、繋がった、一つの必然だったように思うのです」

私はそっと、顔を上げた。

銀次さんは片手にあの能面を握りしめ、いっぱいいっぱい、泣いていた。

そしてあのあやかしが時折してくれたように、もう片方の手で、私の頭を撫でる。

「あなたは再び、私の前に現れた。あの大広間で、大人になったあなたを見た時、私がどれほど歓喜し、心が高揚したか……っ。あんなに、あんなに小さかったのに、本当に、大きくなられた」

泣きながら微笑む。銀次さんの優しさが伝わって来る。

「でも、最初は大変でしたね。天神屋では、誰も彼もあなたを認めず、敵視して。それなのにあなたときたら、どこまでも逞しくあやかしの世界に馴染んでしまって……私を、私とこの地を、こうやって救ってくださった。まるで、私とあなたの出会いは、最初からその為にあったかのように」

「……ぎ……っ」

そして銀次さんは、私がその名を呼ぶ前に、スッと頭を下げた。

「生きて、生き抜いて……この隠世へ来てくださって、私の目の前に現れてくださって、本当にありがとうございます……葵さん」

もう、随分泣いていたのに。

もっともっと、溢れてしまう涙を、私は抑えることができない。

ただ、目の前の命の恩人に、私なりの感謝を伝えたくて、その背に覆いかぶさるように、彼を抱きしめた。

「銀次さん……銀次さん……っ」

ありがとう。

ありがとう、銀次さん。

あなたが最初から私に優しかったのは、幼き日のことを今でも覚えていて、私を気にかけてくれていたからなのね。

私はそんなことも知らずに、ずっと、ずっと……ずっと……

燃えるような、暁の空の下。
浜辺の白砂と、柔らかいさざ波に抱かれ、言葉もなくお互いを抱きしめ、泣いた。

これは、感謝だ。
あなたがあの時、私に会いに来てくれたこと。
私があなたの重荷を、ほんの少しだけ担ったこと。
偶然でも何でもなく、あの時から始まっていた、私たちの運命に。
お互いの存在に、ただひたすら、感謝をしたのだった。

その後、乱丸(らんまる)や双子と合流し、私たちは儀式を完了させた常ノ島を出て、折尾屋(おりおや)に戻った。それは早朝の七時頃になったのだが……

「わ、あやかしのゾンビ」

折尾屋のロビーに入った途端、その異様な光景に呆気(あっけ)に取られた。

いまだ昨晩の花火大会の後処理に追われる折尾屋の面々は、まるでゾンビの如くふらふらと行き交い、半分は屍(しかばね)の如く転がっていたのだ。

「おいお前ら。もう休め。後片付けは業者がしてくれることになっているだろう」

「あ……乱丸様だ……」

なんかもう血走った眼で、あっちこっちを行ったり来たりしていた猿のゾンビ、もとい秀吉(ひでよし)の肩を、乱丸がガシッと掴んで引き止めた。

秀吉はしばらく思考停止していたが、徐々に表情に生気を取り戻し「乱丸様！」と大声をあげる。

「儀式、成功したんですね！」

「……ああ。そっちは問題ない。お前たちも……見た限りやりきったようだな」

「はい！　例年にない凄(すご)い売り上げですよ！　客が多かったせいで色々ハプニングもあって大変でしたが、まあ、天神屋の従業員もいたので、なんとか乗り切りました。しかしご覧の通り……みんな燃え尽きてしまった訳ですが」

「はっ、最高じゃねーか！」

乱丸もまた、やりきった後のカラッとした顔をしていた。

「よくまとめたな、秀吉。流石は折尾屋の若旦那だ」

「……乱丸様」

秀吉はもう泣きそう。目に涙を溜め、ぎゅっと閉じた口が波打つほど震えている。

前に、ねねが言っていた。秀吉は銀次さんに敵わないと思っている、と。

だけど、やりきったという思いと、乱丸に〝折尾屋の若旦那〟であるとはっきり認めてもらえたことで、感激のあまり何も言えないのだ。

そんな秀吉を、少し遠くでねねが見ていた。微笑ましい様子で、クスッと笑って。

「あ、嬢ちゃんに銀次！　お前たち、揃いも揃って湯上りほっこりとは良いご身分だな！」

しかしこんな中でも、そこそこ元気でやかましかったのは、番頭の葉鳥さんだ。

葉鳥さんが元気な理由はすぐに分かった。暁が、受付台の内側で、死んだように転がっているから……多分、奴がこき使われたのだろう。

「儀式が終わった後、私が高波に攫われちゃったの。銀次さんが助けてくれたけど」

「移動の宙船に簡易の風呂場がありますから、そこで海水を洗い流して着替えたんですよ」

銀次さんはいつもの袴姿。

私は結局、夕がおの着物から着替えてまた水色の着物を着ている。

「へーへー。一緒にお風呂に入ったとか？」

「まさか」

「順番に決まってるわよ」

ねえ、と当たり前のようにお互いに顔を見合わせる私と銀次さん。

葉鳥さんはチッと舌打ち。いったい何を期待しているのやら……

「あ、そうだ。風呂と言えば時彦の奴が途中ぎっくり腰になって大変だったけど、あっちは大丈夫かな」

「いや、それ大丈夫じゃなくない？」

というわけで、私たちは慌てて風呂場へ向かった。しかし風呂場はすっかり綺麗に掃除をされていて、若い子たちが元気に朝風呂の準備をしていたので、おや、と思ったり。

隣の休憩室へ向かったところ……

「うう……すまない静奈。こんなみっともない姿……うう」

「お師匠様は無茶をしすぎなのです～。ぎっくり腰になったら、安静にしておかなければ」

「うう～すまない～。すまない静奈。こんなみっともない～」

「それはさっきも聞きましたお師匠様」

聞き覚えのある声がする。

扉を開けると、そこには布団に横たわる時彦さんと、看病をしている天神屋の湯守、静奈ちゃんの姿があった。

「静奈ちゃん⁉　ここに来てたのね」

「葵さん、お元気そうで何よりです」

静奈ちゃんはどうやら天神丸の監督湯守として、ここへ来ていたみたい。

天神屋本館の女湯の方は、しっかり者の湯守補佐長の和音さんに任せてきたのだとか。

「……静奈」

ここ折尾屋は、少し前に静奈ちゃんがお勤めしていた宿でもあった。

乱丸はかつての従業員を前に、僅かに目を細める。

静奈ちゃんは立ち上がり、そっと頭を下げた。

「乱丸様も、お変わりなく。折尾屋のお風呂場やお湯も、見違えるようでございました。時彦様と、ここの湯守たちが、一生懸命良いお風呂場を作り上げてきたのですね」

「……天神屋では、薬湯の研究を任されているようだな、静奈」

「ええ。なので、ぎっくり腰になったお師匠様にも、湯薬を混ぜた飲み薬と秘伝の湿布を。……少し置いておくので、しばらくお使いください」

静奈ちゃんが静かに立ち去ろうとするのを、時彦さんが呼び止める。

「もう、行ってしまうのか、静奈」

「……また、すぐに会えます、お師匠様」

布団から手を伸ばす時彦さん。静奈ちゃんは今一度腰を下ろし、その手をぎゅっと握る。

まるで離れた場所に住む祖父と孫……そんな空気を持った、師弟だ。

それでいて、恋人のようでもある。

「天神丸は、もうそろそろここを出るようです」

私たちにそれだけ伝え、静奈ちゃんは天神丸へ戻っていった。


天神丸は折尾屋の停泊場である海岸に降りていた。

すでに花火見物の船は空から撤去していて、昨日の騒がしさが嘘のように静かだ。

「あ、大旦那(おおだんな)様」

天神丸の前で、大旦那様が海を眺め佇(たたず)んでいる。その黒い羽織を翻して。

大旦那様……

私はぎゅっと、胸元を押さえる。

大旦那様にも、また確かめなければならないことが出来てしまった。

「……ん？」

あれ。大旦那様、ノブナガを抱っこしているみたい。

ノブナガは唐草模様の手ぬぐいを可愛らしく首に巻かれているし。

そもそも大旦那様って犬嫌いじゃなかったっけ。ノブナガにはもう慣れたのだろうか？

「葵、おかえり」

「……た、ただいま」

「眠そうだね。早く船に乗って休むといいよ」

「う、うん」

私はどぎまぎした態度になってしまう。

大旦那様は不思議そうにしていたけれど……でも私は、やっぱり、大旦那様を少し疑って見るような顔つきになる。今朝、銀次さんから明かされた、あの話のせいで。

「どうした葵、僕をそんなにまじまじと見て。目が充血していて怖いぞ」

「し、失礼ね！」

そりゃあ徹夜ですからね！　目も充血するってものよ。

しかし大旦那様は飄々(ひょうひょう)としたまま、今度は銀次さんに向き直る。

「銀次、お前もよく頑張ったみたいだ。……僕との約束は、守ってもらえそうかな？」

「……大旦那様」

銀次さんはしっかりとした顔をして、大旦那様に頭を下げる。

「色々と、お世話になりました、大旦那様」

そんな切り出し方をしたので、私はドキッとした。

まさか、銀次さん、折尾屋に残るつもりなんじゃ……っ。

「私は、天神屋へ戻りたいと思っています。今後も、天神屋で、たとえ若旦那の席に戻れなくとも、お勤めをさせていただきたいと……」

でも、銀次さんが大旦那様に申し出たのは、天神屋への再勤務の要望だった。

それにしても、どこまでもすっきりとした、銀次さんらしい表情だ。

大旦那様も、満足そうにして頷く。

「何を言っている、天神屋の若旦那を担えるのは、今のところお前しか見当たらない。よって、僕はお前を再び若旦那として天神屋に迎え入れたいと思う」

「大旦那様……。しかし、そんな。勝手なことをして天神屋には随分と迷惑をかけました。再び若旦那だなんて、誰も……納得はしません」

「そうだろうか？　天神屋の誰もが、早くお前を連れ戻してくれと僕に縋り付いてきたがな。お前が回している仕事や部署は多かった。必然的なことだよ」

「…………」

「それに何より、葵が喜ぶ。夕がおは若旦那の管轄だし、今後もお前と共に営業ができるのだからな。そもそもお前のことを取り戻したい一心で、葵はずっとここに居たのだ。やれやれ……僕がわざわざ迎えに行ったのに、言うことも聞かずに」

「あ、そういうこと言うのね大旦那様。大旦那様だって魚屋とか茶屋の店員とか、散々好き勝手してたくせに」

「あははっ。いやなかなか楽しい時間だった。新妻とも触れ合えた気がする」

「気だけよ、そんなのは。気だけ」

「あはははは」

大旦那様が気持ちよく笑い、私がキーキー言っているので、銀次さんがやっとクスッと笑う。みんなが笑顔だと、私もついついそうなってしまう。

「バフ」

こんな空気の中、大旦那様の腕の中でおとなしくしていたノブナガが、ピョンと地面に飛び降り、てててっと駆けて行った。少し遠くでこちらを見ていた、乱丸のもとへ。

「……世話になったようだな、天神屋の大旦那」

「犬を抱いて睨みつけながら言う言葉じゃないだろう？」

「もう二度と言わねえから、気にするな。さっさとそいつら連れて帰れ。後日、またそっちに伺うことになるだろうがな」

「ふふ、分かったとも。ところで……」

大旦那様はいそいそと乱丸に近寄り、というか乱丸の抱きかかえるノブナガに近寄り、その顎を撫でていた。

「そろそろお別れだノブナガ。お前は犬嫌いな僕を夢中にさせる、風変わりな犬だった。唐傘模様の首巻きはお前にあげよう」

「はん。天神屋の鬼神も、ノブナガの愛らしさの前ではイチコロか。さすがはノブナガ。うちの看板犬は伊達じゃねえ。……というかこの首巻きかわいすぎるな」

「バフバフ……クーンクーン」

ノブナガも、仕方がねえなって感じでくるんと丸まった尻尾を振って甘え、大の男たちを存分に喜ばせている。

何だろう……この景色……

私と銀次さんはしばらくポカンと眺めていたが、我慢できずにそれぞれプッと吹き出した。どう見てもあれ、珍風景だよね、って。

「乱丸……少し、いいですか」

そうして落ち着いた頃に、銀次さんは乱丸のもとへ向かった。

代わりに大旦那様が戻ってきて、私の肩をポンと叩くと、「船へ上がろう」と促す。

銀次さんと乱丸に、兄弟水入らずの語らいの時間を与えたいのだろう。

「ねえ、大旦那様」

「……ん？」

「…………」

私は甲板に上がったところで、大旦那様の顔をまたじーっと見上げた。

どこかで……会ったことがある気がする。

初めてこのひとの顔を写真で見た時に、そう思った。

その素朴な直感をすっかり忘れていたのだけど……あれは結局のところ……

「葵に見つめられると、やはり少し心臓に悪いな」

「何よそれ。充血しているから？　私はもう眠くて眠くて、大旦那様の顔も半分ぼやけてるのよ」

思わず嘘を言ってしまった。

しっかり見えている。

それになぜだか、大旦那様の姿が側にあると、今では凄く（すご）ホッとするのだ。

前まで、怖いとか近寄りがたいとか思っていたのにな……

「あの魚屋姿を見た後だからかなー」

「ん？」

「いや、こっちの話よ」

きょとんとしている大旦那様。私はいまだ、腕を組んで考え込んでいる。

「おーいおーい」

　船の下から、こちらを呼ぶ声があった。

　甲板から見下ろすと、鶴童子(つるどうじ)の双子が顔を上げてピョンピョンしている。

「津場木葵、もう帰っちゃうの？」

「もうちょっと居ればいいのに」

「あはは。そういう訳にもいかないわ。夕がおをずっと閉めちゃってるからね」

　双子は顔を見合わせて、少しの間黙り込むと、

「また会える？」

「また一緒にお料理してくれる？」

　少ししょんぼりした様子で、小首を傾げて問うのだ。

　どこまでも純粋で、素直で、可愛らしい板前さん。

　だけど料理に誇りを持った、実力者たち。私が、今後もお料理を続けていく上で、とても大きな意味を持つ言葉をくれた料理人……

「勿論(もちろん)よ！　折尾屋と天神屋はライバルだけど、切っても切れない縁があちこちに沢山あるみたい。次に会ったら、あなたたちのお料理を沢山食べさせて。私、作るのも好きだけど、やっぱりご馳走(ちそう)してもらうのも大好きだから！」

「うん……！」

双子は私に向かって、両手を広げてブンブンと振っていた。

なので私も、大きく振りかえす。かわいい奴らめ……

「くぉら双子！　何してやがる、とっとと戻ってとっとと寝て、体を休めろ！」

やがて二人は、少し遠い場所に居た秀吉に呼び戻されて、慌ててここを去ってしまった。

怒りながら最終的に心配をしてくるあたり、何というか秀吉らしい。

「最初はどうなるかと思ったが……折尾屋の従業員たちとは上手くやってきたようだね」

大旦那様も、その様子を見ていた。

「そうねぇ。最初は嫌なやつだと思っていても、よく知るとみんな、信念を持って折尾屋で働く、良いあやかしたちだった。ふふ、天神屋のみんなと同じね」

だけど、天神屋とは違う運命を背負った、南の地の、お宿のあやかしたち。

「そうか。なら……天神屋もうかうかしてられないな。いつ折尾屋に形勢を逆転されてもおかしくない。なかなか鋭い所に目をつけ、名産品を生み出しているようだったし」

「ふふ。健全な競い合いなら良いじゃない。乱丸も……もう無茶なことはしない気がする」

結局のところ、乱丸だって……

この南の地を心から愛し、守りたいと思っていただけの、一途なあやかしなのだ。

「葵」

「ん、何、大旦那様」

「……おつかれさま、葵」

「…………」

「知らない土地で、よくこんなにも、頑張れたね」

海風に乗せて届く、ささやきのようなその言葉に、不意に心を動かされる。

横に立つ大旦那様の顔を見上げて、少しの間、私は何も言えずにいた。

何だろう……心の奥でぎゅっと締め付けられる、この感じ。

「どうした葵、眠いのかい？　寝床なら涼しい部屋に用意してあるよ」

「ち、違うわよ！　そうやっていつも孫娘みたいな扱いして！」

「どうした？　顔が赤いぞ。もしかしてまだ体調が優れないんじゃ」

大旦那様が慌てて額に触れるので、私はまた子供扱いされたのではとムッとしてしまう。

でも……やっぱり嬉しい。大旦那様が、おつかれさまと言ってくれたこと。

よく頑張ったと、褒めてくれたこと。

ここ二週間、私は私なりに、ずっと全力だった。

気の抜ける瞬間なんて、無かったから……

「微熱がありそうだぞ、葵!!」

馬鹿みたいに青ざめる大旦那様。

わたわたし始めるので「落ち着いて大旦那様」と、その黒い羽織を引っ張った。

「一気に気が抜けただけで、私は大丈夫よ。後でスカーッと寝てやるから、何も問題無いわ。だって……二週間ぶりに天神屋へ帰れるんだもの。安心、してしまうわよ」

天神屋に帰れるんだ。大旦那様のいる天神屋に。銀次さんと営む夕がおに。

すでにその場所は、私の安息の居場所になっているのだ。

「ねえ、大旦那様……私は……あなたに恩返しをしなくちゃいけないのかもね」

意味深な言葉で大旦那様を探るも、大旦那様は顎を撫でながら「はて?」と。

「……僕は何かしたかな」

「すっとぼけるのが得意よねえ、大旦那様って。……ところで大旦那様の大好物は何?」

「えーっとそれは……なんて、教えないよ葵」

「チッ。この流れならポロッと言うかもって思ってたのに」

でも、まあ良い。

ここで見つけた真実を胸に抱き、その奥にあるもう一つの真実は、いつか私が手繰り寄せる。その行き着く先が、どのようなものであっても……

「すみません、大旦那様。お時間をいただきました」

「銀次。義兄との仲直りは済んだか?」

「え？　あはは。多分……ええ。大丈夫だと思います」
銀次さんは照れた笑顔のまま、頬を掻（か）いた。
きっと、いい話が出来たのだろうな。
銀次さんを乗せたことで、宙船は悠々と帆を広げる。
「さあ、帰ろう、天神屋へ」
そうして、天神丸は動き出した。
おつかれさま。
そしてありがとう。
さようなら。
沢山の好敵手たちに見送られながら、私はやっと、大事な居場所へ戻るのだ。
「……………あ」
南の海の、その彼方（かなた）。
迫り来る雲の隙間から、無数の光の帯が差し込んでくる。
それがあまりに美しく、神秘的で……
私はこの土地の抱える特別な空気を、最後に思い切り吸い込んだ。
南の海に、ここに生きる者たちに、幸あれ。

# 終幕

私の体は、この地に縛り付けられている。
私の宿命は、この大海のゆりかごによって監視されている。
時々、ふと、ある場所へ帰りたいと思うことがある。
遠い海の彼方から、その最果ての国から、私を呼ぶ同胞がいる気がする。
それでも私の体は、この南の地に縛り付けられている。
魂だけは嵐を越え、私はついに、彼の国へ帰るだろう。
かわいい子たち、どうか私の身勝手を許してほしい。

磯姫様は、こんな言葉を自身の手帳に記していた。
彼女が儀式に失敗し、あの、穢れの満ちた洞窟へ御隠れになる直前の手記だ。

○

「乱丸、私を恨んでいますか」

南の地の雄大な海を眺めながら、銀次が俺に問いかけた。

俺は抱えたノブナガの背を撫で、鼻で笑う。

「何を今更。てめーが自分の意思で、折尾屋を出て行ったんじゃねーか」

「ですが……」

銀次は潮風にその銀の髪をなびかせ、切実な表情のまま。

「私は結局、この地の宿命から逃げたのです。全てをあなたに、押し付けて」

「…………」

「私だけが自由だ。乱丸、だけどあなたは、ずっと、ここで……」

「はん。相変わらずの甘ちゃんだな、銀次。俺はてっきり、お前はお前のやり方で、役目を果たそうとしたのかと思っていたのにな」

「え？」

それはどういう……というアホ面かましている銀次。

商売ごとにはとにかくキレ者なのに、時々天然だから仕方がねえよな。

「お前がここを出て行ったのは転機だ。結果、今回のような縁が芋づる式に繋がった。お前がここへ戻って来るというだけで、おまけがたっぷり付いてきたんだからな」

「おまけって……葵さんのことですか？」

「あの女だけじゃねーよ。天神屋の大旦那や、縫ノ院ご夫妻、それに伴い他の輩も動いた。おかげで今回の儀式は大成功だ。感覚的に分かってはいたが、宮中の水鏡でそのように出たと、先ほど文通式で連絡があったから確実だ。……しかし、この成功はただの成功じゃない。俺は、今まで抜けきれなかった暗い淀みの中を、一歩出た気分でいる」

「……乱丸」

俺らしくない言葉に、銀次は戸惑っている。

でも、事実この儀式で得たものは、成功という他に、今後の儀式のあり方を見直すという意味で、とても大きなものだったと思っている。

これから何度携わることになるか分からないこの地の儀式を、海坊主への対応の仕方を、俺たちはもう一度組み立て直すことになるだろう。

それは、今までのような畏怖と静寂に支配されたものではなく、温かな〝おもてなし〟であるべきだ。

磯姫様ですら気がつかなかったその着眼点は、やはり俺たちが〝宿〟という場所で商いをしていたからこそ、行き着いたものなのかもしれない。

「海坊主は結局、あんな場所に閉じ込められて、ただただ寂しかったのだろうな」

「あれは結局……常世の闇、ということなんでしょうか」

「分からねえ。分かっているのは、百年に一度、彼方にあるあの〝海〟が開き、穢れが漏れ出てそれが災いを引き起こすということだけだ。しかし海坊主は、その穢れの権化ではなく、おそらく……あの場所の穢れを管理する為に生み出された存在なのではと、俺は思う」

「……穢れを管理する、あやかし」

宝物や夜神楽（よかぐら）は、穢れの浄化に直接必要なものだとすると、〝海宝の肴（さかな）〟は、もとより違った役目を持っていた。

海坊主を、満足させる。この一点のみの役割だ。

食事に満足しなければ儀式が成功しないのは、結局のところ、穢れを〝あの場所〟へ押し戻すだけの〝力〟を、海坊主がどれだけ蓄えられるかということにかかっているからだろう。

ある意味、元気というのだろうか。チープに聞こえるが、しかしこれがなければ成し得ないことがあるというのは、誰しも理解できる話だと思っている。

そういう意味では、今回津場木葵（つばき）の料理やおもてなしは、実に効果抜群だった。奴の作る料理には、あやかしが生きて行く上で必要な〝霊力〟を高める効果があるからだ。

「銀次、お前がここを出て行ったのは正解だった。俺たち二人がここに居続けていれば、こんな事実は、いまだ見えてこなかっただろう。お前が、今回の成功に導いたのだ」

「いえ……いえ、乱丸。私に出来たことなど微々たるもので、やはり、葵さんのお力が大きかったかと……」

「はん。あの女を結局のところで動かしたのは、てめえだろうが。銀次を連れ戻すって、ただそれだけで動いてたじゃねーか、あいつ」

「………」

銀次はふと、停泊場につけている天神丸を見上げた。

甲板から顔を出し、双子と別れの挨拶をしている津場木葵を。

その眼差しが秘めた密かな熱は、小さな頃からこいつを知っている俺としても、いまだ見たことのなかったものだという気がして、ほお……と思う。

「ははっ。てめえもつくづく、難儀な道を選ぶ奴だな」

「はい？」

「あの女に惚れたって……この先辛いのはお前だぞ」

「…………」

じわりじわりと、目を見開く銀次。

こいつが驚いているのを見るのは、ただただ愉快だ。

「ほら、さっさと帰れ。てめえの居場所は、もうここじゃねーだろ」

ポンと肩を叩いて、俺はもう銀次から離れ、松原の手前で見送りに来ている折尾屋の幹部たちのもとへ向かう。

チラリと振り返ると、銀次は黄昏た様子で、もう一度この海を見つめていた。

しかしやがて、駆け足で天神丸へ乗り込む。

「……ああ、そうだ。さっさと戻って、今大事に思っているものをひたすら大事にして、達者でやれ、愚弟」

きっとそれが、今後の俺たちの生き方を変え、良い巡り合わせを引きつけるのだから。

銀次を乗せた天神丸は、間もなくして、この土地を離れた。

銀次と、今回の功労者である津場木葵を乗せて。

「ばいばーい」

「達者でなー」

「雨雲きているから気をつけろよー」

折尾屋の幹部たちと天神屋の彼らは、最初こそ敵同士の関係にあったのに、別れの時はお互い手を振り合って、見送り、見送られている。

変な関係になっちまったなと、苦笑いが出てくる。

「……バフ」

「どうしたノブナガ」

いつもはおとなしいノブナガが俺の胸に鼻を擦り付け、しきりに鳴いて、頼りなげな顔で見上げては、ぺろっと舌を出す。

お前も、ここを離れたいと思うかい？

そう、問いただしている気がする。

「はっ。何を言ってるノブナガ。俺はこの南の地が気に入ってるんだからよ。……俺は、
俺の体は、折尾屋と共に、ここにあり続ける」


俺の体は、この地に縛り付けられている。

俺の宿命は、この大海のゆりかごによって監視されている。

時折俺は、この重荷に耐え忍ぶがごとく、磯姫様の言葉をそらんじるのだろう。

だが、どこかへ行きたい、逃げたいなどとは思わない。

雄大な南の海の恵みに助けられ、挑み続ける。ただそれだけを覚悟している。

この折尾屋の同志たちと共に。

空の彼方（かなた）から海に差し込む光の柱は、苦しみもがいて暗雲を駆け抜ける俺たちへ。

敬愛する、今は亡き磯姫様からの祝福に思えた。

# あとがき

こんにちは。友麻碧です。

「かくりよの宿飯」シリーズもはや五巻となりました。そして今巻の表紙も「大旦那様をさがせ」状態で、これはもう表紙の一つのネタとして編集さんと楽しんでいたりします。

Laruha さんによる表紙が素敵すぎます。

こちらのあとがきを書いている時、友麻はお引越しの準備の真っ最中でした。

長年居座った場所を引き払うため、〝封印されしモノたち〟を押入れの奥底から発掘し、捨てたり取っておいたり。そういう大規模なお部屋の片付けは、執筆が続いて少し気疲れしていた友麻の大変なリフレッシュになりました。

さて、〝封印されしモノたち〟というのは学生時代の作品だったりします。友麻は当時無謀にも漫画家を目指しており、出版社に投稿してかすりもせず返ってきた原稿とか……。

しかし当時の作品には、未熟ながら今の私では思いつかない突拍子もないネタもあり、そういうのが眩しかったり、ハッとさせられたりする訳です。いつか、こういうネタこそ本にできる作家になれるよう、頑張りたいと思いました。

漫画といえば、同時発売でコミカライズの一巻も発売されました！
うおおっ、めでたいっ‼　漫画家を目指し挫折した友麻としては嬉しすぎる一冊です。
ぜひ、衣丘わこさんによる美麗なイラストが光るコミック版も楽しんでいただければと思っております。

また、実のところもう一冊。前々からさりげなく宣伝しておりましたが、小説サイト「カクヨム」の富士見L文庫様の公式ページで連載しておりました『浅草鬼嫁日記　あやかし夫婦は今世こそ幸せになりたい。』も書籍化いただき、なんと「かくりよの宿飯　五」「かくりよの宿飯コミカライズ」とのトリプル同時刊行となっております。

こちら〝前世あやかし夫婦、今はただの高校生〟という男女カップルの現世での日常譚で、私としては自分らしい恋愛小説だなと思って書いております。「かくりよの宿飯」と繋がる世界観となっており、大旦那様もちょびっと出ております。ぜひ……読んでいただければ……ここでも大旦那様を捜して頂ければっ！

本作りに携わってくださった方々、また読者の皆様に感謝いたします。
次はきっと大旦那様が活躍します。〝秋〟の味覚満載の、夕がおの物語です。

友麻碧

富士見Ｌ文庫

かくりよの宿飯（やどめし）　五

あやかしお宿（やど）に美味（うま）い肴（さかな）あります。

友麻（ゆうま）　碧（みどり）

2016年11月15日　初版発行
2022年５月30日　23版発行

発行者　青柳昌行
発　行　株式会社 KADOKAWA
〒102-8177　東京都千代田区富士見２-13-３
電話　0570-002-301（ナビダイヤル）

印刷所　株式会社 KADOKAWA
製本所　株式会社 KADOKAWA
装丁者　西村弘美

定価はカバーに表示してあります。　◆◇◇



●お問い合わせ
https://www.kadokawa.co.jp/（「お問い合わせ」へお進みください）
※内容によっては、お答えできない場合があります。
※サポートは日本国内のみとさせていただきます。
※Japanese text only

ISBN 978-4-04-072086-9 C0193

富士見L文庫

# 浅草鬼嫁日記 あやかし夫婦は今世こそ幸せになりたい。

友麻 碧
イラスト/あやとき

鬼姫"茨木童子"を前世に持つ浅草の女子高生・真紀。今は人間の身でありながら、前世の「夫」である"酒呑童子"を（無理矢理）引き連れ、あやかしたちの厄介ごとに首を突っ込む「最強の鬼嫁」の物語、ここに開幕！

富士見L文庫